한때 유로파에서

버거 소설　　그들의 노동에 2

한때 유로파에서

김현우 옮김

열화당

다른 사람들이 노동하였고,
너희는 그들의 노동에 들었느니라.
—『요한복음』4장 38절.

이 책을 쓰는 오랜 기간 동안 나를 지원해 준 워싱턴 디시의 트랜스 내셔널 인스티튜트에 애정과 감사의 마음을 전한다.

이 책은 삼부작 소설 '그들의 노동에' 2부이다. 1부『끈질긴 땅』은 산간 마을의 전통적인 삶을 배경으로 한 이야기들이었다. 몇몇 세세한 면을 제외하고 보면, 이 마을은 세계 여러 대륙에 있는 많은 국가들에 존재할 수 있다.

2부『한때 유로파에서』는 그런 마을의 삶이 사라지고 '현대화'되는 과정에서 펼쳐지는 사랑 이야기를 모은 것이다.

3부는 자신들의 마을을 떠나 대도시에 영원히 정착한 농민들의 사랑 이야기를 전할 것이다.*

---

* 3부를 쓰기 전인 1987년판『한때 유로파에서』에 실은 글이다.

일러두기

이 책 『한때 유로파에서(Once in Europa)』(1987)는 존 버거가 1974년부터 집필을 시작해 1990년에 완성한 삼부작 소설 '그들의 노동에(Into Their Labours)'의 두번째권이다. 첫번째권은 『끈질긴 땅(Pig Earth)』(1979), 세번째권은 『라일락과 깃발(Lilac and Flag)』(1990)이다.

차례

사랑의 가죽

대문 기둥처럼
떠남과
가 버린 이들의 유령에
시달리는 우리는
방수포를 감은 채
열정을 이야기하지.
우리의 열정은
짐승 가죽을 담가 두는 소금물
접히는 부분의 살결로
사랑의 가죽을 만들지.

아코디언 연주자

제 결혼식에서 연주해 주실래요? 치즈 장수 필리프가 부탁했다. 필리프는 서른네 살이었다. 사람들은 그가 절대 장가를 갈 수 없을 거라고 이야기했었다.

언제지?

토요일이요, 다음 주.

왜 더 빨리 이야기 안 했나?

용기가 안 나서요. 해 주실래요?

신부는 어디 사람이지?

이본은 쥐라 출신입니다. 오늘 밤 '공화국의 리라'에 오시면 보실 수 있어요. 신부 부모님도 오시고, 브장송에서 온 다른 친구들도 있을 겁니다.

그날 저녁 오십대의 아코디언 연주자는 카페에 앉아, 신부의 아버지가 권하는 샴페인을 마셨다. 옆에는 귀걸이를 늘어뜨리고, 자주 웃는 통통한 여인이 앉아 있었다. 아코디언 주자는 젊은 신부를 유심히 지켜보았고, 그녀가 아기를 가졌음을 확신했다.

저희한테 연주해 주실 거죠? 필리프가 술을 따르며 물었다.

그럼, 자네랑 이본을 위해서 연주하지. 그가 말했다.

그의 발아래 바닥에는 개가 한 마리 누워 있었다. 나이를 먹어 털이 회색으로 변해 버린 녀석이었다. 그는 가끔씩 개의 머리를 쓰다듬었다.

개 이름이 뭐예요? 귀걸이를 한 여인이 물었다.

믹입니다, 그가 말했다. 극단 없는 광대지요.

광대를 하기에는 나이가 많은 것 같은데.

열다섯 살입니다, 믹은. 열다섯.

농사도 지으세요?

한때 유로파에서

마을 꼭대기에서요. 우리는 라프라즈라고 부릅니다.

경작지가 큰가요?

물어보는 사람이 누구냐에 따라 다르죠. 그가 작게 웃음을 터뜨리며 대답했다.

지금 저 델핀이 여쭤보는 거예요.

그는 그 여성이 자주 취하는 건 아닐까 궁금했다.

그러니까, 경작지가 크냐고요. 그녀가 다시 물었다.

어느 겨울엔가 시장이 제 아버지한테 물었습니다. 거기 위에 라프라즈에는 눈이 많이 옵니까? 아버지가 뭐라고 대답했는지 아세요? 시장님 계신 곳보다는 적게 옵니다, 왜냐하면 저는 땅을 더 적게 가지고 있으니까요!

아름답네요! 델핀이 술잔 너머로 손을 뻗어 그의 어깨를 톡톡 건드리며 말했다. 어리석지 않으셨네요, 선생님 아버님은.

결혼식에 오실 예정입니까? 그가 물었다.

신부 옷 입히려고 온 거예요!

옷을 입힌다고요?

웨딩드레스 만든 사람이 저예요. 경사가 있는 날을 위해 마지막으로 손봐야 할 부분이 늘 있게 마련이죠!

의상실을 하시나요? 그가 물었다.

아니! 아니요! 공장에서 일하는데… 그냥 제 옷이나 친구들 옷을 만드는 것뿐이에요.

그럼 돈이 좀 모이겠네요, 그가 말했다.

그렇죠, 하지만 저는 그냥 좋아서 하는 거예요. 선생님이 아코디언 연주하시는 것처럼요, 사람들 말이….

음악 좋아하십니까?

그녀는 팔짱을 풀고 일 미터 반쯤 되는 길이의 천을 재듯이 양팔을 들어 보였다. 음악으로는, 그녀는 한숨 쉬듯 말했다, 무슨 말이든 할 수 있죠! 정기적으로 연주하세요?

매주 토요일 저녁마다 카페에서 합니다, 결혼식은 예외로 하고.

이 카페요?

아뇨, 집 근처에 있는 다른 카페요.

이곳 분이 아니세요?

라프라즈는 삼 킬로미터 떨어진 곳입니다.

결혼하셨어요? 그녀가 그의 눈을 똑바로 바라보며 물었다. 그녀의 눈도 입고 있는 재킷과 같은 녹회색이었다.

안 했습니다, 델핀, 그가 대답했다. 다른 사람 결혼식에서만 연주하게 되네요.

저는 사 년 전에 남편을 잃었거든요, 그녀가 말했다.

젊은 나이였을 텐데요.

자동차 사고로….

그렇게나 빨리! 그가 두 단어를 너무 단호하게 말해서 그녀도 입을 다물었다. 그녀는 술잔의 손잡이를 잡고 입술에 댄 다음, 잔을 비웠다.

아코디언 연주하는 게 좋으세요? 펠릭스?

저는 음악이 어디서 오는지 아니까요, 그가 말했다.

그해 농사가 흉작이 될 거라는 것을 펠릭스는 봄에 눈이 녹을 때부터 확실히 알았다. 마을의 방목지는 모두 전해 가을 이후로 한 번도 쟁기질을 하지 않은 것처럼 보였다. 과수원의 나무들은 풀밭이 아니라 진흙탕에 서 있는 것 같았다. 어디를 봐도 땅은 털이 숭숭 빠져 버린 짐승 같았다. 모든 게 두더지 때문이었다. 몇몇 사람들은 전해에 여우들이 모두 죽거나 사냥을 당해 버려서 두더지 수가 급격하게 늘어난 거라고 주장했다. 여우 한 마리가 하루에 두더지 서른 마리에서 마흔 마리 정도를 잡아먹는다. 여우가 죽은 건 멀리 카르파티아 산맥 부근에서 이 지역으로 유입된 광견병 때문이었다.

그는 집 앞마당에 가만히 서 있었다. 가슴 앞에 삽을 쥔 채, 그런 자세로 십 분째였다. 그는 자신의 발 바로 앞의 땅을 내려다보고 있었다. 흙은 조금도 움직이지 않았다. 멀리 산 위로 대머리수리 한 마리가 원을 그리며 돌고 있는 것을 제외하면, 눈에 보이는 것 중 움직이는 것은 아무것도 없었다. 마당에 심은 양배추와 콜리플라워의 잎은 누렇게 시들어 버렸다. 그 작물들은 한 손으로, 마치 식탁의 촛대에 꽂힌 초를 뽑듯 쉽게 뽑을 수 있었다. 뿌리가 모두 끊어져 있었다.

흙이 움직이는 것을 본 그는 삽을 들었다가, 끄응 소리를 내며 땅속으로 내리찍었다. 흩어진 흙을 발로 치웠다. 끊어진 두더지 굴과, 그 자리에서 덜미가 잡힌 두더지 시체가 있었다.

한 마리 줄었다! 그는 씨익 미소를 지으며 말했다.

펠릭스의 어머니 알베르틴은 마흔 살 된 아들이 삽으로 두더지를 잡는 모습을 부엌 창문 너머로 바라보았다. 그녀는 식사가 준비됐으니 들어오라고 소리쳤다.

해가 오늘 같기만 하면, 어머니가 식사 도중에 말했다. 감자가 지저분해질 일은 없겠네.

그럴 일 없겠죠, 그가 대답했다.

식탁 밑에서 개가 뼈다귀나 치즈 껍질을 기대하며 올려다보았다. 덩치가 크고, 몸은 검은색인데 눈 위에만 아몬드 모양으로 금색 털이 있어서 우스꽝스럽게 보이는 녀석이었다.

아, 믹! 펠릭스가 말했다. 우리 믹은 극단 없는 광대지, 그렇지?

괜찮으면 저녁에는 감자튀김 만들어 먹자, 알베르틴이 말했다.

양배추 샐러드도요! 그는 모자를 벗고 소매로 이마를 닦으며 말했다. 좋아요!

몇 해 전, 알베르틴이 밭일을 할 수 있을 정도로 건강했을 때, 두 사람은 함께 감자를 캐곤 했다. 일을 하면서 감자를 먹는 온갖 방법들에 대해 이야기했다. 껍질째 요리한 감자, 치즈를 넣고 오븐에 구운 감자, 감자 샐러드, 돼지기름에 재운 감자, 으깬 감자와 우유, 물

아코디언 연주자

없이 검은색 무쇠 팬에서 구운 감자, 리크를 넣고 끓인 감자 수프, 그리고 그중에 최고는, 양배추 샐러드와 함께 먹는 감자튀김이었다.

아침에 캔 감자들이 흙 위에서 잘 말랐다. 펠릭스는 감자를 양동이에 담으며 분류했다. 소나 닭에게 먹일 작은 것들과 식탁에 올릴 큰 것들. 허리를 굽힌 채 앞으로 걸어가기도 하고, 고랑에 무릎을 꿇은 자세로 참회하는 사람처럼 앞으로 기어가기도 했다. 믹은, 더위에 헉헉거리면서도, 땅에 배를 대고 앉아 펠릭스가 앞으로 나아갈 때마다 따라다녔다. 양동이가 다 차면 그는 밭을 따라 늘어놓은 포대에 감자를 옮겨 담았다. 포대는 질긴 흰색 비닐로 만든 비료 포대였다. 감자로 가득 채워진 포대는 흰색 셔츠를 입고 기도를 올리는 술 취한 사람처럼 보였다.

갑자기 믹이 뭔가를 발견한 듯 고개를 숙이고 갈아엎은 땅에 코를 박았다. 녀석은 숨을 몰아쉬며 앞발로 흙을 헤집었다.

잡아, 믹! 잡으라고! 펠릭스는 뒤꿈치를 땅에 대고 앉아 어린 개를 지켜봤다. 잠깐 한숨 돌리며 등을 펴는 그 순간 그는 행복했다. 등이 아프던 참이었다. 개는 흥분해서 계속 땅을 파헤쳤다.

너도 잡고 싶지, 믹? 그치? 마침내 개가 두더지를 땅에 내려놓았다.

너도 잡고 싶지? 놓치지 마!

개가 두더지를 허공으로 던져 올렸다. 순간 작은 짐승은, 회색 털에 길이 십오 센티미터 무게 백오십 그램 정도 되고, 시력이 아주 약하지만 귀가 예민하고, 커다란 불알과 엄청난 양의 정액으로 유명한 그 짐승은, 그 순간만큼은 운이 나빴고, 그렇게 홀로 허공에 떠 있었다.

어서, 믹!

땅에 떨어진 두더지는 도망갈 수가 없었고, 찍찍 소리만 냈다.

잡아!

개가 두더지를 잡아먹었다.

집에 혼자 남은 알베르틴은 백 번도 더 생각한 질문을 다시 떠올렸다. 자신이 죽고 나면 펠릭스는 어떻게 될까? 남자들은 강인하고 무모하면서도 약했다. 남자들은 그런 본성들을 각자의 방식으로 결합하고 있다. 펠릭스에게는 그의 약점을 이용하지 않을 여자가 필요하다. 만약 야망이 있고 탐욕스러운 여자라면, 그를 착취하고, 그의 강인함과 무모함을 이용해 자신이 원하는 곳에 이르려고 할 것이다. 하지만 이제 아들은 마흔이고 아직 여자는 찾지 못했다.

이베트가 있었다. 이베트는 펠릭스와 결혼했어도 바람을 피웠을 것이다. 불쌍한 로베르와 결혼한 후에 지금 바람을 피우고 있는 것처럼. 수잔도 있었다. 언젠가 일요일 아침에, 펠릭스가 군대에 가기 직전이었는데, 그녀는 아들이 학교 교실 칠판 밑에서 그녀를 더듬고 있는 것을 목격했다. 펠릭스가 어릴 때 수업을 들었던 바로 그 교실이었다. 알베르틴은 두 사람을 방해하지 않고 그대로 창문에서 떨어졌지만, 나중에 군대에 있는 아들에게 쓴 편지에서 학교 선생님은 소젖 짜는 의자에 앉을 수 없다고 여러 번 이야기했다. 수잔은 마을을 떠나 상점 주인과 결혼했다.

엉뚱한 여자와 결혼하는 것보다 혼자 지내는 것이 아들에게 더 나쁜 일일까? 그 질문 앞에서 알베르틴은 어린 시절에 종종 느꼈던 무력감을 느꼈다.

저녁에 펠릭스는 감자로 가득한 포대를 지하실의 나무 칸막이에 옮겼다. 방금 캐낸 감자는, 낯선 온기를 내뿜고, 지하실의 어둠 속에서 온종일 햇빛 아래서 놀았던 아이의 어깨처럼 빛이 난다. 그는 감자 더미를 불만스러운 표정으로 바라보았다. 작년보다는 수확량이 한참 적을 것이다.

다 했냐? 부엌으로 들어온 그를 보며 알베르틴이 물었다.

네 줄 더 해야 해요, 엄마.

방금 커피 끓였는데…. 식탁 밑에 있어! 너도 강아지 좀 엄하게 다뤄야 해, 펠릭스.

아코디언 연주자

오후에 두더지를 다섯 마리나 잡았어요.

오늘 밤에 나가니?

네, 낙농위원회 모임이 있어요.

펠릭스는 어머니가 건넨 그릇에 담긴 커피를 마시고, 농민과 농업 노동자를 위한 공산당 소식지를 읽기 시작했다.

세상에서 제일 큰 종이 어디 있는지 아세요, 엄마?

우리 소 목에 걸린 건 아니겠지!

차르 콜로콜이라는 종인데, 백구십육 톤이나 나가고 1735년에 모스크바에서 만들어졌대요.

그 종소리는 내 평생에는 못 들어 보겠구나.

그가 축사에 소젖을 짜러 가고, 그녀는 옷장에서 남편이 결혼하던 해 겨울에 맞췄던 정장을 꺼냈다. 그녀는 한때 암말의 털을 쓸어 줄 때와 똑같은 힘으로 바지에 솔질을 했다. 그러고 나서, 남편 사진 아래에 있는 높은 2인용 침대에 옷을 놓은 다음, 평생 한 번도 해 본 적 없는 행동을 했다. 그녀는 장화를 벗고, 옷은 그대로 입은 채 침대에 누웠다.

펠릭스가 다시 부엌으로 들어오는 소리가 들렸다. 아들이 싱크대에서 손을 씻는 소리에 귀 기울였다. 바지를 벗고 두 다리 사이를 씻는 소리도 들었다. 다 씻은 그가 침실로 들어왔다.

어디 계세요? 그가 물었다.

좀 쉬고 있다, 그녀는 침대에 누운 채 대답했다.

왜 그러세요?

쉰다고, 아들.

어디 아파요, 엄마?

이제 좀 낫네.

그녀는 아들이 옷 입는 것을 지켜봤다. 그는 어머니가 다림질해서 주름이 잡힌 바지에 다리를 넣었다. 흰색 면 셔츠의 소매 단추를 채우자, 잘생긴 어깨가 돋보였다. 재킷도 입었다. 그는 살이 찌고 있었다. 그 점은 이론의 여지가 없었다. 그럼에도 그는 여전히 잘생겼다. 아내를 찾을 수 있을 것이다.

왜 치과에는 안 가는 거니? 그녀가 물었다. 그는 무슨 말이냐는 표정으로 돌아보았다.

이를 고르게 해 줄 텐데.

썩은 이도 없어요.

더 잘생기게 만들어 준다니까.

더 가난해지기도 하겠죠!

어디 모자 한번 써 봐라.

그가 모자를 썼다.

네 아버지보다도 훨씬 잘생겼네, 그녀가 말했다.

그날 밤 집에 돌아온 펠릭스는 집 앞에 자동차 한 대가 전조등을 켜둔 채 세워져 있는 것을 발견하고 놀랐다. 얼른 집 안으로 들어갔다. 이웃 마을에서 온 의사가 싱크대에서 손을 씻고 있었다. 거실로 이어지는 문은 닫혀 있었다.

아침까지 차도가 없으면 어머니께서는 병원에 가 보셔야 합니다, 의사가 말했다.

펠릭스는 부엌 창문 너머로 먼 산을 바라보았다. 달빛을 받은 산은 회색 두더지 몸 색깔과 같았다. 그는 무슨 일인지 알 수가 없었다.

어떻게 된 겁니까? 그가 물었다.

어머니께서 이웃에게 전화를 하셨습니다.

병원에는 안 가시려고 할 텐데요.

저도 별 도리가 없습니다, 의사가 말했다.

선생님 말씀이 맞습니다. 펠릭스는 갑자기 화가 난 목소리로 말했다, 선택은 어머니가 하시는 거죠!

이 집에서는 어머니를 제대로 돌볼 수 없습니다.

오십 년 동안 사셨던 집인데요.

아코디언 연주자

조심하지 않으면 이 집에서 돌아가실 수도 있어요.

의사는 안경을 쓰고 있었고, 그것이 그에게서 가장 먼저 눈에 띄는 점이었다. 그는 모든 것을 마치 읽어야 할 책처럼 바라보았다. 그는 이상주의로 가득한 의과대학을 졸업하고 곧장 이 마을로 왔다. 이제, 십 년이 지났고, 그의 환상은 사라졌다. 산골 사람들은 이성에 귀 기울이지 않는다고, 그는 불평했다. 산골 사람들은 술을 너무 많이 마시고, 산골 사람들은 어릴 때 한 번쯤 들어 본 것 같은 이야기만 반복하고, 산골 사람들은 이성적인 추론 과정을 절대 알아보지 못하고, 산골 사람들은 삶 자체가 미친 것이라고 믿는 사람들처럼 행동한다고.

한잔하고 가세요, 선생님.

어머니가 추가 의료보험은 들어 있나요?

배술이랑 자두술 중에 어느 쪽이 좋으세요?

둘 다 괜찮습니다, 감사합니다.

그럼 용담주 좀 하실래요? 용담은 만병통치약이죠, 선생님.

술은 됐습니다, 감사합니다.

진료비는 얼마예요?

이만입니다. 의사가 안경을 고쳐 쓰며 말했다.

펠릭스가 지갑을 꺼냈다. 어머니는 지난 오십 년 동안 매일 일을 했는데, 오늘 밤 이 근시의 돌팔이가 이만이나 달라고 하다니. 그는 지폐 두 장을 꺼내서 식탁에 내려놓았다.

의사가 떠나고 펠릭스는 거실로 갔다. 어머니가 너무 야위어서 깃털 이불 아래에 있는 몸은 형체도 알아볼 수 없었다. 머리 부분만 잘라서 베개 위에 올려놓은 것 같았다.

짜증스러운 표정, 마치 알코올 냄새를 맡은 나이 든 개의 코끝에 떠오르는 것 같은 표정 때문에 어머니 얼굴에 잔주름이 지고, 눈은 감은 채였다. 짧은 고통이 지나가고 얼굴은 평온함을 되찾았지만, 그만큼 더 나이 들어 있었다. 어머니는 시시각각 나이를 먹어 가고

한때 유로파에서

있었다.

개가 침대 밑에 누워 있는 것을 보고 펠릭스는 잠시 망설였다. 어머니라면 개를 밖으로 내보내라고 하실 것이다.

조용히 있어, 믹!

그는 침대로 올라가 어머니 옆에 누웠다. 밤새 어머니의 숨소리를 들어야 안심이 될 것 같았다. 어머니는 몸을 뒤척이고, 베개의 위치를 맞추고, 물을 달라고 했다. 물컵을 건넸지만 어머니는 고개도 들지 못했다. 그가 손으로 어머니의 머리를 받쳐야 했다. 머리의 무게가 전혀 느껴지지 않았다. 양상추 하나보다도 무겁지 않았다.

두 사람은 그렇게, 잠들지도 못한 채 아무 말 없이 누워 있었다.

내일 남은 감자 캐야지? 결국 어머니가 입을 열었다.

네.

내년 봄에는 두더지가 좀 줄 거야, 그녀가 말했다. 겨울을 날 만큼 먹이가 충분치 않을 거니까.

새끼를 빨리 치잖아요, 엄마.

길게 보면 그런 것도 다 저절로 조절이 될 거야, 어머니는 주장을 굽히지 않았다. 내년이 아니면 내후년에는 되겠지. 하지만 너는 말이다, 아들, 두더지가 수천 마리 나왔던 해를 기억해야 하는 거야.

아니에요, 엄마, 얼른 나을 거예요.

다음 날 회전톱으로 장작을 다듬는 동안에도 펠릭스는 한 시간에 한 번씩 집으로 들어가 확인을 했다. 그때마다 커다란 침대에 팔을 똑바로 펴고 누운 어머니는 눈을 뜨고 그에게 미소를 지어 보였다.

옷장 두번째 서랍에 모든 게 준비되고 정리되어 있다는 걸 그녀는 알고 있었다. 진주 단추가 달린 검은색 원피스, 파란 용담꽃 무늬가 들어간 검은색 손수건, 짙은 회색 스타킹, 부츠보다 신기기 쉬운 끈 달린 신발까지. 마리 루이즈는 알베르틴이 먼저 죽으면 자기가 와서 옷을 입혀 주겠다고 몇 번이나 약속을 했다.

펠릭스가 어머니와 함께 자고 난 다음 날 저녁, 그녀가 말했다. 애야, 네가 아코디언 연주 안 한 지 몇 년 된 것 같구나.

어디 있는지도 모르겠어요.

다락방에 있어, 그녀가 말했다. 연주 잘했는데 말이다, 왜 그만뒀는지 이유를 모르겠구나.

군대에서 제대하고 나서였죠.

그냥 뚝 그만뒀지.

아버지가 돌아가셨잖아요, 할 일이 많았어요.

그는 침대 위에 걸린 사진을 바라보았다. 아버지는 턱수염이 무성하고, 눈은 작고 우습게 생겼으며, 목이 단단했다. 목이 마를 때면 그 목이 물통이라도 되는 것처럼 툭툭 치곤 했다.

엄마한테 뭐 좀 연주해 줄래? 알베르틴이 물었다.

아코디언이요?

그래.

너무 오래돼서 이제 제대로 소리도 못 내요.

해 봐.

그는 어깨를 으쓱해 보이고는, 벽에 걸려 있던 손전등을 들고 밖으로 나갔다. 다시 돌아온 그는 아코디언을 케이스에서 꺼내고, 한쪽 끈을 어깨에 두른 다음 다른 쪽 끈에 손목을 끼우고 바람을 넣었다. 제대로 움직였다.

듣고 싶은 노래 있어요?

「너의 산속에서」.

아코디언의 두 목소리, 부드러운 소리와 힘껏 내뿜는 소리가 방 안을 채웠다. 그녀는 온통 아들에게만 집중했다. 음악에 맞춰 그의 몸이 천천히 흔들렸다. 아들은 한 번도 결심을 할 수 없었던 거라고, 그녀는 회상했다. 아들은 이런 삶이 자신의 유일한 삶임을 깨닫지 못한 것 같았다. 자신이 낳은 자식이니까 자기는 알 수 있다고 알베르틴은 생각했다. 그렇게 음악에 취한 채, 그녀는 고지대에서 기르던 소들과, 펠릭스가 걸음마를 배울 때를 떠올렸다.

펠릭스가 연주를 마쳤을 때, 알베르틴은 잠들어 있었다.

이웃들이 찾아왔다. 배, 호두주, 사과 타르트 같은 것들을 들고 왔다. 알베르틴은 물 이 외에 다른 건 필요 없다고 몇 번이나 이야기했다. 그녀는 음식을 끊었다. 이웃들이 전하는 말은 무엇이든 받아들이고, 그들이 필요하다고 생각하면 함께 기도하고, 그들에게 축복을 내려 주었지만, 동정은 받지 않으려 했고 맞서려고도 하지 않았다. 그녀는 곧 떠날 사람이었다.

앙셀름 노인에게 그녀는 속삭였다. 우리 아들 짝 좀 찾아 주세요.

우리 때랑 달라요, 그가 고개를 저으며 말했다. 요즘은 아무도 농사꾼이랑 결혼 안 하려고 해요.

그렇게 말해 주니 다행이네요, 그녀가 말했다.

펠릭스가 장가를 못 갈 거라는 뜻은 아닙니다, 앙셀름이 아는 척을 하며 말했다. 펠릭스 또래 여자들은 도시 남자들하고 결혼한다는 말이에요.

쟤는 혼자 남았다고 생각하는 것 같아요.

내가 이십 년째 혼자 지내잖아요! 클레어가 죽은 지 이십 년 됐으니까. 그런데 권할 만해요, 그가 킥킥 웃었다.

갑자기 알베르틴은 고개를 숙였다. 자신의 머리에 입을 맞추고 기도하는 게 상대의 의무라도 되는 것 같았다. 앙셀름은 알겠다는 듯이 그녀의 정수리에 입을 맞췄다.

이제 어머니 몸이 너무 약해지고 야위어서 펠릭스는 자는 동안 어머니가 질식하지는 않을까 무서웠다. 어느 날 밤 그는 꿈을 꾸다 깼다. 어머니의 숨소리에 귀를 기울였다. 어머니의 숨결은 낮잠을 기다리는 풀들 사이로 가끔씩 부는 미풍만큼이나 희미했다. 레이스 커튼 너머로 아버지가 접목했던 자두나무들이 보였다. 서쪽에서 비치는

아코디언 연주자

달빛이 세면대 위 거울에 반사되고 있었다.

꿈에서 그는 다시 한번 군대에 징집되었다. 아코디언을 연주하며 길을 걷고 있었다. 그의 뒤로 남자 한 명이 양을 데리고 따라왔다. 양을 훔친 건, 아니, 훔쳤다기보다는, 젊은 여인에게 조건부로 양을 받아 온 건 펠릭스였다. 어떤 조건이었는지… 그는 완전히 이해를 하고 양을 받아 와서는….

잠이 깬 그가 뭔가 다른 것을 느끼기 시작하면서 꿈에 대한 기억은 희미해졌다. 그는 죽음이 집 안으로 다가오는 것을 보았다. 혹은, 죽음이 숲 가장자리를 지나 느긋이 걸음을 옮기는 동안 아래위로 흔들리는 그 불빛을 보았다. 죽음의 불빛은 시월이면 불꽃처럼 타오르는 너도밤나무 숲을 지나고, 맨 아래에 이르면 바싹 말라 버리는 넓은 방목지를 내려오고, 팔월이면 말벌로 가득한 보리수 아래를 지나고, 생드니의 오래된 길에 난 바퀴 자국을 지나고, 해마다 칠월이면 어머니가 긴 사다리를 빌려 오라고 해서 올랐던 체리나무 사이를 지나고, 절대 물이 얼지 않았던 여물통을 지나고, 짐승 새끼들이 태어나면 태(胎)를 버리는 거름 더미 옆을 지나고, 축사를 지나 부엌으로 들어왔다. 죽음이 거실에 들어왔을 때(거실 침대 위에는 훈제 소시지가 길게 늘어져 있었다) 그는 자신이 불빛으로 착각했던 것이 사실은 깃털 같은 흰 서리였음을 알아차렸다. 떠다니던 깃털이 침대에 내려앉았다.

갑자기 알베르틴은 몸을 일으키고 말했다. 옷 가지고 와, 이제 갈 시간이야!

장례식 다음 날, 낙농장에 우유를 갖다주러 온 펠릭스가 너무 활달한 모습이어서 사람들은 놀랐다.

도축장 일 해 본 적 있나? 그가 치즈 장수 필리프에게 물었다. 없다고? 음, 통신 강의라도 들어 놓는 게 좋을 거야, 그림도 있는 걸로 말이야! 내년에는 건초가 안 나올 거야, 소도 없고, 우유도 없고, 보

한때 유로파에서

너스로 생기는 크림도 없겠지, 오물 때문에 벌금 낼 일도 없고… 다들 두더지 가죽 장사를 해야 할 거야! 그게 내년에 우리가 할 일이라고….

애도의 대상이 없는 상황도 그 대상이 있었을 때만큼이나 간결했다. 관절염에 걸린 손과 묶어 올린 긴 회색 머리칼 때문에 그녀의 부재는 희미했다. 부재하는 그녀의 눈은 뭔가를 읽을 때면 안경이 필요했다. 한평생 수많은 소들이 그녀의 발을 밟았다. 발가락 하나하나가 서로 다른 상황에서 소에게 밟혔고, 결국 발톱은 기형으로 자라고 말았다. 부재하는 그녀의 발톱은 노란 뿔처럼 보였고, 모양은 들쭉날쭉했다. 부재하는 그녀의 종아리는 젊은 여자의 다리처럼 부드러웠다.

매일 저녁 그는 직접 만든 수프를 먹고, 빵을 뜯고, 농민과 농업 노동자를 위한 공산당 소식지를 읽고, 담배를 피웠다. 그는 그녀의 부재를 품은 채 그런 일들을 했다. 밤이 내리고 축사의 소들이 짚과 너도밤나무 잎으로 만든 잠자리에 누우면, 그의 몸에서 피어난 온기가 그녀의 부재를 뚫고 지나가, 그 부재는 그의 통증이 되었다.

위령의 날에 그는 국화를 좀 샀다. 거위 깃털 같은 흰색 국화를 화병에 꽂아서는, 교회 묘지의 비석 앞이 아니라 텅 빈 침대가 놓인 거실의 대리석 서랍장 위에 놓았다.

일주일 후에 눈이 왔다. 아이들은 소리를 지르며 학교에서 뛰쳐나와 부산하게 눈사람과 얼음집을 만들었다. 낙농장에 우유를 전해 주고 나서 펠릭스는, 알베르틴이 해마다 첫눈이 오던 날 했던 말을 반복했다.

오늘 밤에 눈이 펑펑 왔으면 좋겠네, 우리 닭들이 별을 쫄 수 있을 만큼 높이 쌓였으면 좋겠네!

창밖으로 그는 하얗게 눈이 쌓인 산을 내다봤다. 믹은 바닥에 놓인 접시를 핥고 있었다.

겨울이 길어서, 겨울잠이나 잘 수 있으면 좋겠는데.

개가 고개를 들고 쳐다봤다.

선거에서는 누가 이길 것 같니? 이전이랑 똑같은 놈들이겠지, 그치?

개는 꼬리를 흔들기 시작한다.

너는 네가 뭘 좋아하는지 알지, 그리고 베튄에 있는 공장에서 뭘 만드는지도 알지? 너는 알지, 믹?

펠릭스는 커다란 옷장 앞으로 성큼성큼 다가갔다. 맨 위 서랍을 열고 물건을 꺼내려면 의자를 딛고 올라서야 했다. 비스듬히 기울어진 틀에 유리가 끼워진 옷장의 문은, 소도 지나갈 만큼 컸다.

그러니까 너도 모른다는 거지, 믹? 베튄의 공장에서 뭘 만드는지. 옷장 맨 아래 서랍에서 그는 설탕 봉지를 꺼냈다.

설탕이야, 믹, 베튄의 공장에서는 설탕을 만든단다!

그는 개가 있는 쪽으로 설탕 두 덩어리를 아무렇게나 던졌다. 세 개 더. 여섯. 그러고 나서 설탕 봉지를 모두 비웠다. 쉰 개의 설탕 덩어리가 먼지를 일으키며 바닥에 떨어졌다.

설탕은 베튄! 우유는 여기! 그가 너무나 크게 소리를 질러서 개는 탁자 밑으로 숨었다.

일월의 어느 날, 그는 거실 바닥이 갈색이 아니라 슬레이트 같은 회색으로 변해 있는 것을 알아차렸다. 그는 개를 밖으로 내놓고, 난로에 땔감을 채우고, 부츠와 바지를 벗고 무릎을 꿇고 앉아 바닥을 닦았다. 너무 오래 방치를 해서 먼지가 굳어 버렸다. 그는 이를 악물고, 난로 위에 놓인 커다란 냄비에 끓인 물을 양동이에 따르고 또 따랐다. 바닥의 판자 색깔이 천천히 바뀌었다.

바닥을 닦으면 닦을수록, 수없이 많았던 바닥 청소가 그저 먼지와 무관심밖에 없는 어떤 순간처럼 느껴졌다. 그는 등을 펴고 옷장을 올려다보았다. 옷장 위에는 가장 좋은 자기들이 놓여 있었다. 작은 가지 끝에 핀 꽃들로 장식된 접시들, 제비꽃, 물망초, 인동. 접시 가장자리 혹은 한가운데에, 그릇 옆면에 그려진 꽃들을 보며 그는 귀와, 입과, 눈과, 가슴을 생각했다.

바지를 입고 부츠를 신은 후에, 신문지를 한 장 한 장 깔고 그 위를 밟으며 문이 있는 곳까지 나왔다. 밖에는 회색 눈이 내리고 있었다. 술 취한 사람처럼 비틀거리며 축사로 가서, 소의 옆구리에 머리를 기댄 채 배 속에 아무것도 남지 않을 때까지 토했다.

며칠 후 그는 암소 미르티유를 때렸다. 미르티유는 옆에 있는 다른 암소를 들이받는 나쁜 버릇이 있었다. 그가 작대기를 들어 보이면 보통은 멈추게 할 수 있었다. 녀석이 반항기 가득한 고요한 눈으로 노려보면, 펠릭스는 허공에 작대기를 휘두르며 말한다. 바이올린 활이야, 응! 이만하면 충분하지, 아니면 진짜 연주 좀 할까!

문제의 날 저녁에는 작대기를 들고 가는 걸 잊어버렸고, 미르티유는 옆에 있는 다른 암소의 젖에 착유기를 끼우기 위해 준비하는 그를 들이받아 의자에서 미끄러뜨렸다. 그는 쇠스랑을 집어 들고 손잡이 부분으로 미르티유의 엉덩이를 마구 때렸다. 녀석이 고개를 숙이자 더 세게 때렸다. 이제는 녀석이 결국 매를 들게 했다는 사실 때문에 더 심하게 때렸다. 미르티유는 바닥에 주저앉아 버렸고 그는 매질을 멈출 수 없다는 사실에 다시 화가 치밀어 계속 때렸다.

하나님께 맹세컨대! 그는 마치 부러진 자신의 이를 내뱉듯 말했다. 아무것도 없다고! 아무도 없다고!

어찌나 세게 휘둘렀던지 쇠스랑 자루의 떨림이 그대로 어깨에 전해졌다. 결국 자루가 부러지고 말았다.

미르티유는 절대 그를 용서하지 않을 것 같았다.

삼월 말이 가까워지자 침대처럼 두껍게 쌓여 있던 눈이 하루에 몇 센티미터씩 지붕에서 미끄러져 내렸다. 잠시 후면, 지붕 경계에 있는 눈 더미는 땅에 떨어져 수천 조각으로 부서질 것이다. 창고에서는 두꺼운 벽과 어둠에도 불구하고, 감자가 분홍색 싹을 틔우고 있었다. 싹들은 어찌나 힘이 센지 캔버스나 데님 천도 마치 얇은 공기처럼 뚫어 버린다.

일주일 전에 의사가 그에게 물었다. 요즘도 토하십니까? 약 좀 더 드릴까요?

펠릭스가 대답했다. 아뇨, 선생님… 지금 필요한 건 일손입니다. 그런 것도 처방해 주실 수 있나요? 이왕이면 여자 일손이면 더 좋겠지만, 남자나, 아니라면 남자아이 일손도 괜찮습니다.

그렇게 그는 의사가 저녁 식사 자리에서 농담으로 던질 수 있는 이야깃거리를 하나 만들어 주었다. 골짜기 마을에서 여자들이 죽고 나면(최고의 남자들은 자기가 먼저 죽고 곧 아내도 따라 죽는 남자들이었다) 홀로 남은 바보 같은 남자들이 동성애나 심지어 수간으로 내몰린다는 이야기였다.

하루 동안 잘 먹은 소 한 마리는 외바퀴 수레 하나를 가득 채울 만큼 똥을 싼다. 겨울은 백오십 일 동안 지속되었고 펠릭스에게는 소가 열일곱 마리 있다. 그는 옛날, 트랙터가 없던 시절을 떠올렸다. 그때는 겨울에 똥을 갈퀴로 떠서 손수레에 담고, 말이 끄는 수레로 끌어서 똥 무더기를 만든 다음, 다시 일일이 갈퀴로 밭에 뿌려야 했다. 지금 그에게는 포클레인과 살포기가 있다. 그리고 지금 그는 혼자다.

알베르틴이 옳았다. 두더지 굴이 줄었다. 대다수의 두더지들이 죽었고, 강자가 약자를 잡아먹었다. 아침에 트랙터에 시동을 걸 때는 아직 추웠다. 정오에 살포기를 몰고 언덕에 오를 때면 땀이 났다. 올해 그는 양가죽 재킷을 벗지 않으려 했다. 감기에 걸려서 앓아눕기라도 하면, 대신 소젖을 짜 줄 사람이 없었다. 고독은 낯선 효과를 가지고 왔다. 소똥이 묻은 바지는 그가 직접 세탁기를 돌리기 전까지 냄새를 풍겼다. 가끔, 집 안에 갇힌 고독에서도 소똥 같은 역한 냄새

한때 유로파에서

가 났다.

매일 저녁, 낙농장에 우유를 늦게 갖다주는 일이 없도록 삼십분 빠르게 맞춰 놓은 시계 아래 탁자에 앉아, 그는 다음 날 무슨 일을 할지 결정했다. 일요일까지는 똥 치워야지, 믹, 아니면 나무 좀 할까?

겨울 동안은 시간을 죽이는 게 문제였다. 지금은 시간이 다시 깨어났다. 반드시 해야 할 일들을 잊어 먹곤 했다. 닭에게 모이를 주지만, 달걀을 챙기지 않았다. 아버지가 두번째로 집을 비웠던 일곱 살 이후로 달걀 챙기는 일은 잊지 않았던 그였다. 아버지가 맨 처음 집을 비운 건 군대에 징집이 됐을 때였다. 두번째는 지붕 수리에 필요한 타일을 살 돈을 마련하기 위해 파리에 갔을 때였다. 돈을 다 마련할 때까지 겨울을 네 번 지내야 했다.

아버지는 군대 이야기를 자주 했다. 베르티에 사병! 자네는 왜 명령을 따르지 않았나? 아버지는 대답했다. 한 분은 이걸 하라고 하시고, 다른 분은 저걸 하라고 하십니다. 또 다른 분은 또 다른 일을 하라고 하시는데, 제가 어떻게 해야 하겠습니까? 제가 할 일을 정확히 알려 주시면 하겠습니다! 베르티에 사병! 이 방을 청소하도록! 한 분은 이걸 하라고 하시고, 다른 분은 저걸 하라고…. 모든 명령에 아버지는 같은 식으로 대답했다. 베르티에 사병, 구류 한 달! 아버지는 영창에 들어갔다. 수감병 베르티에, 총은 잘 쏘나? 제가 할 일을 정확히 알려 주시면 하겠습니다. 중대에 훌륭한 저격병이 필요하네, 베르티에! 영창에서 나온 아버지는 소총과 탄알 다섯 발을 받았다. 다섯 발 모두 명중했다. 남은 군생활에서 아버지는 훈련도 없었고 피로를 느낄 일도 없었다. 해야 할 일이라고는 가끔씩 대대 사격대회에 나가서 총을 쏘는 일뿐이었다. 이야기를 마친 아버지는 늘 이렇게 덧붙였다. 이 세상에서는 말이야, 펠로, 영리하게 처신해야 해.

사월에 그는 감자를 심었다. 그해 사월은 다른 해의 유월만큼이나 더웠다. 고랑을 따라 걸으며 다리 사이에 이십 센티미터 간격으로

아코디언 연주자

감자를 떨어뜨렸다. 가끔씩 감자가 엉뚱한 곳에 떨어져 허리를 굽히고 제자리에 놓아야 했다.

어디로 가야 하는지를 아는 사람도 있지만, 믹, 또 어떤 사람들은 자기 자리에 가만히 있어야 하는 거야!

매번 그는 흙더미 사이에 감자를 떨어뜨릴 위치를 눈으로 정확히 가늠했다. 그렇게 하지 않으면 감자가 엉뚱한 곳에 떨어졌다.

마지막 감자를 심고, 그는 집을 향해 언덕길을 올랐다. 거의 정오였다. 갑자기 걸음을 멈추었다. 지붕 위에선 벌 떼가 태양을 피해 북쪽으로 움직이고 있었다.

그는 부엌으로 달려가 커다란 냄비와 쇠 국자를 들고 나왔다. 국자로 냄비를 두드리며 과수원을 가로질러 달렸다. 믹이 뒤를 따르며 짖었다. 벌 떼를 앞지른 그는 냄비를 높이 들어 올리고 더 세게 두드렸다. 햇빛을 받은 냄비는 거울처럼 반짝였다. 단 한 가지 목적밖에 없던 벌 떼는, 가장 가까운 자두나무로 곧장 날아가 가지에 자리를 잡았다.

이제 여유가 있었다. 그는 빈 벌집을 찾아 자두나무 가지로 속을 긁었다. 창고에 가서 톱을 가지고 왔다. 벌들이 앉았던 가지를 잘라 빈 벌집 위로 가지고 갔다. 판자로 조심해서 가지를 두드리자 벌 떼가 가발처럼 떨어졌다.

여왕벌이 저 안에 있으면 여기 남을 거고, 없으면 내일 다시 날아갈 거야.

그때 어머니가 자신을 부르는 소리를 들었다. 벌들이 내는 소리가 어머니의 목소리를 불러왔고, 동시에 그 목소리를 가려 버렸다. 목소리는 그의 이름을 반복해 불렀다, 마치 이제 고독했던 그의 나날들이 그 자체로 이름을 가지게 된 것처럼.

매 계절은 남자들이 외바퀴 수레인 것처럼 그들에게 짐을 싣고, 해야 할 일을 밀어붙인다. 펠릭스는 자주개자리 밭에서 쟁기질을 했

한때 유로파에서

다. 그가 열두 살이던 어느 날, 지금 쟁기질을 하고 있는 이 밭에서 아버지가 말했다.

같이 사냥이나 가 볼래?

두 사람은 함께 프니엘 아래 숲으로 올라갔다.

여기서 기다리자, 펠로. 가만히 있으면 돼. 입은 다물고 눈은 똑바로 떠.

아버지는 너도밤나무 가지를 꺾어서 가림막처럼 가지런히 꽂았다. 이제 막 솟아난 너도밤나무 잎은 양상추처럼 싱싱해 보였다. 그렇게 막 뒤에서 기다리는 시간이 펠릭스에겐 영원처럼 느껴졌다. 팔다리를 꼼짝할 수 없었기 때문에 뼈 마디마디가 아파 왔다. 아버지는 거기 앉아서, 두 무릎 사이에 총을 끼운 채, 음악에 귀를 기울이듯 인내심을 가지고 기다렸다. 이십 미터쯤 떨어진 가문비나무 뒤에서 멧돼지 한 마리가 나타나더니, 잠시 머뭇거린 뒤에 확신에 찬 단골손님처럼 그들 눈앞으로 지나갔다. 아버지가 총을 쏘았다. 멧돼지는 무릎을 꿇고, 마치 예상치 못했던 잠이라도 쏟아지는 것처럼 앞으로 고꾸라졌다.

이 세상에서 중요한 게 뭔지 아니, 펠로?

아뇨, 아버지.

건강이야. 건강하면 뭘 얻을 수 있을까? 그럼 힘센 손을 가지게 되는 거지.

아버지는 부츠로 멧돼지를 쿡쿡 찔러 보았다.

지키고 있어라! 아버지는 그렇게 말하고 마을로 향하는 길을 내려갔다. 펠릭스는 죽은 멧돼지 옆에 쭈그리고 앉았다. 멧돼지는 작은 눈을 그대로 뜨고 있었다. 썰매를 메고 다시 나타난 아버지는 숨을 헐떡였지만 미소를 지었다. 둘이서 함께 백오십 킬로그램은 족히 나갈 것 같은 멧돼지를 가벼운 썰매에 묶고는, 힘든 내리막길을 출발했다.

아버지 베르티에는 나무 손잡이 사이에 두 발 달린 말처럼 자리를 잡았다. 그렇게 하면 썰매의 날 부분이 장애물을 만나거나 경사가 충분하지 않을 때 썰매를 당길 수 있고, 진흙이나 미끄러운 잔디 위를 너무 빨리 달릴 때는 멈추게 할 수도 있었다. 뒤꿈치를 땅에 대고 앞부분을 들어 올리면 썰매의 무게 중심이 뒤로 쏠리면서 썰매 뒷부분이 땅에 박힌다. 펠릭스는 속도를 조절하는 밧줄을 쥔 채 뒤를 따랐지만, 실상은 속도를 이기지 못하고 빠르게 끌려갔다. 아버지 쪽에서 헛발이라도 디디면 맹렬한 속도로 달리던 멧돼지와 썰매가 그의 얼굴을 덮칠 것 같았다.

녀석의 마지막 여정이다, 펠로!

너무 빨라요, 아버지!

소년은 등 뒤로 아버지의 총을 메고 있었다.

도로에 내려와 카페 앞을 지나친 후에 두 사람은 멈추고 잠시 쉬었다.

무릎이 아프지, 그치? 느낌이 오지?

다리는 괜찮아요, 소년은 거짓말을 했다.

너도 남자구나!

도로 옆의 풀밭 위에서 썰매는 부드럽고 쉽게 미끄러졌다. 소년은 밧줄을 놓고 사냥꾼처럼 총을 들어 보았다.

술에 취하면 정치인도 설득할 수 있는 루이를 만났다.

오월이네, 사냥의 계절이지? 루이가 물었다.

가젤 아니거든요! 아버지가 말했다.

내가 자네라면 얼른 숨길 거야, 루이가 말했다. 몇 발 쏴서 잡았나?

한 발, 딱 한 발이지. 여기 펠로도 사냥꾼이 될 겁니다. 손이 바위처럼 단단해요.

펠릭스는 영리한 아버지가 거짓말을 하는지 알고 있었지만, 뿌듯했다.

집에 돌아와 창고에 멧돼지를 숨긴 뒤에 아버지가 말했다. 이제 너도 총 쏘는 법을 배울 때가 된 것 같다. 하나 구해 주마. 네 생각은 어떠냐?

아코디언이 낫겠어요, 펠릭스가 대답했다.

아코디언이라니! 하! 여자 꼬드기려고 그러는구나, 응?

그로부터 몇 달 후 어느 날, 침대에 누워 있던 펠릭스는 아버지가 부엌으로 들어오는 소리를 들었다. 단조로운 목소리로 소리를 지르는 걸 보니 술에 취한 것 같았다. 함께 온 다른 남자들의 웃음소리도 들렸다. 그리고 침묵이 흐르다가, 갑자기 투박한 아코디언 소리가 들렸다. 펠로 주려고 갖고 온 거야, 아버지의 고함 소리가 들렸다. 발렌틴한테 달라고 했지. 기꺼이 내주더라고, 이제 에밀 아저씨도 돌아가신 마당에, 아주머니한테 아코디언이 무슨 소용이 있겠어? 불쌍한 에밀! 다른 목소리가 말했다. 아주머니는 아저씨가 연주하는 거 안 좋아했지, 세번째 목소리가 말했다. 에밀 아저씨가 그 물건을 들자마자 방을 나가 버렸으니까. 왜 그랬을까? 질투를 했던 거야, 발렌틴 아주머니가 질투를 했고 에밀 아저씨가 그렇게 만든 거지. 아저씨는 아주머니가 질투하는 걸 즐겼던 거라고! 아저씨가 아코디언 이름을 뭘로 지었는지 알아? 그 물건을 뭐라고 불렀는지? 카롤린이라고 불렀어요! 이리 와서 무릎에 앉으렴, 카롤린, 이렇게 말했지, 이리 와서 한번 안아 보자! 당신네 남자들은 다 똑같아! 펠릭스는 어머니가 항변하는 소리를 들었다. 이리 와서 무릎에 앉으렴, 알베르틴! 아버지가 큰 소리로 말했다. 이리 와, 으스러지게 안아 줄 테니까! 아버지가 아코디언의 베이스 단추를 누르자 악기에서 소 울음 같은 소리가 났다. 일어나 펠릭스, 어서! 어머니가 말했다.

그건 왼손으로 누르는 베이스 키가 열두 개 있는 온음계 아코디언으로, 1920년대에 F. 드당츠사에서 만든 물건이었다. 키 머리 부분에는 진주 장식이 있고, 파란색 옆면에는 노란색 꽃 장식이 있고, 리드는 쇠와 가죽으로 만들었다. 그는 앉아서 연주하는 법을 익혔다. 오른쪽 건반 부분을 왼쪽 허벅지에 놓고 의자 왼쪽 바닥을 향해 떨어지는 폭포처럼 아코디언을 펼쳤다. 소리의 폭포.

오월 하순, 풀이 자라는 것이 보이는 것만 같다. 전날 카펫처럼 보이던 풀들이 다음 날이면 어느새 무릎까지 자라 있었다. 좀 베야겠다, 알베르틴은 그렇게 말하곤 했다, 보지까지 닿을 것 같아.

펠릭스의 축사에 있는 소들도 새로 자란 풀 냄새를 맡았다. 소들은 반항기 가득하지만 지긋한 눈으로 말들이 들어갈 칸막이 위 대들보에 둥지를 틀고 있는 제비 두 마리를 좇았다. 트랙터를 산 후로는 줄곧 비어 있는 칸이었다. 소들은 겨울 내내 그늘이 져 있던 북쪽 벽에 떨어지는 네모난 햇빛을 가만히 바라보았다. 녀석들은 안절부절못했다. 소젖을 짤 시간이 되기 전부터 울며 펠릭스를 불렀다. 젖을 짜는 동안에도 마른 사료를 먹으며 조용히 있지를 못했다. 긴 혀로 서로를 핥아 줄 때도, 마치 자신들이 맛보는 소금기가 바깥에 보이는 녹색 풀의 대용품이라도 되는 것처럼 정신없이 핥았다.

녀석들은 밖으로 나가고 싶다, 그렇지 않을까? 달력을 보고 절기를 알려 줄 필요도 없고, 올해가 몇 년인지도 녀석들에겐 아무 상관 없는 일이다. 내일은 밖에 풀어줘야 할 것 같다, 내일 풀이 마르면.

다음 날 오전 늦게, 펠릭스는 소들을 묶고 있던 쇠사슬을 풀고 축사의 커다란 문을 열었다.

갑자기 들이닥친 빛을 향해 고개를 돌린 미르티유는 목이 자유롭다는 것을 느꼈다. 녀석은 회복기의 환자처럼 문을 향해 불안하게 걸어갔다. 일단 밖으로 나온 후에는 고개를 들고, 큰 소리로 한번 울고 나서 눈에 보이는 평원을 향해 빠른 걸음으로 나아갔다. 한 발씩 딛을 때마다 다시 힘이 나는 것 같았다.

막아, 믹!

개가 달려가 암소의 앞발 앞에서 짖으며 멈추게 했다. 미르티유는 목을 길게 뻗고, 귀가 제2의 뿔이라도 되는 것처럼 쫑긋 세우고는, 흔들림 없는 눈빛으로 햇살 사이의 평원을 내다보았다. 꼼짝도 없는

한때 유로파에서

그 모습이, 코끝과, 목과, 엉덩이와, 직선으로 뻗은 꼬리가 최초의 소의 조각상처럼 보였다. 나머지 소들도 한 번에 세 마리씩 축사의 문을 밀고 나왔다.

침착해야지, 이런 세상에! 너희들 다 먹을 수 있을 만큼 충분하다고. 멈춰, 프랑세스!

암소들은 미르티유가 있는 곳을 향해 우르르 몰려갔다. 믹은 소 떼가 자신을 향해 달려드는 것을 보고는, 입을 벌린 채 짖지도 못했다. 녀석은 조용히 길옆으로 물러났고, 땅을 울리며 달려가는 소 떼는 개선군처럼 미르티유를 지나 평원으로 나갔다. 발굽이 풀에 닿자마자 소란스러웠던 행진도 끝이 났다. 몇 마리는 허공에 대고 뒷발질을 해 댔다. 뿔을 맞대고 힘겨루기를 하는 한 쌍도 있었다. 다른 몇 마리는 천천히 원을 그리고 돌며 귀를 기울였다. 마을 위의 산에서 흐르는 개울, 얼음이 많이 녹으면서 서리로 하얗게 되어 버린 개울물 소리가 마치 미친 사람의 중얼거림처럼 들렸다. 뻐꾸기도 울었다. 평원 전체가 녹색에서 버터의 노란색으로 갑자기 색을 바꾸는 것 같았다. 밤새 꽃잎을 오므리고 있던 민들레가 다시 핀 것이다.

프랑세스가 미레이유에게 올라탔다. 암소들이 몸이 달았을 때, 종종 녀석이 수소 역할을 한다.

놓아줘!

미레이유는 등에 프랑세스를 매단 채, 가만히 서서 산들을 바라보았다. 햇빛이 소들의 살을 통과해 그대로 뼈의 골수까지 전해졌다. 개가 다가오자 프랑세스는 슬그머니 미레이유의 등에서 내려왔다. 북서쪽, 산들 너머에서 불어오는 바람에 소뿔 사이 털이 휘날렸다.

펠릭스는 평원으로 이어지는 문에 철조망을 두르고 전기를 올렸다. 그러고는, 미나리를 한 다발 뽑아서 전기가 흐르는 철조망에 대 보았다. 일 초 후 손이 놀란 새처럼 움찔했다. 천천히 집으로 돌아오는 길에, 두 번이나 뒤를 돌아보며 행복해하는 소들을 바라보았다.

그는 인공수정사에게 전화를 해서 프랑세스에게 수정을 해 주러

아코디언 연주자

와 줄 수 있냐고 묻고는, 지난번 인공수정 할 때의 등록 번호를 알려 주었다.

건초를 만들 때는 틀림없는 사실이 하나 있다. 건초를 빨리 베면 벨수록, 품질이 좋다는 것이다. 하지만 풀들은 반드시 말라 있어야지, 그렇지 않으면 발효를 해 버린다. 최악의 경우에, 전통적으로, 축축한 건초는 결과적으로 집에 불을 낼 수도 있다. 위험을 감수하지 않으면 이른 시기에 건초를 벨 수가 없다. 기다리다가는 기껏해야 지푸라기 같은 건초밖에 남지 않는다. 그렇다 보니, 맑은 날이 계속되고 비바람이 불지 않기를 바라며 서두르는 수밖에 없다. 건초를 만드는 건 사람들이 아니라고, 알베르틴은 해마다 말했다. 그건 해가 만드는 거라고.

이 운명의 장난 덕분에 건초 만드는 일은 축제처럼 되었다. 성공할 때마다 하늘을 속인 셈이 된다. 어떨 때는 몇 분 차이로 간신히 성공하는 경우도 있어서, 이틀 전에 벤 건초를 실은 마지막 수레가 창고에 들어가자마자 빗방울이 떨어지기도 했다. 서두르는 사람들, 평원에 나온 여자와 아이들, 샘물로 땀을 씻는 일, 커피와 사과술로 갈증을 달래는 일, 4.5미터 높이의 창고에서 건초 위로 다치지도 않고 신나게 뛰어내리는 일, 엉킨 건초들을 익숙하게 펴고 다듬는 일, 교회만큼 높은 창고가 서서히 채워져 마침내 건초 더미 위에 올라서서 지붕에 머리가 닿는 순간, 건초를 다 넣고 나서 사람들로 가득한 부엌에서 하는 식사, 이 모든 것들이 그의 인생 전반부에서, 건초 베는 일을 축제로 만들어 주었다.

오늘 그는 혼자였다. 위험을 감수할 결정을 혼자 내리고, 건초를 베고, 펴서 말리고, 뒤집고, 줄지어 널고, 수레에 싣고, 옮기고, 부리고, 한데 모으고, 평평하게 고르고, 마른 목을 축이고, 저녁을 손수 준비했다. 새로운 기계들 덕분에 인생 전반부에 했던 것만큼 힘들게 일하지 않아도 되었다. 차이라면, 마침내 그가 혼자가 되었다는 사실이었다.

건초의 절반은 아버지가 늘 '할머니의 평원'이라고 불렀던 곳에서 벴다. 보리수 위 언덕에 있는 풀밭이었다. 건초를 뒤집어 놓기는 했지만 아직 한참 더 햇빛을 쬐어 줘야 했다. 무덥고, 공기가 무거운, 말파리가 날아다니는 날씨였다. 그는 폭풍우가 오기까지 남은 시간을 알려 주는 시계라도 되는 듯 하늘을 유심히 살폈다. 그런 다음 다시 허리를 굽히고 건초를 한 줌 더 집어서 손가락으로 마른 정도를 확인했다. 아직 트레일러로 네 번 정도 날라야 할 만큼 남아 있었다. 삼십 분쯤 후에 줄지어 널면 되겠다고 생각했다. 트레일러 시동을 끄고 물푸레나무들이 무리 지어 자라는 풀밭 가장자리 그늘로 걸어 갔다. 거기 누워서 모자를 얼굴 위로 내렸다. 겨울의 추위를 떠올려 보려고 했지만 기억이 나지 않았다. 멀리서 천둥소리를 들은 것 같아 황급히 일어났다.

이제 안으로 들이자, 펠로.

그는 풀을 베지 않아서 아직 녹색 풀과 각양각색의 꽃들이 남아 있는 부분의 경계를 따라 트랙터가 있는 곳으로 향했다. 립스틱 같은 분홍색의 장구채, 부드러운 우유 빛깔의 별처럼 흩뿌려진 살갈퀴, 고개를 숙인 담자색의 초롱꽃. 결막염에 좋은 파란색 수레국화의 꽃받침을 무용수의 스타킹 같은 검은색 레이스가 감싸고 있었다. 그는 눈에 띄는 꽃들을 꺾었다. 노란 스카프 같은 허브베니트. 정력이 넘치는 짧은 금발 같은 뽀리뱅이. 돼지 성기처럼 새빨간 손바닥난초. 그는 꽃다발을 만들려고 손에 잡히는 대로 꽃들을 꺾었다. 학교를 졸업하고 처음 만들어 보는 꽃다발이었다.

이제 안으로 들이자, 펠로.

그는 트랙터를 다시 집으로 몰고 와서 건초기를 떼고, 줄지어 널 때 쓰는 장비를 붙였다. 꺾어 온 꽃들은 빈 잼 통에 수돗물을 받은 다음 꽂았다.

마지막 건초 더미를 들이고 있을 때 비바람이 몰려왔다.

아코디언 연주자

종이 한 장 차이로 살았구나, 믹!

헛간에서는 상의를 벗었다. 좀처럼 맨살을 드러낼 일이 없는 배와 등은 아기 피부처럼 하얬다. 그를 보고 있으면 아들의 눈에 비친 아버지의 모습이 떠오른다. 어쩌면 그건 그의 피부가 남자처럼 보이기도 하고 어린이처럼 보이기도 해서 그럴 것이다.

트레일러의 건초를 다 내리고 나니 소젖을 짜야 할 시간이었다. 그는 비를 맞으며 밖으로 나갔다. 빗줄기에 피가 식는 것이 느껴졌다. 등줄기를 타고 내린 빗물이 바지 안으로 흘러들었다. 체크무늬 셔츠와 조끼를 걸치고, 젖은 머리에는 파란 모자를 썼다. 착유기의 전원을 켜고 축사 안으로 들어갔다. 축사 안에는 거의 빛이 들지 않고 아직도 건초 먼지 때문에 눈이 욱신거렸기 때문에 문은 그대로 열어 두었다.

젖을 다 짠 다음에는 부엌으로 갔다. 창문 가리개를 닫았다. 알베르틴은 여름에는 그렇게 해야 집 안이 더워지지 않는다고 늘 이야기했다. 석양빛이 나무로 된 가리개 살 사이로 비쳤다. 창턱에는 그가 꺾어 온 꽃다발이 놓여 있었다. 꽃다발을 보자 그는 걸음을 멈추었다. 그는 꽃들이 유령이라도 되는 것처럼 멍하니 바라보았다. 축사에서는 소들이 오줌을 눴다. 부엌에는 온통 정적과 침묵뿐이었다.

탁자 밑의 의자를 꺼낸 그는 앉아서 울었다. 울면서 고개를 숙이다 보니 어느새 이마가 유포(油布)에 닿았다. 신기하게도 동물들은 마음이 아플 때의 소리를 알아듣는다. 개가 그의 뒤로 다가와 뒷발로 선 채 앞발을 그의 어깻죽지에 올렸다.

그는 앞으로는 일어나지 않을 일들을 생각하며 울었다. 어머니가 감자를 튀기던 일을 생각하며 울었다. 그녀가 마당의 장미를 가지치기하던 일을 생각하며 울고, 아버지가 고함을 쳤던 일을 생각하며 울었다. 어린 시절 썰매를 타던 일을 생각하며 울고, 학교 선생님이던 수잔의 다리 사이에 났던 삼각형 모양의 음모를 생각하며 울고, 여자들이 다림질할 때 나는 냄새를 생각하며 울고, 난로 위의 냄비에서 잼이 끓는 냄새를 생각하며 울었다. 단 하루도 경작지를 떠나지 못했던 것을 생각하며 울었다. 집에 아이들이 없다는 사실을 생각하며 울었다. 장군풀 잎에 떨어지던 빗소리를 생각하며 울었다. 그때 아버지는 큰 소리로 말했다. 이 소리 들어 봐라! 몇 달씩 밖으로 일을 하러 나가면 이 소리가 그렇게 그립더구나. 그러다가 봄에 돌아와서 빗소리를 들으면 혼잣말을 하는 거야. 하나님 감사합니다, 집에 왔네요! 그는 아직 들여야 할 건초를 생각하며 울었다. 지나간 사십 년의 세월을 생각하며 울었다. 그는 자기 자신을 생각하며 울었다.

칠월의 저녁은 끝이 없을 것 같았다. 눈물 자국으로 지저분한 얼굴을 한 채, 풀이 잔뜩 묻은 부츠를 신고 우유 두 통을 낙농장에 갖다주러 가던 펠릭스는, 골짜기 너머 산으로 이어지는 몇 킬로미터의 평원을 내려다보았다. 풀들은 대부분 벤 상태였다. 그는 혼자였기 때문에 건초 만드는 것도 늘 꼴찌였다. 낮의 열기가 사라진 매끈한 평원은 산토끼나 연인들을 기다리는, 취한 듯한 정경이었다. 그는 평소보다 급하게 차를 몰고 모퉁이도 급하게 돌았다. 브레이크를 밟을 때마다 타이어가 찢어지는 소리가 났다. 낙농장에는 이미 다른 차가 다섯 대나 기다리고 있었다. 그는 문을 부술듯이 발로 차서 열었다. 치즈 장수와 각자 우유를 가지고 온 이웃 농민들이 놀란 눈으로 그를 쳐다보았다. 그는 눈금도 보지 않은 채 저울 위의 큰 통에 우유를 벌컥벌컥 부었다. 큰 통의 우유를 탱크에 옮겨 부을 때도 동작이 어찌나 거친지 사람들의 얼굴에서 미소가 사라졌다. 천장에 우유가 튀었다. 두번째 통을 비울 때도 마찬가지였다.

집에 별일 없지, 펠릭스?

없어요, 아무한테도 불만 없습니다.

포도주 한 잔 하지? 알베르 노인이 싱크대 위 선반에 놓여 있던 병을 들어 보이며 말했다. 펠릭스는 괜찮다고 하고는 그대로 떠났다.

하나님 맙소사! 사람들 중 한 명이 고개를 설레설레 저으며 말했다.

아코디언 연주자

일이 년 안에 저 친구는 술을 마시기 시작할 거야, 알베르가 말했다. 남자는 혼자 살 수가 없거든. 여자들이 더 강해, 여자들은 풍파에 섞여 들어가거든. 어떻게 그럴 수 있나 몰라.

아내를 찾아 줘야죠!

절대 결혼 못 할 거야.

왜 그런 말을 하세요?

너무 늦었어.

너무 늦은 건 없습니다.

여자랑 살림을 차리는 일에는 있어.

좋은 남편이 될 거예요.

믿음의 문제지, 알베르는 지지 않고 말했다.

누구의 믿음이요?

남자는 마흔이 넘으면 여자를 믿지 못하거든.

어떤 여자냐에 따라 다르죠.

어떤 여자든 마찬가지야.

맙소사!

노처녀를 만났다고 해 보자고. 그럼 이렇게 생각하겠지. 어디 문제가 있는 여자가 틀림없다고 말이야, 다른 남자들이 원하지 않았으니까. 그럼 이혼녀를 만났다고 해 보자고. 그때는 이렇게 생각할 거야. 이미 한 남자에게 잘하지 못했으니 나한테도 그럴 거야. 미망인을 만나면 이렇게 생각하겠지. 이 여자는 이미 누군가의 아내였다, 이 여자가 원하는 건 내 경작지다! 사람은 나이가 들면 그렇게 치사해지는 거야.

결혼을 안 한 젊은 여자를 만나면요?

아! 이 불쌍한 에르베, 알베르가 말했다. 자네는 아직 젊기 때문에 그런 말을 하는 거야. 만약에 펠릭스가 처녀를 만나면,

처녀!

상관없어! 어쨌든 젊은 여자를 만났다고 치자고, 그럼 이렇게 생

각하겠지. (누가 알겠나, 그 생각이 맞을 수도 있지.) 한두 해 지나면 이 여자가 바람을 피울 거야, 그건 낮이 지나고 밤이 오는 것만큼 확실해….

남자들은 웃음을 터뜨렸다. 알베르가 와인을 돌리고, 남자들은 느긋하게 새하얀 우유가 구리 탱크 안에서 데워지는 광경을 지켜봤다. 무언가가 태어난 후에 비로소 흐르기 시작하는 하얀 액체. 바깥에서는 하늘이 조금씩 어두워졌고, 맨 처음 나타난 별들은 눈에 스민 졸음기 같았다.

어느새 집에 돌아온 펠릭스는 부엌에서 농민과 농업 노동자를 위한 공산당 소식지를 읽었다.

세상에서 제일 큰 종이 어디 있는지 아세요, 엄마?

우리 집 소 목에 걸린 건 아니겠지!

차르 콜로콜이라는 종인데, 백구십육 톤이나 나가고 1735년에 모스크바에서 만들어졌대요.

그 종소리는 내 평생에는 못 들어 보겠구나.

갑자기 자리에서 일어난 그는 마룻바닥을 성큼성큼 지나 거실로 갔다. 커다란 침대 밑에서 아코디언을 꺼내 들고 돌아왔다. 어느새 글씨를 읽기에는 너무 어두워졌지만 그는 불을 켜지 않았다. 대신 축사로 이어지는 문을 열고 어둠이 스며들게 내버려 두었다. 수도꼭지 옆에 놓아두는 젖 짤 때 쓰는 의자를 발로 더듬어 찾아서는, 그 위에 앉았다. 미르티유가 그를 쳐다보고, 다른 소들도 울었다. 그렇게 축사 안에서, 암소들의 녹색 똥으로 가득한 배수구에서 일 미터쯤 떨어진 곳에서, 그는 연주를 시작했다. 하루 종일 햇빛을 받았던 짐승들의 열로 뜨거운 공기에서는 마늘 냄새가 강하게 났다. 녀석들이 풀을 뜯었던 생드니로 가는 옛길 옆 풀밭에는 야생 마늘이 많이 자란다. 아코디언은 그 공기를 빨아들였고, 악기의 두 목소리에서도 마늘 냄새가 났다. 그는 네 박자의 가보트를 연주했다. 가보트(Gavotte)는, 가보(Gavot)라는 단어에서 유래했는데, 산사람이라는 뜻이다. 그건 갑상선종이란 뜻이고, 목이란 뜻이며, 울음이란 뜻이다.

소들은 대부분 누워 있었다. 처음엔 음악이 들려오는 쪽으로 고개를 들고, 가까이 있는 녀석들은 귀를 세우고 궁금해하는 표정을 짓기도 했지만, 이내 음악은 소리일 뿐 뜻이 있는 것은 아니라는 것을 알고는 다시 귀를 내리고, 자기 배나 옆에 있는 다른 소의 어깨에 머리를 묻었다. 제비 한 마리가 박쥐처럼 주변을 날아다녔는데, 소들처럼 얼른 상황을 파악하지는 못했다. 연주를 하며, 펠릭스는 문 옆의 작은 창을 바라보았다. 별들은 더 이상 눈가에 스민 졸음기처럼 보이지 않았다. 그는 머리를 고정한 채, 음악에 맞춰 몸만 움직였다.

이제 그는 「마르슈의 젊은이」를 연주했다. 군대에 있을 때 리모주 출신 동료에게 배운 구슬픈 결혼행진곡이었다. 손톱은 부러지고, 주름마다 때가 깊이 끼고, 거친 손끝이 겨울 추위로 더욱 갈라진 왼손 손가락 두 개로 스타카토 박자를 연주했다. 뜸부기 울음처럼 높고 거슬리는 소리였다. 어깨 높이와 나란히 올린 오른손은 이어지는 언덕들처럼 오르내림을 반복하는 멜로디를 연주했다. 계속 이어지는 완만한 언덕, 흙무더기, 젊은 여자의 가슴 같은 멜로디. 그는 이제 곡조에 맞춰 고개를 끄덕였고, 장화로 돌바닥을 구르며 박자를 맞췄다. 결혼식 행렬이 가까워지면 오르내림을 반복하던 언덕은 산울타리로 바뀌고, 그 뒤로 반짝이는 어깨 장식을 한 여자들이 보였다가, 사라졌다가, 다시 나타났다. 뜸부기 소리도 달라졌다. 이제 그 소리는 더 이상 새의 울음소리가 아니라, 칼끝으로 정확하게 누르는 가죽 주머니에서 나오는 바람 소리가 되었다. 두 손가락은 대갈못을 때리는 기계처럼 정확하게 음을 짚었고, 그의 오른쪽 어깨 너머 동쪽에서 다가온 결혼식 행렬은, 이제 한낮이 되어 바로 그의 눈앞에 펼쳐지고 있었다. 여자들은 어깨 장식을 풀었고, 바람에 흔들리는 흰색 천이 뒤에 있는 여자의 맨어깨에 닿았다. 여자들은 자신들을 향해 다가오는 남자들을 보았다. 아코디언에서 나오는 바람은 가쁜 숨이었다. 산울타리 너머로 보였다 사라지는 여자들은 머리를 풀었다. 하지만 그들은 이미 서쪽으로 지나가고 있었다. 가쁜 숨소리가 다시 뜸부기 울음이 되고, 점점 더 멀리, 흩어져, 날아갔다. 산울타리 너머의 길에는 아무도 없었다. 안개가 언덕을 뒤덮었다.

연주를 멈추자 소 한 마리가 똥을 쌌다. 야생 마늘의 강한 냄새가 그에게 훅 밀려왔다. 그는 왈츠곡 「좋은 아침의 로잘리」를 떠올리고는 최대한 큰 소리로 연주했다.

펠릭스가 라프라즈의 카페에서 매주 정기적으로 연주를 하게 된 것은 여전히 술에 취하면 정치인도 설득할 수 있는 루이 때문이었다. 다음 해 겨울의 어느 저녁, 루이는 펠릭스에게 복권을 팔러 왔다. 마을 아이들이 가까운 수영장에 다닐 수 있는 교통비를 마련하기 위한 복권이었다. '산에서 태어난 자는 모두 수영을 배워야 한다!'가 홍보 문구였다.

내가 과수원을 지나 펠로네 집으로 가는 길이었거든, 훗날 루이는 카페에서 설명했다. 벌써 날이 어두워졌는데, 주머니에 손전등이 있어 다행이었지. 언덕 위에서 음악 소리가 들리는 것 같은 거야. 라디오일 거라 생각했지. 이제 귀가 예전처럼 잘 들리지 않아서 말이야. 밭 옆에 있는 커다란 배나무에서 올빼미 한 마리가 날아오르더만. 밤에는 이쪽으로 많이들 오지 않는데, 생각했어. 이제 음악이 더 또렷하게 들리는데, 아코디언 소리였지. 그게 라디오 소리랑은 다르더라고. 재주 많은 친구가 손님을 데리고 왔나 했지. 집에 가까이 다가갔을 때는 내 귀를 믿을 수가 없더라고. 음악이 축사에서 나오고 있었다니까! 창밖으로 불빛이 비치고 음악이 축사에서 흘러나오고 있었단 말이야! 아마 이 친구가 집시들이랑 춤을 추고 있구나 싶었지, 집시랑 춤추는 걸 좋아하지만, 물건을 훔쳐 갈지도 모르니까 집에는 들이기 싫었던 거구나. 뭐 아무짝에도 쓸모없는 물건들이지만 말이야. 집시들이랑 춤을 추다니, 그 아버지에 그 아들이지 뭔가. 지저분한 작은 창으로 들여다보니 춤추는 사람들이 보이는 것 같기도 하더라고. 노크는 해 봤자 소용이 없겠어, 룰루 하고 생각했지. 그래서 바로 문을 열려 했더니 잠겨 있는 거야. 이제 복권 따위가 문제가 아니라, 안에서 무슨 일이 벌어지고 있는지 보고 싶더라고. 문은 모두 잠겨 있고 이 친구는 집시들이랑 축사 안에 있었으니까. 그때 한 가지 생각이 떠올랐지. 만에 하나, 펠릭스가 축사 위 반투명 유리창은 안 잠갔을 수도 있다고 말이야. 오 초 후에 손전등으로 보니, 과연, 거기는 열려 있었지. 창 하나하나마다 아침에 소들에게 줄 건초들을 준비해 뒀더라고. 모두들 그렇게 하지는 않지만, 펠릭스 이 친구는 길게 보는 친구니까. 바닥에서 올라오는 음악은 더 커지고 더 거칠어졌지, 마주르카였어. 나는 유리문 하나를 열고 들어가 건초 더미에 배를 깔고 엎드려서 아래를 내려다보았지. 소들은 모두 누워 있고, 펠릭스는 희미한 전구 아래 의자를 놓고 앉아서 아코디언을 안고 있더구먼. 그다음부터 내 눈을 믿을 수가 없더라고. 어이 룰루, 제대로 된 구경을 하는 거야, 생각했지. 펠릭스는 혼자였어! 축사 안에 다른 사람은 하나도 없고 이 친구는 빌어먹을 소들한테 연주를 해 주고 있더란 말이지! 그런 상황에서도 연주를 할 수 있더라고, 펠릭스는 할 수 있고 말고. 언젠가 이 음악을 마을 사람들한테도 들려줘야 해.

필리프의 결혼식이 있던 밤, 하늘에는 희미한 새벽빛이 스미고 있었다. 이미 오래전에 필리프는 이본과 함께 침대로 향했고, 양가의 부모들도 집으로 돌아가고, 치렁치렁한 귀걸이를 하고, 웃는 것을 좋아하고, 페인트 붓의 나무 손잡이를 만드는 공장에서 일하는 델핀을 포함해서 하객들 몇 명만 남아서 춤을 췄다. 펠릭스는 평소 앉던 의자에 앉아 연주를 했다. 벗겨지기 시작한 머리 뒤로 모자를 넘기고, 무거운 작업용 부츠를 신은 채 음악에 맞춰 바닥에 발을 굴렀다. 한참 전에 춤을 멈춰야 했지만, 한 곡이 끝나면 자연스럽게 다음 곡으

한때 유로파에서

로 넘어갔고, 펠릭스는 파이프 하나하나를 이어 하늘 높이 보이지 않는 곳까지 굴뚝을 세우듯이 모든 곡들을 매끄럽게 이어갔다. 노래로 세운 굴뚝이 올라가고, 발이 아픈 여자들은 신발을 벗고 맨발로 계속 춤을 췄다.

음악은 순응하게 한다. 심지어 곡조가 머릿속에 울리면 상상력까지도 거기에 순응한다. 다른 것은 아무것도 생각할 수 없다. 음악은 일종의 폭군이다. 대가로 음악은 그 자체의 자유를 제공한다. 모든 몸은 음악과 함께라면 스스로를 자랑할 수 있다. 나이 든 이들도 젊은이들 못지않게 춤을 잘 출 수 있다. 시간은 잊힌다. 그리고 그날 밤, 마지막 별들의 침묵 너머에서, 우리는 확신에 찬 '좋아요'라는 말을 들은 것만 같았다.

「아름다운 자클린」 한 번 더요! 양재사가 펠릭스에게 외쳤다. 나 음악 좋아해요! 음악으로는 무슨 말이든 할 수 있어요!

변호사한테는 음악으로 말할 수 없죠, 펠릭스가 대답했다.

천국에는 하프가 있다고 말하는 사람들이 옳을지도 모른다. 어쩌면 플루트나 바이올린일지도 모른다. 하지만 거기 아코디언은 없는 것이 확실하다. 천국에 녹색 소똥이나 야생 마늘 냄새가 없는 것과 마찬가지다. 아코디언은 지상의 삶을 위한 악기이다. 왼손이 베이스와 박자를 담당하고, 팔과 어깨가 힘들여 숨을 만들어내고, 오른손 손가락으로 희망을 이야기한다!

마침내 우리는 춤을 멈췄다.

괜찮아, 카롤린, 괜찮아, 펠릭스는 혼자 문을 향해 걸어가며 중얼거렸다. 갈 시간이구나.

보리스, 말을 사다

가끔은 단 한 문장을 반박하기 위해 한 인생 전체를 이야기할 필요가 있다.

우리 마을에는, 당시 세계의 다른 마을들과 마찬가지로, 기념품 상점이 있었다. 그 상점은 산으로 이어지는 도로가에 있는, 넷 혹은 다섯 세대 전에 지어진 농가 건물을 개조한 건물이었다. 거기에서는 병 안에 담긴 스키 타는 인형, 유리판 아래 넣어 말린 야생화, 용담 장식을 한 접시, 작은 워낭, 플라스틱 물레, 조각으로 장식한 스푼, 섀미 가죽, 양피, 마멋 시계, 염소의 뿔, 기념품 상자, 유럽 지도, 나무 손잡이가 달린 칼, 장갑, 티셔츠, 필름, 열쇠고리, 선글라스, 모형 버터 교반기, 내가 쓴 책 같은 것들을 살 수 있었다.

상점 여주인이 직접 장사를 했다. 당시 그녀는 사십대 초반이었다. 금발이었고 미소 속에 뭔가를 간청하는 눈빛을 지닌 여인이었는데, 무엇을 간청하는지는 도무지 알 수 없었다. 그녀는 포동포동했지만, 발이 작고 발목도 가늘었다. 마을의 젊은이들은 그녀를 거위라고 불렀는데, 그런 별명이 붙은 이유는 내가 하려는 이야기와는 관련이 없다. 그녀의 본명은 마리 잔이다. 그전에, 그러니까 마리 잔과 그녀의 남편이 마을에 들어오기 전에 그 집은 보리스 소유였다. 두 사람은 보리스에게 그 건물을 물려받았다.

이제 나는 내가 반박하려는 문장에 도달했다.

보리스가 죽었어, 어느 일요일 아침 마르크가 알파벳 마지막 글자처럼 뒤틀린 벽에 기댄 채 마을 사람들에게 전했다. 보리스가 자기가 키우던 양들처럼 죽었어, 방치된 채 굶주리다 죽었다고. 결국 자기 가축들한테 하던 대로 본인이 당한 거야. 자기가 키우던 짐승들처럼 죽었어.

보리스는 네 형제 중 셋째였다. 첫째는 전사했고, 둘째는 눈사태로 죽었으며, 막내는 이민을 갔다. 어릴 때부터 보리스는 무지막지하게 힘이 센 것으로 유명했다. 학교의 다른 아이들은 그를 조금 두려워하면서도 동시에 놀려 댔다. 아이들은 그의 약점을 알아차렸다. 대부분의 남자아이들에게 시비를 걸려면 칠십 킬로짜리 자루를 들어보라고 하면 되었다. 보리스는 칠십 킬로를 쉽게 들어 올렸다. 보리스에게 시비를 걸려면 물푸레나무 가지로 피리를 불어 보라고 하면 되었다.

여름이 되고, 뻐꾸기가 울음을 그치면, 남자아이들은 모두 물푸레나무로 피리를 불고 다녔다. 심지어 구멍을 여덟 개 뚫어서 연주를 하는 아이들도 있었다. 곧고 지름이 적당한 작은 나뭇가지를 골라서 입에 물고 침으로 적셔 준다. 그런 다음 주머니칼의 나무 손잡이로 돌아가면서 톡톡, 너무 강하지 않게 두드린다. 그렇게 두드려 주면 껍질과 목재가 분리되어, 소매에서 팔을 빼내듯 하얀 목재 부분만 빼낼 수 있다. 마지막으로 마우스피스를 만들어서 빈 껍질에 끼운다. 전체 과정은 십오 분 정도 걸린다.

보리스가 나뭇가지를 물 때는 마치 나무 전체를 씹어 먹을 것처럼 보였다. 뿐만 아니라 그의 문제는 매번 주머니칼 손잡이로 나뭇가지를 너무 세게 두드려서, 껍질 자체가 상하고 만다는 점이었다. 온몸이 경직되었다. 그는 다시 시도했다. 다른 나뭇가지를 잘라서 해 보지만, 껍질을 두드릴 때가 되면 역시 너무 세게 두드리거나 반대로 너무 살살 두드리려고 애쓴 나머지 팔이 전혀 움직이지 않았다.

어서, 보리스, 노래 좀 연주해 봐! 아이들이 놀렸다.

성인이 된 보리스는 손이 아주 컸고, 파란 눈과 눈구멍 역시 송아지만큼이나 큼지막했다. 마치 처음 수정될 때부터, 세포 하나하나에 그렇게 크게 자라라는 지침이 내려온 것 같았다. 하지만 척추와 대퇴부, 경골은 그 지침을 따르지 않은 모양이었다. 그 결과, 키는 보통인데 몸 이곳저곳은 거인처럼 큰 사람이 되어 버렸다.

보리스, 말을 사다

어느 날 아침, 고지대에서 일어나 보니 목초지가 온통 흰색이었다. 해발 천육백 미터에서 살다 보면 매달 눈이 올 때도 있기 때문에 한 해의 첫눈이 언제인지 말하기가 어렵다. 하지만 다음 해까지 녹지 않을 눈은 그게 처음이었고, 게다가 함박눈이었다.

정오쯤 되었을 때 누가 문을 두드렸다. 문을 열었다. 저 앞에, 눈과 거의 구분할 수 없는 양 서른 마리가, 아무 소리도 내지 않고, 목덜미에 눈을 맞은 채 모여 있었고, 문에는 보리스가 서 있었다.

안으로 들어온 그는 난로 앞으로 가서 몸을 녹였다. 장작을 때는 높고 평범한 그 난로는 온기를 품은 기둥처럼 거실 한가운데 멋대로 서 있었다. 그의 거대한 어깨 위에 걸친 외투는 흰색 산처럼 보였다.

십오 분 정도, 그는 아무 말 없이 서서 커다란 손을 난로 위로 뻗은 채 증류주를 마셨다. 그가 선 자리 주위로 눈이 녹아 생긴 축축한 얼룩이 점점 커졌다.

마침내 그가 쉰된 목소리로 이야기를 시작했다. 그의 목소리는, 무슨 말을 하든, 일종의 방치된 상태를 암시했다. 경첩이 떨어지고, 유리창이 깨졌지만, 거기에는 물러서지 않는 어떤 기운도 있었다. 다 쓰러져 가는 오두막에 사는 광부처럼, 그 목소리는 황금이 있는 곳을 알고 있었다.

지난밤에, 그가 말했다, 눈이 오는 걸 봤습니다. 양들이 산 위에 있다는 게 떠오르더라고. 녀석들은 먹을 것이 없으면 더 높이 올라가니까. 해가 뜨기 전에 차를 몰고 여기 올라와서 찾으러 갔거든요. 혼자 산을 오르다니 미쳤지. 그렇지만 누가 나랑 같이 가 주겠습니까. 눈 때문에 길도 보이지 않더라고요. 발을 헛디뎌 미끄러지면 그대로 아래 교회 마당까지 굴렀겠지. 해가 뜨고 나서 다섯 시간 동안 나는 죽음에 맞서 한바탕한 거예요.

그는 깊고 큰 눈으로 나를 뚫어지게 쳐다보며 내가 자기 말을 이해했는지 살폈다. 그러니까 그의 말이 아니라, 그 뒤에 있는 것을 이

한때 유로파에서

해했는지 말이다. 보리스는 신비한 분위기를 풍기기를 좋아했다. 그는 말해지지 않는 것들이 자기와 어울린다고 믿었다. 하지만, 그런 믿음에도 불구하고, 사람들이 자신을 이해해 주기를 바라기도 했다.

눈이 녹아 생긴 얼룩을 딛고 선 그는, 적어도 목숨을 바쳐 자기 양 떼를 구한 훌륭한 양치기처럼 보이지는 않았다. 세례자 요한, 하나님의 어린 양 그리스도에게 화환을 씌워 주었던 요한과는 완전히 반대의 양치기였다. 보리스는 자신의 양들을 방치했다. 해마다 털깎기를 너무 늦게 해 주었고, 양들은 더위로 힘들어했다. 여름마다 발굽을 다듬어 주는 것도 빼먹어서 양들이 절뚝거리며 다녔다. 보리스의 양들은 회색 양모를 입고 다니는 거지 떼 같았다. 그날 산에서 그가 목숨을 걸었다면, 그건 양들 때문이 아니라, 시장에서 받게 될 양들의 값 때문이었다.

보리스의 부모는 가난했고, 스무살 때부터 그는 자신이 돈을 많이 벌 거라고 떠벌리고 다녔다. 그가 만들어질 때 내려진 지침, 세포 하나하나에 새겨진 그 지침에 따라 아주 **큰** 돈을 벌 예정이었다.

시장에서 그는 아무도 사지 않을 것 같은 가축들을 샀다. 파장 무렵, 열두 시간 전만 해도 말도 안 되게 낮다고 생각했던 가격을 부르는 것이다. 그가 카키색 작업복 차림에 미군 모자를 쓴 채 덩치 큰 짐승 옆에 말없이 서서, 그 거대한 엄지손가락으로 짐승의 몸을 찌르는 모습을 난 보았다.

그는 기다리기만 해서는 아무것도 얻을 수 없다고, 영리하게 처신하면 모든 것을 얻을 수 있다고 믿었다. 가축을 팔 때는 절대 원하는 가격을 말하지 않았다. 사기 칠 생각은 하지 마시고, 그는 그렇게 말했다, 원하시는 가격을 말씀해 보세요. 그렇게 말하고 기다렸다. 깊고 파란 눈은 이미 상대가 가격을 말할 때 보여 줄 조롱하는 표정을 준비하고 있었다.

그런 그가, 똑같은 표정으로, 나를 보고 있다. 전에 얘기했죠, 머릿속에 책 한 권을 가득 채울 만큼의 시가 들어 있다고, 기억나요? 지금 내 인생 이야기 쓰고 계시니까. 네, 이제 해도 됩니다, 내 인생이 끝났으니까. 내가 아직 살아 있을 때는 뭐 해 주셨더라? 공장 위 벌판에서 양들 풀 뜯기고 있을 때 담배 한 갑 준 적은 있었네요.

나는 아무 말도 하지 않고, 계속 글을 쓴다.

모든 가축상들이 아저씨라고 부르는 이가 언젠가 내게 말했다. 보리스 같은 숫양이 있다면 고기 맛은 최고일 텐데.

보리스의 계획은 단순했다. 마른 가축을 사서 살찌워서 되파는 것. 하지만 그는 그 사이에 필요한 노동과 시간을 종종 과소평가했다. 그는 마른 가축들이 통통해지기를 바랐지만 가축들의 살은, 그 자신의 살과 달라서, 늘 그의 의지에 따르는 것은 아니었다. 게다가 가축들의 몸이 만들어지는 순간에는, 그가 받았던 것과 똑같은 지침이 없었다.

그는 공유지만 찾아다니며 양에게 풀을 뜯겼고, 가끔은 공유지가 아닌 땅에서도 뜯겼다. 겨울에는 여분의 건초를 사야만 했는데, 봄이 되면 양으로 갚아 주겠다고 약속했다. 갚은 적은 한 번도 없었다. 그래도 그는 살아남았다. 뿐만 아니라 그가 치는 양들의 수는 늘어났는데, 가장 잘나갈 때는 백오십 마리나 데리고 있었다. 차는 골짜기에 버려진 것을 수리한 랜드로버를 타고 다녔다. 그리고 알코올 중독자 모임에서 데리고 온 사람을 가르쳐서 목동으로 썼다. 아무도 보리스를 믿지 않았고, 아무도 보리스에게 맞서지 않았다.

그가 잘나가고 있다는 이야기가 퍼져 나갔고, 마찬가지로 그의 무심함에 대한 이야기도 퍼져 나갔다. 갚지 않은 빚들, 다른 사람 땅에서 풀을 뜯는 그의 양들 같은 이야기들. 보리스의 양 떼는, 멧돼지 같은 골칫거리로 여겨졌다. 그리고 종종, 녀석들은 악마처럼, 밤에 나갔다가 돌아오기도 했다.

교회 맞은편의 카페 '공화국의 리라'에서 종종 보리스 본인이 악마 같은 짓을 하기도 했다. 그는 바 앞에 서서(그는 절대 자리에 앉지 않았다) 몇몇 마을에서 온 젊은이들에 둘러싸여 있곤 했다. 조심

한때 유로파에서

스럽지만 교활하기도 한 부모들이 이해할 수 없는 계획을 생각하는 젊은이들, 여가와 외국의 여자들을 꿈꾸는 젊은이들이었다.

캐나다에 가야 해, 보리스는 말했다. 거기 미래가 있거든. 여기서는, 너희들이 뭔가 시작하는 순간 신뢰를 잃게 되잖아. 캐나다는 큰 나라고, 그렇게 커다란 무언가를 생각할 때 아량이 생기는 거야!

그는 술을 한 잔 돌리고 오만짜리 지폐를 계산대 위에 놓은 다음, 날아가지 않게 나무 손잡이가 달린 칼을 꽂았다.

여기서는, 보리스는 계속했다, 절대 아무것도 용서하지 않잖아! 이승에서는 그러면서, 저승에서 일은 신부님한테 맡기지. 여기서 즐거워서 웃는 사람 한 번이라도 본 적 있어?

그리고 바로 그 순간, 마치 그가 악마로 변해, 부르기라도 한 것처럼, 카페의 문이 열리고 한 부부가 들어왔는데, 여자는 웃음을 터뜨리고 있었다. 둘 다 처음 보는 사람들이었다. 남자는 주말 양복에 끝이 뾰족한 구두를 신고 있었고, 여자는, 함께 온 남자와 마찬가지로 서른 전후로 보였는데, 금발에 모피 코트를 입고 있었다. 젊은이들 중 한 명이 창밖으로, 건너편에 주차된 그들의 차를 살폈다. 리옹 번호판이었다. 보리스는 두 사람을 쳐다봤다. 남자가 무슨 말인가 했고 여자는 다시 웃었다. 그녀의 웃음은 약속 같았다. 무슨 약속인지 궁금하시다고? 커다란 무언가에 대한 약속, 미지의 것, 캐나다 같은 약속.

아는 사람들인가요?

보리스는 고개를 가로저었다.

오만짜리 지폐에 꽂혀 있던 주머니칼을 주머니에 챙겨 넣은 그는, 리옹에서 온 부부의 커피 값까지 계산하라고 말하고는, 사람은 물론 카페 안 어디에도 눈길을 주지 않은 채 떠났다.

처음 온 부부가 계산을 하려고 일어났을 때, 여주인은 이렇게만 말했다. 벌써 계산했어요.

누가요?

오 분 전에 떠난 그분이요.

카키색 작업복 입은 분이요? 금발 여인이 물었다. 여주인이 고개를 끄덕였다.

집을 한 채 빌리고 싶은데요, 가능하면 가구도 있는 집이면 좋겠습니다. 남자가 말했다. 마을에 혹시 그런 집이 있을까요?

일주일이요? 아니면 한 달?

아닙니다, 일 년 통째로 빌리고 싶은데요.

여기 정착하시게요? 젊은이들 중 한 명이 믿을 수 없다는 듯이 물었다.

남편 직장이 A에 있어요, 금발 여인이 설명하듯 말했다. 운전 강사예요.

부부는 집을 찾았다. 부활절을 앞둔 어느 화요일 오전, 보리스가 자신의 랜드로버를 타고 와 그 집 문을 두드렸다. 아직 잠옷 차림인 금발 여인이 문을 열어 주었다.

두 분한테 드릴 선물을 가지고 왔습니다, 그가 말했다.

남편은, 아쉽지만, 방금 출근했는데요.

압니다, 나가시는 거 봤어요. 잠깐만요!

그는 랜드로버 트렁크를 열고 양 한 마리를 안은 채 다시 왔다.

선물입니다.

자고 있는 건가요?

아뇨, 제가 잡았습니다.

금발 여인은 고개를 뒤로 젖히고 웃었다. 잡은 양으로 저희가 뭘 할 수 있을까요? 그녀는 소매로 입가를 닦으며 한숨 쉬듯 말했다.

구워드세요!

아직 털도 그대로네요. 우리는 털 뽑는 일 같은 것도 할 줄 모르고, 제라르는 피 보는 거 싫어해서요.

제가 다듬어드리죠.

그때 커피 값도 선생님이 내 주셨던 거죠, 그렇죠?

보리스는 어깨를 으쓱해 보였다. 그는 양의 뒷다리를 쥐고 있었는데 양은 코끝이 거의 땅에 닿을 것 같았다. 금발 여인은 인조 표범가죽으로 만든 슬리퍼를 신고 있었다.

일단 들어오세요, 그녀가 말했다.

이 모든 광경을 이웃들이 목격했다.

양의 뒷다리는 묶여 있었고, 그는 마치 재킷을 벗어 걸어 두듯 고기를 부엌 뒤쪽에 걸었다. 그가 도착하기 전 금발 여인이 마시고 있던 커피 잔이 그대로 탁자 위에 놓여 있었다. 부엌에는 커피와 세제, 그리고 그녀의 향기가 났다. 그녀에게서는 포동포동 살찐 몸, 일의 흔적 따위는 없는 몸의 향기가 났다. 노동에는 식초 같은 강한 냄새가 있다. 그녀가 탁자와 난로 사이를 지날 때 그는 손을 내밀어 그녀의 엉덩이를 건드렸다. 그녀는 다시 한번 웃었지만, 이번에는 소리 없는 웃음이었다. 나중에 이 첫날 아침을 회상할 때면 그는 마치 그 아침 부엌에서 있었던 일이 자신의 일부가 되어 버린 것처럼, 그녀가 처음으로 몸을 숙이고 키스할 때 그 입에서 느꼈던 맛을 그의 혀는 절대 잊을 수 없을 것처럼 이야기했다.

그녀를 찾아갈 때마다, 그는 선물을 가지고 갔다. 양은 첫번째 선물일 뿐이었다. 한번은 트랙터에 짐칸을 붙여서 끌고 온 적도 있는데, 짐칸에 찬장이 실려 있었다. 그는 자신의 방문을 전혀 숨기려 하지 않았다. 환한 대낮에, 이웃들이 지켜보는 가운데 그 집을 찾았고 이웃들은, 그가 들어가고 삼십 분쯤 후에, 금발 여인이 침실의 창문 가리개를 내리는 걸 보았다.

남편이 갑자기 돌아오면 어떻게 될까? 이웃 중에 한 명이 물었다.

그러면 안 되지! 보리스가 남편을 들어서 지붕 너머로 던져 버릴 거니까!

그래도 눈치는 챘겠지?

보리스, 말을 사다

누가?

그 남편.

자네는 큰 도시에서 안 살아 봤잖아.

그게 무슨 상관인데?

남편은 알고 있어. 자네도 큰 도시에서 살아 봤으면, 남편이 알고 있다는 걸 알 수 있어.

그럼 왜 남편은 가만히 있는 거야? 그렇게 겁쟁이는 아닐 텐데.

언젠가 남편이 갑자기 나타날 거야, 아내와 미리 약속한 시간에. 그럼 보리스도 거기 있을 테고, 남편이 이렇게 말하겠지. 반주는 뭘로 하시겠습니까, 파스티스?

그리고 거기에 독을 탄다?

아니, 후추를 넣어야지! 더 흥분시켜야 하니까.

보리스는 스물다섯 살에 결혼을 한 적이 있다. 아내는 한 달 만에 떠났고, 두 사람은 나중에 정식으로 이혼했다. 골짜기 마을 출신이 아니었던 보리스의 아내는 그에 대해 어떤 불평도 늘어놓지 않았다. 그저 조용히, 그와 함께 살 수 없다고 말했을 뿐이다. 한 번인가, '다른 여자라면 살 수도 있겠죠'라고 덧붙이기도 했다.

금발 여인은 보리스에게 '작은 곱사등이'라는 별명을 붙여 주었다.

내 등은 당신 등만큼이나 쭉 뻗었는데.

굽었다는 이야기가 아니에요.

그럼 왜?

그렇게 부르고 싶으니까.

작은 곱사등이, 그녀가 하루는 말했다, 스키도 타요?

배울 기회가 없어서.

스키 사요, 그럼 내가 가르쳐 줄게.

새로 시작하기에는 나이가 너무 많아, 그가 말했다.

잠자리에서는 최고니까, 스키 슬로프에서도 최고가 될 수 있을 거예요!

그가 그녀를 자기 쪽으로 당기고는 거대한 손으로 그녀의 입과 얼굴을 덮었다.

이 역시 그가 나중에 자신들 두 사람의 인생과, 그 차이를 생각할 때면 떠올리게 되는 장면이었다.

그는 어깨에 세탁기를 짊어지고 그 집을 찾기도 하고, 바닥의 깔개처럼 커다란 걸개그림을 들고 나타나기도 했다. 산허리에 서 있는 두 마리 말의 모습이 짙은 벨벳 색으로 묘사된 그림이었다.

당시 보리스는 말 두 마리를 가지고 있었다. 생긴 게 마음에 들고, 가격을 후려칠 수 있어서 즉흥적으로 산 말들이었다. 봄에 내가 세 번째 말을 전해 줘야 할 일이 있었다. 이른 아침이었고, 눈이 녹은 것이 바로 그 전 주였다. 침대에서 자고 있던 그를 내가 깨웠다. 침대 위에는 성모화와 금발 여인의 사진이 걸려 있었다. 우리는 건초 한 더미를 들고 목초지로 나갔고, 거기서 내가 말을 풀어주었다. 긴 겨울을 축사에서 갇혀 지냈던 암말은 나무들 사이를 풀쩍풀쩍 뛰어다녔다. 보리스는 거대한 손을 펼친 채 꼼짝도 않고 녀석을 지켜보았다. 아, 자유라! 그가 말했다. 속삭이는 것도 소리를 치는 것도 아니었다. 그저 그게 말의 이름이라도 되는 것처럼 그렇게 소리 냈을 뿐이다.

금발 여인은 태피스트리를 침실 벽에 걸어 두었다. 어느 일요일 오후, 텔레비전을 보던 제라르가 그 그림, 바람이 미용사처럼 말갈기를 매만지고, 말가죽은 새로 닦은 구두처럼 광이 나고, 소나무 사이로 눈이 새하얀 웨딩드레스처럼 보이는 그 그림을 턱으로 가리키며 말했다.

그 사람이 준 선물 중에 없어도 되는 건 저것밖에 없는 것 같은데.

보리스, 말을 사다

나 말 좋아해, 그녀가 말했다.

말이라! 그는 말 울음소리를 흉내냈다.

당신이 말을 무서워하는 게 문제야!

말! 저 그림에서 눈에 띄는 건 말뿐이야. 뭐 면으로 짠 그림도 그림이라면.

벨벳!

그게 그거지. 저 그림에 대해서 할 이야기는 그림에 있는 말은 똥을 싸지 않는다는 거밖에 없어.

당신 머릿속에 똥밖에 없는 거지, 그녀가 말했다.

아직 그 사람한테 집 이야기는 안 했어? 제라르가 물었다.

적당한 때 알아서 이야기할 거야.

작은 곱사등이라는 별명은 잘 붙여 준 것 같네!

그녀가 텔레비전을 껐다.

내가 부르고 싶은 대로 부를 거야, 제라르. 그 사람은 내 담당이니까.

어떤 이야기가 단순한 도덕적 예시로 변해 버리는 것을 막는 일은 얼마나 어려운지! 그 어떤 망설임도 없었다는 듯이, 누더기에 감긴 날카로운 칼날과 달리 삶은 언제나 직접적으로 드러난다는 듯이!

이어지던 유월의 어느 오후, 보리스는 땀에 흠뻑 젖은 채 금발 여인의 집에 도착했다. 매부리코와 조약돌 같은 광대뼈가 두드러진 그의 얼굴은, 방금 배수로에서 빠져나온 것만 같았다. 그는 평소처럼 부엌으로 가서 그녀에게 입을 맞췄지만, 말은 한마디도 하지 않았다. 그는 곧장 싱크대로 가서 수도꼭지 아래 머리를 들이밀었다. 그녀가 수건을 건넸지만 그는 괜찮다고 했다. 머리에서 흘러내린 물이 목을 지나 셔츠 안으로 스며들었다. 그녀가 뭐 좀 먹겠냐고 물었다. 그는 고개를 끄덕였다. 그는 그녀가 움직이는 모습을 눈으로 좇았다. 그건 개처럼 감정적인 눈빛이 아니었고, 의심에 찬 눈빛도 아니었다. 그는 아주 멀리서 관조하듯 그녀를 지켜보았다.

아파요? 그녀가 접시를 탁자에 내려놓으며 갑자기 물었다.

한 번도 아팠던 적 없어.

그럼 무슨 일이에요?

대답 대신 그는 그녀를 자기 쪽으로 당기며 아직 젖은 머리를 그녀의 가슴 사이에 묻었다. 그녀는 가슴이 아니라 척추가 아팠다. 하지만 그녀는 몸을 빼려고 애쓰는 대신 통통하고 하얀 손으로 그의 단단한 머리를 만져 주었다. 얼마나 오래 그가 앉은 자리 앞에 그렇게 서 있었을까. 얼마나 오래 그의 얼굴은 그렇게, 벨벳 장식을 한 총집 안의 권총처럼 그녀의 두 가슴 사이에 묻혀 있었을까. 보리스가 홀로 죽던 날 밤, 기르던 검은 개 세 마리와 함께 바닥에 길게 뻗어 있었던 그 밤에, 그는 그녀를 처음 발견했던 날부터 이미 그렇게 그녀의 가슴에 얼굴을 묻고 있었던 것 같다고 생각했다.

그는 접시에 담긴 음식을 먹고 싶지 않다고 했다.

알았어요, 곱사등이. 장화 벗고 같이 침대로 가요.

그는 고개를 가로저었다.

왜 그래요? 거기 앉아서 말도 안 하고, 먹지도 않고, 아무것도 안 하다니, 아무 쓸모가 없잖아!

그는 자리에서 일어나 문을 향해 다가갔다. 그녀는 그제서야 그가 다리를 절고 있다는 걸 알아차렸다.

발은 왜 그래요?

그는 대답하지 않았다.

이런 세상에, 다친 거예요?

부러졌어.

어쩌다가?

집 위쪽 경사지에서 트랙터가 뒤집혔어. 운전석에서 떨어졌는데, 발이 흙받기에 부딪혀 가지고.

의사는 불렀어요?

이리로 바로 왔어.

차는 어디 있어요?

운전 못 해, 발목을 움직일 수가 없어.

그녀는 장화 끈을 풀었다. 먼저 다치지 않은 발부터 벗겼다. 그는 아무 말도 없었다. 남은 한쪽을 벗기는 일은 쉽지 않았다. 그녀가 끈에 손을 대자마자 그는 온몸에 힘이 들어갔다. 양말에 피가 흥건하고, 발이 부어서 장화를 벗길 수가 없었다.

그녀는 입술을 깨물며 부츠를 조금이라도 벗겨 보려고 했다.

여기까지 걸어왔잖아요! 그녀가 소리쳤다.

그는 고개를 끄덕였다.

발 앞 부엌 바닥에 주저앉은 그녀는, 손을 힘없이 내려놓은 채 흐느꼈다.

발은 모두 열한 군데가 골절되었다. 의사는 그가 자신의 농가에서 금발 여인의 집까지 사 킬로미터를 걸어갔다는 이야기를 믿을 수 없었다. 절대 불가능한 일이라고 했다. 금발 여인이 차로 마을 아래 병원까지 보리스를 데리고 갔는데, 의사 말에 따르면, 그녀는 오전 내내 보리스의 집에 함께 있었지만 무슨 이유에선지 그걸 인정하지 않으려고 했다. 역시 의사 말에 따르면, 두 사람이 보리스가 그런 발로 사 킬로미터를 걸었다는 말도 안 되는 이야기를 지어낸 것도 그 때문일 거라고 했다. 하지만 의사가 잘못 생각한 것이었다. 그녀는, 보리스의 수많은 방문들 중에, 그날의 방문만큼은 제라르에게 이야기하지 않았다. 그리고 훗날, 보리스의 사망 소식을 들었을 때, 그녀는 느닷없이 그리고 놀랍게도 그가 발견되었을 때 장화를 신은 차림이었는지 물었다.

대답은 '아니'였다. '맨발이었어.'

보리스는 젊었을 때 집을 세 채 물려받았지만, 그것들은 모두 마을의 기준에서 볼 때 형편없는 상태였다. 그중에 가장 큰 창고가 붙어 있는 집에서 본인이 지냈다. 전기는 들어왔지만 수도는 없었다. 집은 길보다 낮은 곳에 있어서 지나가는 사람들이 굴뚝을 내려다볼 수 있었다. 그가 죽던 날 세 마리의 개가 밤새도록 짖었던 집이 바로 그 집이다.

두번째 집, 그가 늘 '엄마 집'이라고 불렀던 집은 세 집 중에 위치가 가장 좋았고, 그는 장기적으로는 그 집을 어떤 파리 사람에게 팔 계획을 가지고 있었다. 언젠가 그 파리 사람이 정말로 오면 말이다.

세번째 집, 산 아래 있는 오두막에 불과한 그 집에서는 양치기 에드몽이 필요할 때마다 잠을 잤다. 에드몽은 마르고, 눈은 은둔자의 눈 같았다. 그는 본인의 경험에 따르면 두 발로 걷는 동물은 대부분 '오해'라는 종의 특성을 벗어날 수 없다고 믿었다. 보리스에게 정기적으로 급료를 받지는 않고, 가끔씩 선물과 식량을 받았다.

어느 봄날 저녁, 보리스는 치즈와 훈제 베이컨을 들고 산 아래 집으로 향했다.

요즘 집에 잘 안계시데요! 에드몽은 그 말로 인사를 대신했다.

왜 그런 말을 하세요?

나도 눈이 있으니까. 랜드로버가 어디로 다니는지는 알지.

내가 어디 가는지 아신다고?

에드몽은 대답할 가치도 없는 질문이라고 생각했다. 그는 그저 허무한 눈빛으로 보리스를 쳐다볼 뿐이었다.

그 여자랑 결혼하고 싶어요, 보리스가 말했다.

안 될 걸요.

그 여자도 하고 싶어 해요.

확실합니까?

보리스는 대답 대신 오른손 주먹으로 왼손 바닥을 내리쳤다. 에드몽은 말이 없었다.

양이 몇 마리죠? 보리스가 물었다.

서른세 마리. 그 여자는 도시에서 온 거 맞지요?

아버지가 리옹에서 정육점 한답니다.

애는 왜 없대요?

숫양이라고 다 불알이 있는 건 아니니까, 그 정도는 아시잖아요. 그 여자가 내 애를 낳아 줄 거예요.

그 여자 집에 다니신 지 얼마나 됐죠?

십팔 개월.

에드몽은 눈썹을 치켜 올렸다. 도시 여자들은 종이 달라요, 내가 압니다. 충분히 봤으니까. 만들어진 것 자체가 같지 않다고요. 싸는 똥도 다르고 피도 달라요. 심지어 냄새도 다릅니다. 축사나 닭 사료 냄새 같은 건 안 나죠. 뭔가 다른 냄새가 나는데, 그 다른 뭔가가 위험한 겁니다. 그 여자들은 속눈썹도 완벽하고, 다리에는 상처 하나 없고 핏줄도 안 튀어나왔어요. 그 여자들이 신는 신발은 밑창이 팬케이크만큼 얇고, 손은 또 껍질 벗긴 감자처럼 하얗고 부드럽습니다. 그 여자들 냄새를 맡으면, 마음속에 처량한 갈망이 가득 차죠. 그 냄새를 마지막 찌꺼기까지 맡고 싶어지는 겁니다, 레몬을 씨 하나, 즙 한 방울도 남기지 않고 짤 때처럼요. 그게 무슨 냄새인지 알려 줄까요? 그 냄새가 바로 돈 냄새입니다. 그 여자들은 모든 걸 돈으로 계산하거든요. 우리 어머니들 같은 사람하고는 다르게 만들어진 겁니다, 그 여자들은.

제 어머니는 빼 주시죠.

조심해요, 에드몽이 말했다. 그 금발 여자가 당신을 홀랑 벗겨 먹을 겁니다. 그런 다음에 털 뽑힌 닭처럼 버릴 거예요.

보리스는 에드몽의 얼굴에 주먹을 날렸다. 에드몽은 바닥에 대자로 뻗어 버렸다.

아무 동요도 없었다. 개가 에드몽의 이마를 핥았다.

전투를 직접 본 적이 있는 사람만이 바닥에 대자로 뻗은 양치기 위로 펼쳐진 밤하늘 별자리의 무심함을 이해할 수 있을 것이다. 그런 무심함에 직면할 때 우리는 사랑을 갈구한다.

내일 그 여자한테 숄을 하나 사 줄 거요, 보리스는 그렇게 속삭이 듯 말하고는 뒤도 돌아보지 않고 나와 마을로 돌아왔다.

다음 날 아침 경찰이 보리스를 찾아와서 그의 양들이 공공 위협이 되고 있다고 경고했다. 양 떼가 고속도로에 올라온 것이다. 양치기 에드몽은 그렇게 사라진 후로 보리스가 죽을 때까지 다시 나타나지 않았다.

팔월은 보리스에게 승리를 가져다준 달이었다. 아니면 영광이라고 해야 할까? 그는 너무 행복하고, 너무 자신에게 도취되어, 자신이 다른 사람들을 상대로 승리했다는 것조차 인식하지 못했다. 그가 만들어질 때 새겨진 지침이 그의 골격이나 두개골의 두께보다, 혹은 그의 의지보다 훨씬 더 커져 버린 것 같았다. 결국 그는, 마흔 살에 이름을 날릴 운명이었던 것이다.

건초가 들어오고 창고는 가득 찼다. 양 떼는 산에서 풀을 뜯고 있었다. 양치기는 없었지만 하나님이 지켜 줄 것이었다. 매일 저녁 그는 '공화국의 리라' 테라스에 앉아 마을 광장을 내다봤다. 금발 여인도, 여름 원피스 차림에, 맨 어깨를 드러내고, 굽이 높은 은색 샌들을 신은 그녀도 함께였다. 밤이 내릴 때까지 두 사람은 마을 사람들에게 컬러텔레비전 속 화면 같은 존재였다.

테이블에 다 한 잔씩 돌리시죠, 그가 앉은 자세로 몸을 뒤로 젖히며 말했다. 무슨 좋은 일이 있냐고 손님들이 물어보면 보리스가 말을 산다고 전하세요!

곱사등이, 매일 밤 이러면 안 돼요, 감당 못 해요!

매일 밤 할 거야! 뭐든 할 수 있어.

그는 거대한 손을 여자가 입은 빨간 물방울 무늬가 있는 원피스의 가슴으로 가져갔다.

말 이야기는 진짜야, 그가 말했다. 말을 기를 거야, 당신을 위해서! 경주마를 길러서 주말에 여기 오는 바보들한테 파는 거지.

　　　　　　　　　　　보리스, 말을 사다

말이 있다고 내가 뭘 하겠어요? 그녀가 물었다. 탈 줄도 모르는데.

당신이 내 아이를 가지면 말이야.

네, 곱사등이.

녀석한테 타는 법을 알려 줄 거야, 그가 말했다. 우리 애는 당신의 외모에 나의 자존심을 지닐 거야.

'자존심'이란 단어는 지금까지 그가 자신에 대해 말할 때는 입에 올리지 않던 단어였다.

우리가 애를 가지면, 그녀가 속삭였다. 지금 우리가 사는 집은 너무 작을 거예요. 적어도 방이 하나 더 필요할 거니까.

집 문제를 해결할 때까지 몇 달이나 여유가 있는 거지? 보리스가 가축 장수답게 약삭빠르게 물었다.

몰라요, 곱사등이. 아마 한 팔 개월?

샴페인 한 병이요, 보리스가 외쳤다. 여기 사람들에게 전부 한 잔씩 돌리세요.

아직도 말 구하고 있나? 마르크가 물었다. 파란 작업복 차림에 파이프를 문 그는 '공화국의 리라'의 회의론자로, 늘 세상의 어리석음에 대해 설교하는 인물이었다.

아저씨가 상관할 일이 아니에요, 보리스가 대꾸했다. 제가 술 한 잔 사드릴게요.

나 취할 것 같은데, 금발 여인이 말했다.

땅콩 좀 갖다줄게.

'공화국의 리라' 계산대에는 일 프랑 동전을 넣으면 아이들 손으로 한 줌 정도 되는 땅콩이 나오는 기계가 있었다. 보리스는 동전을 계속 넣으며 수프 접시를 달라고 했다.

바에 서 있던 남자들이 샴페인 잔을 보리스에게 들어 보였다. 그들은 금발 여인을 위해 건배를 했다. 다들 보리스의 자리에 선 자신의 모습을 상상하고 있었다. 어떤 이들은 시기심을 느꼈고, 모두들 일종의 낯선 향수를, 사람이 영원히 살 수는 없다는 사실을 실감할 때 느끼는 그런 향수를 느꼈다.

마르크 옆에는 한때 장거리 트럭 운전수로 일한 적이 있는 장이 서 있었다. 이제 아내와 함께 토끼를 키우고, 나이는 일흔이었다. 장이 뭔가 한창 이야기하는 중이었다.

기(Guy)가 완전히 정신이 나가서 말이야, 장이 말했다. 기가 바닥에 쓰러져서 죽은 것처럼 뻗어 버렸거든. 장은 이야기를 멈추고 마치 당시의 막막한 상황을 강조하는 듯 주변의 얼굴들을 둘러보았다. 어떻게 하면 좋지? 그때 파트리크가 아이디어를 하나 낸 거야. 우리 집으로 데리고 가자, 파트리크가 그렇게 말하더라고. 사람들이 기를 차에 싣고 파트리크 집으로 갔지. 여기 좀 눕혀 봐, 작업대 위에, 파트리크가 그렇게 말하더라고. 이제 바지 벗겨.

금발 여인이 보리스의 입에 땅콩을 넣어 주었다.

해치려는 거 아니지? 바지 벗기라고 했잖아. 자, 이제 양말. 그렇게 그 친구가 작업대 위에 발가벗고 누워 있었던 거야. 영원히 쉬는 날이 오면 우리 모두 그렇게 되겠지. 아무튼 그래서 어떻게 했을까? 이 친구는 다리가 부러진 거야, 파트리크가 선언하듯 말하더라고. 바보 같기는. 이 친구가 자기 다리가 부러졌다고 믿게 만들면 되는 거야, 파트리크가 설명을 덧붙였지. 어떻게 믿게 만드시게요? 기다려 봐. 파트리크가 욕조에 석고를 풀기 시작하는데, 그 친구가 원래 그렇듯이 아주 솜씨가 전문적이더라고. 그렇게 기의 발목에서 허벅지까지 석고를 발라 버린 거야. 장은 말을 멈추고 청중들을 살펴보았다. 집으로 돌아가는 차 안에서 기가 정신을 차렸지. 걱정 마, 친구. 파트리크가 말했지. 다리가 부러졌는데 심하지는 않아, 병원에 갔더니 깁스를 해 주면서 일주일 병가를 낼 수 있을 거라고 하더라고. 심한 골절은 아니야. 기는 자신의 다리를 내려다보며 눈물을 흘렸다. 이런 좆같은 경우가 있나! 그는 계속 말했다. 이런 좆같은 경우가 있나!

그래서 어떻게 됐어요? 마르크가 물었다.

보리스, 말을 사다

일주일 병가를 얻어서는, 의자에 다리를 올린 채 텔레비전만 봤지 뭐!

금발 여인이 웃음을 터뜨리고 보리스는 손등을 여자의 목에 갖다 댔다.(손바닥에는 굳은살이 너무 많았다.) 거기서 그녀의 웃음이, 엉덩이 사이에서 시작해 입까지 올라온 그 웃음이 느껴졌다. 그는 거대한 손등으로 그녀의 목을 아래위로 촘촘하게 쓰다듬었다.

트럭을 운전하다 지금은 토끼를 키우는 장은 그 모습을 지켜보다 넋을 잃었다. 자신이 방금 했던 이야기보다 그 광경이 더 말이 안 되는 것 같았다.

믿을 수 없었다니까, 그날 밤늦게 '공화국의 리라'에 모인 단골들에게 그가 말했다. 저기 보리스가 있었다니까, 바보 보리스가 그 금발을 다람쥐처럼 쓰다듬으면서, 수프 그릇에 담긴 땅콩을 먹여 주었다고. 남편이 나타났을 때 그 친구가 어떻게 했을 것 같아? 자리에서 일어나서 악수를 하려고 손을 내밀면서 이렇게 말하더라고. 뭐 마실래요? 백포도주랑 카시스? 오늘 밤에 잔이랑 무도회에 갈 겁니다, 보리스가 말했어. 내일 아침까지 안 돌아올 거예요.

무도회는 옆 마을에서 열렸다. 밤이 새도록, 보리스에게는 발밑의 땅이 제멋대로 어디론가 흘러가는 것 같았다.

둘은 잠시 춤을 멈추고 음료를 마셨다. 그는 맥주, 그녀는 레모네이드였다.

엄마 집 줄게, 그가 말했다.

왜 그 집을 그렇게 불러요?

엄마가 외할아버지한테 물려받았으니까.

나중에 팔고 싶어지면 어떻게 해요?

당신한테 줬는데 어떻게 팔아?

제라르는 믿지 않을 텐데.

우리 아기?

아니, 집이요. 남편은 확실하지 않으면 이사 안 할 거예요.

한때 유로파에서

남편은 그냥 두고 자기 혼자 들어와서 나랑 살아.

안 돼요, 곱사등이. 나는 닭 모이 같은 거 못 만들어.

다시 한번, 보리스는 대답 대신, 거대한 머리를 그녀의 가슴에 갖다 댔다. 그의 얼굴이 벨벳 장식을 한 총집 안의 권총처럼 그녀의 가슴 사이에 묻혔다. 얼마나 오래 그러고 있었을까? 그는 고개를 들고 말했다. 그 집 정식으로 줄게. 내가 공증인을 알아볼 테니까. 그럼 당신 집 되는 거야, 남편 집이 아니라 당신 집이고, 나중에 우리 아이한테 물려주는 거야. 다시 춤출까?

응, 내 사랑.

두 사람은 춤을 췄다. 빨간 물방울 무늬 원피스가 두 사람의 땀으로 젖을 때까지, 더 이상 음악이 흘러나오지 않을 때까지, 그녀의 금발에서 그의 축사 냄새가 날 때까지.

몇 년이 흐른 후, 사람들은 물었다. 평생 동안 뭘 준 적이 없었던 보리스가, 친할머니에게도 기꺼이 사기를 칠 것 같은 보리스가, 단 한 번도 자신이 한 말을 지킨 적이 없었던 보리스가 금발 여인에게 집을 내줄 수 있었을까? 대답은, 불가사의한 힘을 인정하는 그 대답은, 언제나 똑같았다. 열정은 열정이니까.

여자들은 그런 의문을 가지지 않았다. 여자들이 보기에, 적절한 시기와 상황이 닥치면 어떤 남자라도 그렇게 한다는 것은 자명했다. 불가사의한 힘 같은 건 없었다. 보리스가 죽은 후에 여자들이 남자들보다 좀 더 안쓰럽게 여겼던 것도, 아마 이런 이유 때문이었을 것이다.

보리스 본인은, 왜 그녀에게 집을 줬는지 스스로에게 묻지 않았다. 비록 본인이 평소에 내렸던 다른 결정들과는 달랐지만(이 점에서는 이야기꾼들의 해석이 옳았다) 그는 단 한 번도 그 결정을 후회하지 않았다. 그는 아무것도 후회하지 않았다. 후회는 어쩔 수 없이 과거를 되살리고 싶은 마음을 불러오게 마련이다. 그리고 그는, 마지막까지도, 기다리고 있었다.

보리스, 말을 사다

산에서 자라는 꽃들은 평원에서 자라는 같은 꽃보다 훨씬 밝고 진한 색을 띤다. 똑같은 원칙이 폭풍우에도 적용된다. 산에 치는 번개는 그냥 내리찍는 것이 아니라, 원을 그리며 춤추듯 떨어진다. 천둥도 손뼉 치듯 한 번만 소리를 내는 것이 아니라, 메아리처럼 울린다. 가끔은 다음 천둥이 칠 때까지도 직전에 쳤던 천둥의 메아리가 사라지지 않아, 우르릉 소리가 끊이지 않을 때도 있다. 이 모든 것이 암석에 함유된 금속 성분 때문이다. 폭풍우가 칠 때는 가장 능숙한 목동도 '도대체 내가 여기서 뭐 하고 있지' 하는 의문을 떠올리지 않을 수 없다. 그리고 다음 날 아침, 해가 나면, 전날 밤에는 대부분 생각하지 못했던, 폭풍우가 다녀간 흔적들을 발견하게 된다. 움푹 팬 구덩이, 불타 버린 잔디밭, 아직 연기를 내고 있는 나무, 죽어 버린 가축들. 팔월 말에 그런 폭풍우가 닥쳤다.

보리스의 양 몇 마리가 멀리 있는, 동쪽을 향한 경사지의 생 앙투안 바위 아래서 풀을 뜯고 있었다. 양들은 겁을 먹으면 하늘이 자신들을 구해 주기를 바라며 높은 곳으로 올라간다. 그래서 보리스의 양들도 바위 옆의 경사면으로 올라갔고, 거기 한데 모여서 비를 맞았다. 양 육십 마리, 한 마리 한 마리가 옆에 있는 다른 양의 기름낀 엉덩이나 어깨에 젖은 머리를 들이밀고 있었다. 번개가 산을 때릴 때(모든 게 너무나 또렷하고 가깝게 보여 영원히 이어질 것만 같은 그 순간) 육십 마리의 양들은 하나의 거대한 양피 외투처럼 보였다. 소매까지 제대로 갖춘 외투였다. 소매에는 각각 열두 마리 정도의 양이 있었는데, 녀석들은 바위 사이에 만들어진 좁은 풀밭을 따라 모여 있었다. 그 거대한 외투에서, 번개가 칠 때마다 백여 개의 눈들이, 갈탄처럼 광이 나는 그 눈들이 두려운 시선으로 주변을 살폈다. 겁을 먹는 게 당연했다. 폭풍우의 중심부가 다가오고 있었다. 다음 벼락이 외투 한가운데 떨어졌고, 양 떼 전체가 몰살당했다. 전기 충격 때문에 대부분의 양들은 턱뼈와 앞다리가 부러졌다. 머리에 맞

한때 유로파에서

은 전류가 앙상한 다리뼈까지 관통한 것이다.

단 하룻밤만에 보리스는 삼백만을 날렸다.

서른여섯 시간 후에 하늘을 맴도는 까마귀 떼를 맨 처음 발견한 사람이 나왔다. 그 아래 뭔가가 죽어 있구나 싶었지만 정확히 뭔지는 몰랐다. 누군가 보리스에게 이야기를 했고, 다음 날 그는 생 앙투안 바위에 올라갔다. 거기서 거대한 양피 외투가 버려진 채, 차갑게 식어서, 파리 떼에 뒤덮여 있는 것을 발견했다. 사체들은 길에서 너무 떨어진 곳에 있었다. 그가 할 수 있는 일은 그 자리에서 그것들을 태우는 것밖에 없었다.

그는 휘발유와 경유를 가지고 와 장작 더미를 만들고, 외투의 소매를 따라 양들의 사체를 끌고 와서는 하나씩 하나씩 차곡차곡 쌓았다. 폐타이어로 불을 피웠다. 사체 더미 위로 짙은 연기가 피어오르고, 그와 함께 동물의 살이 타는 냄새가 났다. 산 하나가 지옥의 모퉁이로 변하기까지는 시간이 오래 걸리지 않았다. 보리스는 가끔씩 금발 여인을 생각하며 스스로를 위로했다. 나중에 그녀와 함께 웃을 것이었다. 나중에 그녀의 가슴에 얼굴을 묻으면, 이 수치스러운 광경도 잊을 수 있을 것이었다. 하지만 스스로에게 했던 그런 약속들보다는, 그녀의 존재 자체가 그에게 용기를 북돋아 주었다.

그때쯤 마을 사람들은 모두 보리스의 양 떼에 무슨 일이 있었는지 알게 되었다. 아무도 보리스를 대놓고 비난하지는 못했다. 감히 누가 그러겠는가? 하지만 한 번에 그렇게 많은 가축을 잃어버리는 건, 어찌 됐든, 그럴 만한 이유가 있기 때문이라는 암시를 흘리고 다니는 사람들이 있었다. 보리스는 자신의 가축들을 방치했다. 보리스는 빚을 갚지 않았다. 보리스는 유부녀와 바람을 피우고 다녔다. 신의 섭리에 따라 그에게 경고가 내려진 것이었다.

보리스가 양들을 태우고 있대, 금발 여인이 말했다. 산에 연기가 보여.

가서 봐야 하는 거 아닌가? 제라르가 말했다.

그녀는 머리가 아프다고 핑계를 댔다.

그러지 말고, 그가 말했다. 일요일 오후고 산 공기를 마시면 머리도 맑아질 거야. 양 육십 마리를 태우는 건 나도 한 번도 본 적이 없다고.

가고 싶지 않아.

뭐가 문제야?

걱정이 돼.

집 관련해서 보리스 생각이 바뀔까 봐? 확실히 돈이 쪼들리기는 하겠지.

양 떼 잃었다고 해서 집에 대한 생각을 바꾸지는 않을 거야.

닭들도 있다는 걸 생각 못했네.

집에 대한 그의 생각을 바꾸는 건 하나뿐이야.

자기가 헤어지자고 하는 거?

꼭 그렇지는 않고.

그럼 뭐야?

아무것도 아니야.

최근에 집 이야기 한 적 있어?

그 집을 뭐라고 부르는지 알아? 엄마 집이라고 하더라고.

왜?

그녀는 어깨를 으쓱해 보였다.

가 보자, 제라르가 말했다.

제라르와 그의 아내는 차를 몰고 산으로 올라가 도로가 끝나는 곳까지 갔다. 거기서부터는 차를 잠그고 걸어 올라갔다. 들꿩 한 마리가 발밑에서 날아오르자 그녀가 소리를 질렀다.

애기인 줄 알았네! 그녀가 외쳤다.

술을 너무 많이 마셨네. 애기가 나는 거 본 적 있어?

그런 생각이 들었다는 이야기지.

연기 보여? 제라르가 물었다.

쉭쉭 소리는 뭐지?

양고기 굽는 소리! 제라르가 말했다.

농담하지 말고.

메뚜기야.

무슨 냄새 안 나?

안 나는데.

폭풍우가 칠 때 여기 있었다고 생각해 봐! 그녀가 말했다.

그러고 싶지 않은데.

당신은 입만 살았으니까, 평생 삽질 한 번 안 해 봤잖아, 그녀가 말했다.

그건 내가 미련한 사람이 아니니까.

아무렴, 아무도 당신한테 미련하다고 하지 않지. 저 사람은 미련해, 보리스는 미련하지. 미련해, 미련해!

보리스는 기름을 부으며 불길을 키우고 있었다. 기름이 타는 파란 불꽃이 그보다 느린 노란 불꽃을 따라 올라갔다. 양의 뒷다리를 잡고 앞뒤로 흔들다가 높이 던져 올리면 불꽃 맨 위에 떨어졌다. 그러고 나서도 몇 분 동안 그 사체는 여전히 동물의 모양새를 유지했다. 그의 볼에 남은 눈물 자국은 열기와, 바람의 방향이 바뀔 때마다 들이닥치는 매운 연기 때문에 생긴 것이었다. 몇 분마다 그는 다른 양의 사체를 가지고 와, 앞뒤로 흔들다가, 하늘 높이 던져 올렸다. 물푸레나무 가지를 부드럽게 두드릴 줄 몰랐던 소년은 자신이 키우던 양을 한 손으로 집어던져 태우는 남자가 되었다.

제라르와 금발 여인은 불기둥에서 사십오 미터쯤 떨어진 곳에 멈췄다. 열기와 악취, 그리고 정체를 알 수 없는 무언가가 그들이 다가갈 수 없게 했다. 그 알 수 없는 무언가가 둘을 하나로 묶어 주었고, 그들은 아무 말이 없었지만 그 점에 대해서는 같은 생각이었다. 둘은 눈을 보호하려 손을 들어 가렸다. 불과 거대한 폭포는 공통점이

보리스, 말을 사다

있다. 폭포에서 떨어지며 바람에 흩날리는 물보라가 있고, 불길이 있다. 암벽의 표면이 깎이면서 눈앞에서 떨어지는 부스러기가 있고, 불타고 있는 대상의 해체가 있다. 떨어지는 물이 내는 굉음이 있고, 불꽃이 내는 수다가 있다. 하지만 불이든 폭포든 그 중심에는 흔들림 없는 차분함이 있다. 진짜 재앙은 그 차분함이다.

봐 봐, 제라르가 속삭였다.

삼백만이나 잃었는데, 불쌍한 사람! 금발 여인이 중얼거렸다.

보험에 안 들었다고 어떻게 그렇게 확신해?

그냥 알아, 그녀가 쏘듯이 말했다. 그게 이유야. 그냥 안다고.

보리스는 불길을 등진 채 허리를 숙이고는 자루에서 물병을 꺼내 물을 마셨다. 물을 마신 다음에는 얼굴과 새카맣게 검댕이 묻은 팔뚝에도 물을 부었다. 정신이 들면서 그날 저녁, 금발 여인을 만나러 가기 전 부엌에서 옷을 벗고 씻을 일을 생각했다.

불길을 향해 돌아섰을 때 보리스는 두 사람을 발견했지만, 순간 연기가 일어나며 시야를 가렸다. 하지만 자신이 잘못 보았을지도 모른다는 생각은 전혀 들지 않았다. 그는 그녀가 어디에서 무엇을 하고 있든 즉시 알아볼 수 있었다. 그녀가 세계 어느 나라에 있든, 몇 살이 됐든 그는 알아볼 수 있었다.

바람이 불고 두 사람의 모습이 다시 나타났다. 그녀가 거기 서 있고, 제라르는 그녀의 어깨에 팔을 두른 채 있었다. 두 사람이 그를 보지 못했을 리가 없지만, 그녀는 어떤 티도 내지 않았다. 그들은 불과 사십오 미터 떨어져 있을 뿐이었다. 두 사람은 그를 지켜보고 있었다. 그런데도 그녀는 어떤 티도 내지 않았던 것이다.

그가 불 속으로 걸어 들어갔더라면 그녀는 소리를 질렀을까? 여전히 물병을 든 채, 그는 마치 훈장을 받으러 가는 병사처럼 허리를 펴고 곧장 불길을 향해 걸어갔다. 다시 바람이 방향을 바꾸고 두 사람의 모습이 사라졌다.

연기가 가셨을 때 부부의 모습은 어디에서도 찾을 수 없었다.

한때 유로파에서

그는 생각을 바꾸어, 그날 밤 산을 내려오지 않았다. 불 옆에 머물렀다. 불길이 잦아들고, 그의 양들은 재가 되었다. 하지만 바위들은 아직 오븐처럼 뜨거웠고, 타고 남은 불은, 그의 분노처럼, 바람이 불 때마다 색을 달리했다.

바위 아래 웅크리고 앉아서, 면사포 같은 별들을 남쪽으로 늘어뜨린 은하수를 보며, 그는 자신의 처지를 곰곰이 생각했다. 빚은 일종의 경고, 결국에는 드러날 진리가 전하는 경고였다. 빚은, 강력하다고는 할 수 없지만, 이 지상의 삶이 결국에는 적대적임을 나타내는 신호였다. 자정이 지나자 바람이 멎고, 바위 더미에 스민 역한 냄새도 더 이상 흩어지지 못했다. 마지막 총성이 사라진 후에도 여전히 남은 화약 냄새처럼, 그 역한 냄새가 침묵을 채웠다. 이 적대적인 지상의 삶에서, 마흔하나의 나이에, 안식처 하나를 발견한 그였다. 금발 여인은 하나의 장소 같았고, 그곳에서는 적대적인 법칙들이 적용되지 않았다. 이 장소는 어디든 가지고 다닐 수 있었고, 그녀를 생각하기만 하면 거기에 다가갈 수 있었다. 그런데, 그가 패배한 그날 산에 올라온 그녀는 어떻게 한마디도 하지 않고 사라질 수 있단 말인가. 어떻게 이 바위산에, 마을보다 한참 높은 곳, 그래서 교회 종소리도 들리지 않는 곳에, 사십오 미터까지 가까이 다가온 그녀가 그에게 어떤 신호도 보내지 않을 수 있단 말인가. 그는 장화로 타다 남은 재를 휘저었다. 그도 대답은 알고 있었고, 그건 너무 간단한 문제였다. 그는 불에 대고 오줌을 눴고, 뜨거운 돌에 닿은 오줌은 이내 김이 되었다. 간단한 문제였다. 그녀는 그저 호기심 때문에 그를 보러 온 것이었다.

그녀의 모습을 보기 전까지, 그는 결국 양 떼 절반을 잃은 것뿐이라고 스스로에게 말했다. 자신의 눈으로 직접 그녀를 보자마자, 그리고 그녀가 아무런 신호도 보내지 않는 후에는, 그의 분노도 불길처럼 타올랐다. 그는 불과 함께, 온 세상을 태워 버릴 것 같았다. 모든 것을, 양 떼, 가축들, 집들, 가구, 숲, 도시까지. 그녀는 호기심 때

보리스, 말을 사다

문에 굴욕적인 그의 모습을 보러 온 것이다.

밤이 새도록 그는 그녀를 증오했다. 해가 뜬 직후, 하루 중 가장 추운 그때쯤, 그의 분노는 정점에 달했다. 그리고 나흘 후, 그는 스스로에게 물어보았다. 그녀가 생 앙투안 바위에 와야만 했던 다른 이유가 있었을까?

보리스는 산에 머물기로 했다. 마을로 내려가면 모두들 그가 잃어버린 것에 어떻게 대처하고 있는지 살피려 할 것이다. 보험은 들었는지 물어보겠지만, 그건 단지 아니라는 대답을 듣고 싶어서일 것이다. 그 대답이 그들을 기쁘게 할 것이다. 산을 내려가면 그는 물건들을 부수기 시작할 것이다. 시장 사무실의 창문을 부수고, '공화국의 리라' 계산대에 있는 잔들을 부수고, 제라르의 얼굴을 부수고, 금발 여인의 허리에 맨 처음 손을 대는 남자를 부술 것이다. 남은 양들은 프니엘 근처에 있었고, 거기에는 그가 잠을 잘 수 있는 오두막도 하나 있었다. 눈이 내릴 때까지, 거기서 남은 양들과 머물 계획이었다. 그렇게 하면, 겨울이 닥쳤을 때 양들을 데리고 내려오기에도 적당했다. 그녀가 정말 그를 만나야 할 다른 이유가 있었다면, 다시 찾아올 것이다.

일주일이 지났다. 할 일이 별로 없었다. 오후가 되면 그는 풀밭에 누워 하늘을 올려다보고, 가끔씩 개들을 불러 소 떼를 어디로 몰고 가라고 지시를 하고, 느긋하게 골짜기 아래를 살폈다. 매일매일 골짜기가 조금씩 멀어지는 것처럼 보였다. 밤에는 오두막 안에 불을 피워야 했다. 굴뚝은 없었지만 천장에 구멍이 나 있었다. 체력은 전혀 줄지 않았지만 그는 계획을 세우거나 뭔가를 욕망하는 일은 그만두었다. 산허리의 반대편에 있는 오두막에는 마멋이 떼를 지어 살고 있었다. 그의 개들이 그 오두막에 다가갈 때마다 마멋들이 경계하는 소리가 들렸다. 이른 아침이면 마멋들이 긴 겨울잠을 준비하는 것을 볼 수 있었다. 마멋들은 풀을 뿌리째 물고는 마치 꽃다발이라도 되

한때 유로파에서

는 것처럼 곱게 지하의 은신처로 옮겼다. 꼭 과부들 같네, 그는 중얼거렸다. 과부들 같아.

어느 날 밤, 별들이 봄처럼 환하게 빛나던 그 밤에, 그의 분노가 다시 일어나 그를 갉아먹기 시작했다. 사람들은 보리스는 이제 끝이라고 생각하겠지, 그는 개들을 보며 중얼거렸다. 하지만 씨발, 사람들이 완전 잘못 생각한 거야. 보리스는 이제 겨우 시작이라고. 그날 밤 그는 주먹으로 입을 막은 채 잠이 들었고, 꿈을 꾸었다.

다음 날 오후 그는 누워서 하늘을 보다가 갑자기 몸을 돌려 배를 깔고는, 숲을 지나 타르를 깐 도로로 이어지는 오솔길을 내려다보았다. 그의 귀는 어느새 개들만큼이나 예민해져 있었다. 그녀가 그를 향해 다가오고 있었다. 그녀는 흰색 원피스에 파란 샌들을 신고, 목에는 진주처럼 보이는 목걸이도 하고 있었다.

어떻게 지내요, 곱사등이?

마침내 왔군!

당신이 사라진 거잖아요! 당신이 사라졌다고! 그녀는 팔을 벌리고 그를 안았다. 당신이 사라져 버려서 혼자 생각했어요. 가서 곱사등이 찾아와야겠다고, 그래서 이렇게 온 거예요.

그녀는 한 걸음 물러서서 그를 살폈다. 수염이 자라고, 머리카락은 엉켜 있고, 피부는 지저분하고, 무언가를 응시하는 파란 눈은 조금 먼 곳에 고정되어 있었다.

여기까지 어떻게 왔어? 그가 물었다.

아래 오두막까지 차 타고 왔어요.

할머니 사시는 데?

지금은 아무도 없어요, 창문도 막아 놨고.

소 떼 데리고 내려갔나 보네, 그가 말했다. 오늘이 며칠이지?

구월 삼십일.

그때는 왜 올라왔던 거야, 양들 태울 때?

무슨 뜻이에요?

남편이랑 생 앙투안 바위에 왔었잖아.

아니에요.

양들 태우던 날 당신 봤는데.

다른 사람이랑 헷갈렸겠지.

당신이랑 다른 여자를 헷갈리는 일은 절대 없어.

당신 양들 일은 정말 안 됐어요, 보리스.

할머니가 꿈은 늘 실제와는 반대라고 하셨거든. 어젯밤에 꿈을 꿨는데 우리 애가 딸이었어, 그러니까 실제로는 아들일 거야.

곱사등이, 나 임신 안 했어요.

정말이야?

당신한테 거짓말하기 싫어요.

왜 올라와서 염탐을 했던 거지? 사실을 말할 거라면, 그냥 말해.

오고 싶지 않았어요.

왜 올라왔을 때는 아무 말도 안 했어?

무서웠어요.

내가?

아뇨, 곱사등이. 당신이 하고 있던 일이.

해야만 하는 일이라서 한 거야. 마치고 당신한테 가려고 했었는데.

나도 기다리고 있었어요, 그녀가 말했다.

아니, 당신은 기다리지 않았어. 당신은 보고 싶은 것만 봤던 거야.

지금 왔잖아요.

오늘 임신하면, 우리 아들은 유월에 태어나겠네.

그런 대화가 있고 나서, 그는 그녀의 팔을 거칠게 잡고는 나무로 만든 벽이 햇빛에 까맣게 변색된, 기울어진 오두막으로 데리고 갔다. 문을 발로 차서 열었다. 오두막 안은 염소 네다섯 마리를 둘 수 있을 정도로 넓었다. 흙으로 된 바닥엔 담요가 깔려 있었다. 트랜지스터

라디오만 한 창문은 회색으로 먼지가 끼어 흐릿했다. 가스통 하나와 가스풍로가 있고, 그 위에 커피가 담긴 검은색 냄비가 놓여 있었다.

원하는 건 뭐든 줄게, 그가 말했다.

그는 빛이 반쯤만 드는 거기 서서, 커다란 손을 펼쳐 보였다. 그 뒤로 오래된 옷들이 쌓여 있었고, 그녀는 미군 모자와 언젠가 한번 다려 주었던 빨간색 셔츠를 알아보았다. 구석에서 뭔가 부산스럽게 움직이더니 양 한 마리가 다리를 절며 개가 누워 있는 문 앞으로 다가갔다. 다진 흙바닥에서는 먼지와 커피 찌꺼기, 동물들 냄새가 났다. 그가 가스풍로에서 냄비를 들고 불을 끄자 쉬쉬거리던 소리가 멈췄다. 이어지는 침묵은 골짜기에서 들을 수 있는 그 어떤 침묵과도 달랐다.

사내아이라면, 말을 사 줄….

그가 내미는 커피 사발을 무시한 채, 그리고 그가 말을 마치기도 전에, 그녀는 달아났다. 그는 문 앞으로 가 그녀가 달리는 모습을, 비틀거리며 산 아래로 내려가는 모습을 지켜봤다. 한두 번인가, 그녀는 그가 쫓아오는지 확인하기 위해 뒤를 돌아봤다. 그는 문 앞에서 꼼짝도 하지 않았고, 그녀는 달리기를 멈추지 않았다.

저녁에 눈이 내렸다. 오다 말다 하는 부드러운 눈이었다. 개 세 마리를 모두 오두막으로 들인 후에 보리스는 평소와 달리 문을 잠갔다. 그는 동물들 옆에서 주먹을 입에 댄 채 잠을 자려고 애썼다. 다음 날 아침 그는, 하얗게 눈이 쌓인 소나무와, 얼어 버린 관목과, 물웅덩이를 지나 비참한 몰골의 회색 양 떼를 몰고 마을로 이어지는 도로까지 내려왔다.

가축상 코르네이유가 보리스의 집 앞에 트럭을 세우고, 뚱뚱한 사람답게 느릿느릿한 발걸음으로 눈밭을 헤치며 다가와 부엌 창을 두드렸다. 보리스는 놀라지 않았다. 코르네이유가 온 이유를 알고 있었다. 그는 짖고 있는 개들에게 욕을 퍼부었다. 조용히 하지 않으면 소금에 절여서 구워 버리겠다고 소리치고 나서 문을 열어 주었다. 모자를 뒤로 젖혀 쓴 코르네이유가 의자에 앉았다.

오랜만이네, 코르네이유가 말했다. 겨울 장(場)에도 안 나오고. 어떻게 지내?

조용하죠 뭐. 보리스가 대답했다.

생드니에 도살장 문 닫는 거 알고 있나? 전부 다 A로 옮길 모양이야, 이제.

처음 듣는데.

검사도 많아지고, 공무원들도 더 늘어나서, 이제 어떻게 해 볼 방법이 없네.

방법이라! 뭐 그렇게 부를 수도 있겠네요!

자네는 방법이 없었던 적이 한 번도 없었지, 코르네이유가 말했다. 그 점에 대해서는 모자라도 벗어서 경의를 표하고 싶어!

하지만 그는 여전히 모자를 쓴 채 외투의 옷깃만 세웠다. 부엌은 바깥에 서 있는 잎이 모두 떨어진 너도밤나무처럼 춥고 황량했다. 조그만 안락함이라는 잎들이 떨어져 버린 나무.

이렇게 말해 두지, 코르네이유가 말했다. 아무도 나한테 새로운 방법을 알려 줄 수는 없다고, 나는 이미 다 알고 있으니까. 하지만 그걸 자네한테 알려 줄 수도 없는 거고. 좋아, 자네는 운이 나빴어, 지난달에 산에서 있었던 일만 이야기하는 게 아니야. 사람들이 이렇게 말하더라고. 보리스, 불쌍한 새끼 같으니, 이번에는 어떻게 빠져나올까? 아주 운이 나쁜 상황에 빠졌는데, 유통할 돈이 충분하지 않았겠지.

코르네이유는 외투 오른쪽 주머니에서 오만짜리 지폐 다발을 꺼내서 탁자 한쪽에 놓았다. 개 한 마리가 다가와 그의 손에서 냄새를 맡았다. 저리 가! 코르네이유는 그렇게 말하며 두꺼운 허벅지로 개를 밀어냈다. 외투 자락이 늘어져 있어서 마치 벽이 움직이는 것 같았다.

　　　　　　　　　　　　　　한때 유로파에서

말하자면 보리스, 염소 뒷다리를 사서 말들한테 줄 수도 있는 것 아니겠나! 그러니까 자네가 마음에 들어서 하는 이야기야.

원하시는 게 뭐죠?

술 한 잔 주지 않겠나? 주방이 따뜻하지가 않네.

증류주로 하실래요? 아니면 적포도주?

증류주 조금만 주게. '철없는 늙은이(Old King Cole, 스코틀랜드와 잉글랜드 전래 동요에 나오는 인물로, 나이들어서도 음악을 즐기고 쾌활한 사람을 가리킴—옮긴이)'한테는 그게 덜 나쁘겠지.

그렇다고 하더라고요.

자네가 그 여자를 휘어잡았다는 이야기는 들었지, 코르네이유가 말했다. 남편 놈은 치워 버리고 말이야!

보리스는 아무 말 없이 술을 따랐다.

그건 아무나 할 수 있는 일은 아니지, 코르네이유가 말했다. 그런 일에도 철없는 늙은이가 필요하니까!

그렇게 생각하세요? 돈은 왜 보여 주시는 거예요?

거래를 해 보자는 거야, 보리스. 솔직한 거래, 한 방에, 자네랑 흥정을 할 수 없다는 건 알고 있으니까.

아저씨 셈법이 어떤지 아세요? 아저씨는 하나, 둘, 셋, 다음에 여섯, 아홉, 스물 이렇게 나가잖아요.

두 남자는 웃음을 터뜨렸다. 돌바닥에서 냉기가 안개처럼 올라왔다. 둘 다 한 번에 술잔을 비웠다.

이번 겨울은 길 거야, 코르네이유가 말했다. 눈이 오랫동안 쌓여 있겠지. 족히 다섯 달 동안은 눈이 준비돼 있단 말이야. 그게 내 예상이야, 이 코르네이유 아저씨는 겨울을 잘 알거든.

보리스는 다시 잔을 채웠다.

사순절 전까지 건초 값이 한 더미에 삼백까지 오를 거야. 올해 자네 건초는 어떤가?

행복하죠!

　　　　　　　　　　　　보리스, 말을 사다

여자 말고 이 친구야, 건초가.

행복합니다, 보리스가 한 번 더 말했다.

밖에 말들이 여전히 있는 걸 봤네, 코르네이유가 말했다.

눈이 예리하시네요.

나도 나이를 먹고 있네. 철없는 늙은이가 더 이상 옛날처럼 날뛰지는 않아. 사람들이 근사한 암말이라고 하더군, 혈통이 다르다고.

원하시는 게 뭐죠?

그 말들 사러 왔네.

나무들이 나무꾼이 들고 오는 도끼를 보고 뭐라고 하는지 아세요, 코르네이유 아저씨?

코르네이유는 대답 대신 술잔을 들어, 단숨에 들이켰다.

도끼를 보고 나무들이 이렇게 말한대요, 저기 봐! 저 손잡이도 우리들 중 하나로 만든 거야!

이래서 자네랑은 흥정을 할 수 없다는 거야. 코르네이유가 말했다.

제가 말 팔고 싶어 한다는 건 어떻게 아셨어요? 보리스가 물었다.

자네 같은 입장이라면 팔 수밖에 없을 테니까. 어떤 제안을 받느냐가 중요하겠지, 자네가 깜짝 놀랄 값을 쳐주겠네.

놀라게 해 주세요!

삼백만!

그 돈으로 뭘 사시겠다고요? 건초?

자네의 그 행복한 건초 말인가! 코르네이유가 모자를 한 번 들었다가 더 뒤로 젖혀 쓰며 말했다. 아니. 자네한테 있는 네 발 달린 짐승들 전부 다 사고 싶네.

천만이라고 하셨죠? 아저씨?

보리스는 무심한 눈길로 창밖을 내다봤다.

상태에 상관없이 보지도 않고 살게, 이 친구야. 사백만.

팔 생각 없습니다.

한때 유로파에서

그럼 그렇게 하게, 코르네이유가 말했다. 그가 몸을 앞으로 기울이고 팔꿈치로 탁자를 짚고는 축사의 소처럼, 엉덩이를 먼저 들고 다음으로 팔을 떼고 천천히 일어났다. 똑바로 선 그는 탁자 위 지폐 다발이 소리를 지르는 입이라도 되는 것처럼 손으로 가렸다.

자네 곤란한 처지에 대해서는 들었네, 그가 병문안 온 사람처럼 부드럽게 말했다. 내가 자네를 특별히 생각하니까, 이렇게 생각했지, 아마 지금은 친구가 필요할 거고, 내가 도와줄 수 있겠다고 말이야. 오백만 주겠네.

그 돈이면 말만 가지고 가세요.

코르네이유는 여전히 손으로 돈을 가린 채 가만히 서 있었다.

내 제안을 받아들이면, 그러니까 겨울 동안 짐승들이 없으면 이 친구야, 건초도 팔고, 창고 지붕도 좀 고치고 할 수 있지 않겠나. 그러다가 봄이 오면 가축은 새로 사면 되잖아. 오백만에 해.

다 가지고 가세요, 보리스가 말했다. 아저씨 말씀처럼 겨울이 길 것 같네요. 다 가지고 가시고 돈은 탁자 위에 두세요. 육백만.

난 내가 사는 양이 몇 마리인지도 모른단 말이야, 코르네이유가 중얼거렸다.

이 세상에서는요 아저씨, 우리가 뭘 사고 있는지 절대 모르는 거잖아요. 모든 거래가 솔직하게 이루어지는 행성이 어디 있을지도 모르죠. 내가 아는 건 이 세상에는 신께서 불량품이라고 내던진 인간들도 수두룩하다는 거예요.

오백오십만, 코르네이유가 말했다.

육백.

코르네이유가 돈을 가렸던 손을 들어 보리스와 악수했다.

육백이네. 세 봐.

보리스가 지폐를 셌다.

철없는 늙은이가 조언 하나 하자면, 코르네이유가 단조로운 목소리로 느리게 말했다, 조언 하나 하자면 그 돈 여자한테는 쓰지 말게.

　　　　　　　　　　　　　　　보리스, 말을 사다

어떻게 쓰나 한번 보세요, 아저씨, 제가 금방 쓸 거니까.

아래는 보리스와 금발 여인이 주고받은 편지 두 통이다. 먼저 시월 삼십일 소인이 찍힌 편지는 그가 쓴 것이다.

> 내 사랑,
> 캐나다까지 가는 여비를 마련했어.
> 당신을 기다리고 있소.
>
> 언제나 당신의 보리스.

두번째 편지, 십일월 일일 편지는 그녀가 보낸 것이다.

> 사랑하는 곱사등이,
> 다른 생에서라면 함께 갔을 거예요. 이번 생에서는
> 마리 잔을 용서하세요.

이제 키울 양은 없었다. 말들이 떠난 과수원에 눈이 쌓였다. 말들을 실을 트럭이 왔을 때 눈 위에 건초가 반 더미 정도 남아 있었고, 보리스는 말들을 실은 후에 건초까지 함께 실어 주었다. 보리스가 자기가 키우던 가축들처럼 죽었다는 마르크의 말은 한 가지 점에서는 옳았다. 짐승들에게 먹이를 제대로 챙겨 주지 않았던 그는 스스로도 먹지 않고 죽었다.

그는 샴페인을 차갑게 마시기 위해 마당에 있는 얼음장 같은 여물통에 보관했다. 물 때문에 상표가 떨어진 샴페인 병이 일주일 후 수면으로 떠올랐다. 경찰이 열어 본 부엌 찬장에는 체리를 담은 리본 달린 오드비 병과, 뜯기만 하고 손도 대지 않은 애프터에이트 초콜릿 한 상자가 있었다. 가장 의아한 점은, 커튼 없는 창문 아래 모서리에 금박을 입힌 제과점 상자가 있고, 그 안에 성찬식을 마치고 손님이나 친구들에게 나눠 주는 것과 비슷한 분홍색 설탕을 입힌 아몬드가 들어 있었다는 점이었다. 바닥에는 담요와 개똥, 그리고 젖은 신문지가 있었다. 개들은 설탕 입힌 아몬드는 건드리지 않았다.

그 집에서 끝나지 않을 기다림의 시간을 보내는 동안 그는 집 밖에서 나는 소리에 귀 기울이지 않았다. 그의 청력은 지금 나의 청력만큼이나 문제가 없었다. 나는 종이 위에 스치는 펜 소리에 예민하다. 그 소리는 밤에 쥐들이 뾰족한 입에 닿는 건 뭐든 열심히 갉아 대는 소리와 비슷하다. 청력에는 아무 이상이 없었지만 당시 그는 어디에도 관심이 없었고, 덕분에 이웃집 수탉이 우는 소리나 그의 집 굴뚝이 내려다보이는 도로를 따라 올라오는 자동차 소리, 아이들의 고함 소리, 강 건너 숲에서 나무를 베는 기계톱 소리, 우체국 승합차의 경적 소리 같은 것들은, 아무 이름이 없는 소리, 의미도 없고, 공허한, 침묵보다 더 공허한 소리에 불과했다.

그렇게 기다리고, 깨어 있을 때든 자고 있을 때든, 단 한순간도 정신을 잃지 않았지만, 그는 자신이 기다리고 있는 이미지(마침내 자신의 머리를 놓을 수 있었던 그 가슴)가 어디에서 나타날지는 알 수 없었다. 시선을 둘 길 같은 것도 없었다. 그의 심장은 여전히 왼쪽 갈비뼈 아래 있었고, 그는 여전히 왼손에 빵을 쥔 채 오른손으로 뜯어서 개들에게 나누어 주었고, 늦은 오후가 되면 해는 여전히 똑같은 산 아래로 사라졌지만, 이제 더 이상 방향 같은 것은 없었다. 개들은 그가 정신을 잃어 가는 과정을 알았다.

그렇게 그는 바닥에서 잠을 잤고, 옷을 갈아입지 않았고, 더 이상 개들에게 말을 걸지 않고 채 자기 쪽으로 당기거나 주먹을 쥐고 밀어내기만 했다.

창고에서 사다리를 오를 때, 그는 밧줄을 가지고 오지 않았다는 것을 알았다. 건초 더미를 내려다보던 그는 말이 새끼를 낳는 모습을 보았다. 그의 허기를 감안할 때, 환영을 그렇게 자주 봤던 것 같지

보리스, 말을 사다

는 않다. 장화를 벗고 맨발로 눈 속으로 걸어 들어갈 때도, 그는 자신이 무슨 짓을 하고 있는지 알고 있었다.

십이월 말의 어느 맑았던 날, 그는 맨발로 눈 쌓인 과수원을 지나 마을과 경계가 되는 개울을 향해 걸어갔다. 거기서 처음으로 눈이 쌓이지 않은 나뭇가지를 보았다.

밤이 아니면, 지금 우리 집에서 볼 수 있는 그 잡목림이었다. 대충 삼각형 모양 숲의 맨 위에는 보리수가 한 그루 있고, 커다란 참나무도 있다. 나머지는 물푸레나무, 너도밤나무, 플라타너스 등이었다. 보리스가 서 있었던 자리를 기준으로 보면 왼쪽이 플라타너스들이었다. 십이월 오후의 햇빛에도 불구하고 잡목림 안은 어두웠고, 주변은 분간하기 어려웠다. 그는 나무들에 눈이 전혀 쌓이지 않았다는 걸 믿을 수 없었지만, 한편으로는 반갑기도 했다.

그는 양들을 살펴볼 때처럼 나무들을 살펴보았다. 거기서 그는 자신이 기다리던 것을 발견할 것이었다. 그리고 그 도착의 장소를 찾았다는 것 자체가 자신의 기다림이 헛되지 않을 거라는 약속이었다. 그는 천천히 집으로 걸음을 옮겼고 잡목림은 여전히 그의 눈앞에 펼쳐져 있었다. 밤이 되었지만 그는 여전히 나무들을 볼 수 있었다. 꿈속에서 그는 그 나무들을 향해 다가갔다.

다음 날 그는 다시 과수원을 지나 개울을 향해 걸어갔다. 그리고, 팔짱을 낀 채 잡목림을 꼼꼼히 살폈다. 나무가 없는 빈터가 하나 있었다. 나무들 사이의 그곳은 조금 덜 어두웠다. 그 빈터에 그녀가 나타날 것이었다.

그녀는 이름을 잃어버렸다. 마치 그녀가 올 때를 대비해 준비해 두었던 샴페인의 상표가 떨어져 버린 것처럼. 그녀의 이름은 잊혔지만, 그것을 제외하면, 그의 열정은 그녀의 모든 것을 간직하고 있었다.

그해의 마지막 며칠 동안 빈터는 점점 더 커졌다. 모든 나무 주위에 공간과 빛이 생겼다. 그의 몸의 고통이 심해질수록, 그녀가 도착할 시간이 다가오고 있다는 확신도 커져 갔다. 일월 이일 저녁, 그는 잡목림으로 들어갔다.

이일 밤에, 보리스의 이웃들은 그의 세 마리 개가 짖는 소리를 들었다. 다음 날 아침 이웃들이 부엌문을 열어 보려 했지만, 안에서 잠겨 있었다. 창문 너머로 바닥에 누운 보리스의 시체가 보였다. 머리를 뒤로 젖힌 채 입을 벌린 시체가. 끝을 맞이한 생명 앞에서 야성적으로 목 놓아 우는 개들 때문에 아무도 창문을 부수고 들어갈 용기를 내지 못했다.

여기까지가 나의 이야기다. 바람에 눈가루들이 멀리 휘날린다. 모든 것이, 심지어 공기까지 흰색으로 뒤덮여 있다. 이 바람을 가로질러, 마을의 집들을 지나 평원까지 걸어가면, 휘날리는 눈가루 때문에 일 분 만에 볼에 상처가 나고, 그런 상태로 계속 머무르면, 마치 머리를 한 대 맞은 것 같은 통증이 찾아온다.

악이란 존재하지 않고 이 세상은 선한 것으로만 이루어져 있다고 믿는 사람은 오늘 같은 밤에 평원에 한번 나가 봐야 한다.

이런 밤에는 한데 모여 카드놀이를 하며 밤을 샌다. 우리 넷은 한데 모여 앉아 벨로트 게임을 한다. 전기가 끊어졌다. 하지만 촛불 두 개를 켜면 손에 든 카드를 알아보기에는 충분하다. 여주인은 안경을 쓰고 있다. 가끔 그녀는 주머니에서 손전등을 꺼내 들고 있는 카드가 하트인지 다이아몬드인지 확인한다.

우주비행사의 시간

그동안 일어났던 모든 일에 이름이 주어졌다면, 이야기 같은 건 필요 없었을 것이다. 하지만 지금 보듯이, 삶은 어휘들을 능가한다. 단어가 빠진 자리가 있고, 그래서 이야기가 만들어져야만 한다. 예를 들어, 다니엘레가 마을을 떠날 무렵 그녀의 배 속에 있던 아기와 늙은 양치기 마리우스는 무슨 관계일까? 그는 아기의 대부였을까? 그럴 리가.

이야기의 시작과 끝은 1982년 여름, 우리가 프니엘이라고 부르는 고원 지대에서였다. 어떤 사람들은 그 이름이 성서 창세기 32장에서 온 것이라고 말하지만, 해당 부분을 읽는다고 해서 마리우스와 다니엘레 사이에 있었던 일을 더 잘 알 수 있는 것은 아니다.

프니엘은 해발 천육백 미터에 있는 고원 지대다. 고원 한쪽 면에 드러난 거대한 암벽이 아랫마을을 지배하는 듯 보인다. 고원에서는 폭풍우가 친 후 날이 개면, 마치 발아래 놓인 둥그런 다리 같은 무지개를 내려다볼 수 있다. 암벽은 대부분 석회암이고, 곳곳에 퇴적물도 섞여 있다. 고원의 반대편은 뒤편의 산에 묻혀서 알아볼 수 없다.

한때는 이 고원에 숲이 있었다고 하는데, 지금도 풀들이 자라는 표토(表土) 밑의 진흙층에 어마어마한 크기의 나무둥치들이 보존되어 있다. 이 진흙층과 고대의 숲이 지표면 가까이 있을 때는, 땅이 기름지고 축축했으며 바위에는 짙은 녹색의 이끼가 자랐는데, 그런 이끼들은 손으로 만지거나 그 위에 누우면 꼭 털옷 같은 촉감이었다. 그런 식으로 바위들은 짐승처럼 되기도 했다.

최초의 우주인이었던 러시아인 가가린이 지구 주위를 돌던 그때, 여름이면 프니엘에 흩어져 있던 스무 채의 오두막에는 하나도 빠짐없이 가축 떼와 남녀들이 올라와 살았다. 가축 수가 많았고, 풀의 양은 제한되어 있었다. 가축들에게 풀을 뜯기는 시간을 암묵적으로 정해 놓았다. 새벽 세시에 일어나 암소 젖을 짜고, 날이 밝으면 풀을 뜯기러 나왔다. 해가 높아지는 열시가 되면 집으로 소들을 불러들이고 치즈를 만들었다. 축사에서는 낮 동안 벤 풀을 먹였다. 점심 후에는 낮잠을 잤다. 네시가 되면 다시 한번 젖을 짠 후에, 두번째로 소들을 데리고 나와 풀을 뜯기고, 숲은 보이지만 나무 한 그루 한 그루는 알아볼 수 없을 정도로 어두워질 때까지 머물렀다. 다시 소들을 들이고 가축들이 잠이 들면, 밖으로 나와 밤하늘을 올려다볼 수 있었다. 은하수가 거즈처럼 펼쳐진 하늘을 올려다보며, 스푸트니크호를 타고 지구 주위를 돌고 있는 가가린을 찾아보려 했다. 모두 이십오 년 전의 일이다. 문제의 그 1982년 여름에는 스무 채의 오두막들 중 단 두 곳에만 사람이 있었는데, 바로 마리우스와 다니엘레의 오두막이었다. 가축들을 밤낮으로 풀어놓아도 될 만큼 풀은 충분했다.

두 오두막 사이를 잇는 길은 두 개의 봉우리인 생 페르와 크리오 사이의 산길이었다. 다니엘레가 그 길을 따라 마리우스의 오두막까지 가려면 삼십 분이 걸렸다.

왜 숫염소들이 그렇게 냄새가 심한지 알아? 그녀가 처음 왔을 때 마리우스가 물었다. 얼음과 눈에 뒤덮여 있던 겨울이 지나고 들어가 봐도, 전해에 숫염소가 있었던 축사는 알아차릴 수 있지! 숫양들은 그렇게까지 냄새가 심하지는 않아. 황소도 그렇고, 종마(種馬)도 냄새가 심하지 않은데, 왜 꼭 숫염소만 그럴까? 숫염소 냄새만큼 심한 냄새라면, 마리우스가 말을 이었다, 무두질 공장 냄새 정도밖에 없는 것 같아. 무두질 공장에서 돌아왔을 때는 몸에서 그 악취가 빠지기까지 육개월이 걸리더라고. 내가 마을에 돌아왔을 당시에 내 몸 어디에서든 털을 한 움큼 뽑아서(그는 자신의 의도를 분명하게 전하기 위해 다니엘레를 뚫어질 듯 바라보며 말했다) 어디 있는 털이든 말이야, 한 움큼 뽑아서 냄새를 맡아 보면, 아, 이 남자는 무두질 공장에서 일하고 왔구나라고 알 수 있었지.

숫염소를 어디에 쓰시려고요? 다니엘레가 대답했다. 지독한 냄새만 나는데, 안 그래요?

무두질 공장의 악취 외에 마리우스가 하나 더 가지고 돌아온 것은 모자를 쓰는 자신만의 방식이었다. 그는 모자를 한쪽 눈 위로 세련되게 내려서 썼다. 마치 대장, 공장의 대장이 아니라 폭력단의 대장처럼 말이다. 또한 늘 모자를 쓰고 있었다. 잘 때도 모자를 썼다. 폭풍우 후에 소들을 데리고 들어올 때도(비가 억수같이 내릴 때면 소들은 움직이지 않으려 했다. 소들은 머리를 숙인 채 등을 지붕처럼 세워 빗물이 흘러내리게 하고는, 그 자세로 기다렸다) 마리우스가 폭풍우 후에 소들을 데리고 들어올 때면, 모자가 완전히 젖어서 실내에 들어온 후에도 물이 뚝뚝 떨어졌다. 그는 곧장 다른 모자로 바꿔 썼다.

모자를 쓴다는 건 그에게는 권위를 나타내는 행동이었고, 서른 살에서 일흔 살까지, 그 행동이 지닌 권위는 바뀌지 않았다. 지금 그가 모자를 쓰는 것은 삼십 마리의 소와 한 마리의 개에게 절대적인 복종을 기대하기 때문이다.

저 녀석이 비올레트야, 그가 지팡이로 갈색 몸에 눈과 뿔은 검은색인 커다란 암소를 가리키며 말했다. 부를 때마다 가장 늦게 오는 녀석이지. 늘 혼자 배회를 하는데 자신만의 방식이 있더라고, 비올레트. 이번 가을에 처분해야겠어!

그는 열네 살에 아버지를 잃었다. 아버지는 두 번 결혼했고 카드 노름을 즐겨 했다. 겨울이면 매일 저녁 '기름 닦자(Sauva la graisse)!'라고 말했다. 카드를 칠 수 있게 탁자에서 기름 찌꺼기를 치우라는 말이었다. 덕분에 그는 '에밀리앙 아 소바(Emilien à Sauva, 기름 닦는 에밀리앙)'로 알려졌고, 그의 아들은 '마리우스 아 소바(Marius à Sauva, 기름 닦는 마리우스)'가 되었다.

아버지 에밀리앙은 빚만 남긴 채 죽었다. 가족의 집은 팔렸고, 큰아들이었던 마리우스는 일자리를 찾아 파리로 가야만 했다. 태어나서 처음으로 기차에 오를 때, 그는 가족의 빚을 갚을 만큼 충분한 돈을 벌어서 돌아오겠다고, 그리고 마을에서 소를 가장 많이 키우는 사람이 되겠다고 맹세했다.

그래서 굴뚝 청소를 하겠다고? 검표원이 물었다.

돈만 준다면 똥도 먹을 수 있어요, 소년 마리우스가 대답했다.

그는 자신이 맹세한 바를 이루었다. 개선문에서 북쪽으로 조금 떨어진 오베르빌리에의 무두질 공장에서 일했다. 서른이 되기 전에 가족 빚을 모두 갚았고, 쉰이 되기 전에는 마을에서 소를 가장 많이 키우는 사람이 되었다.

오늘 밤엔 녀석들이 얌전하구나, 다니엘레, 그가 말을 이었다. 얌전하고, 말도 잘 듣고, 다 같이 모여 있네. 어제는 안 그랬지. 어제는 폭풍우가 올 걸 감지했던 것 같아, 날아다니는 개미들도 있었고 말이야. 꼬리를 똑바로 세운 채 이리저리 뛰어다녔지. 어제는 말도 못 할 정도로 말을 안 듣더니, 오늘은 아주 순해졌네. 애인처럼 순해졌어, 다니엘레.

초여름이었고 풀밭에는 꽃들이 가득 피어 있었다. 바닐라, 아르니카, 장구채, 금매화, 게다가 사람들이 시인의 영혼이라고 부르는 수레국화까지.

다니엘레는 스물세 살이었다. 어머니는 돌아가셨고 나이 든 아버지와 함께 지냈다. 집에는 암소 다섯 마리와 염소 몇 마리가 있었다. 그녀는 가구 공장에서 일하고 있었다. 하지만 1982년 봄, 다니던 공장이 부도가 나는 바람에, 아버지에게 가축들을 데리고 산으로 올라가겠다고 말했다. 어린 시절에 어머니와 함께 몇 번인가 여름을 보냈던 오두막이 있는 산이었다.

어떻게 산 위에서 혼자 지낼 용기를 냈던 걸까? 하고 마을 사람들은 궁금해했다. 하지만 사실 용기 따위는 필요하지 않았다. 그 생활(침묵, 햇빛, 단조롭게 반복되는 일 같은 것들)은 그녀에게 잘 맞았다. 스스로에 대해 확신을 가진 사람들이 종종 그렇듯이, 다니엘레 역시 다른 사람들을 겁먹게 하는 면모가 있었다. 마을 무도회에서 젊은 남자들은 감히 그녀에게 함께 춤추자고 다가가지 못했다. 그녀가 춤을 잘 추고, 엉덩이가 크고 발은 자그마했지만 말이다. 남자들은 농담을 할 때도 그녀가 웃어 줄지 확신할 수 없었다. 그래서 사람들은 그녀가 **느리다**고 말하곤 했지만, 실제로는, 소위 말하는 그 '느림'은 일종의 침착함이었다. 그녀는 얼굴이 넓적하고(북미 인디언 여인처럼 보이기도 했다) 눈이 짙고, 어깨가 벌어지고, 손목은 가늘었으며, 통통한 손은 재주가 많았다. 다니엘레가 애가 몇 명 딸린 유부녀가 된 모습을 상상하는 건 어렵지 않았다. 다만 그녀 본인이 애들 아버지가 될 사람을 서둘러 찾으려 하지는 않는 것 같았을 뿐이다.

할아버지! 그녀가 두번째로 마리우스를 찾았을 때 그렇게 놀렸다. 염색했죠? 맞죠?

뭘 염색해?

일흔이신데 흰머리가 하나도 없잖아요!

혈통이야.

다니엘레는 자신이 했던 농담을 잊어버린 듯 먼 곳을 바라보았다. 봉우리 위의 흰 구름 몇 점이 세상이 여전히 돌아가고 있음을 알려 주고 있었다.

아버지 머리칼도 꼭 이랬지, 마리우스가 말을 이었다. 관에다 못질을 할 때도 머리카락이 양털처럼 굵고 새카맣게 그대로였으니까. 요니, 가서 로렌 데리고 와! 그가 개에게 소리쳤다. 로렌 찾아와!

개는 서쪽 경사면을 따라 헤매고 있는 암소를 데리러 달려갔다. 계절이 반복되면서, 프니엘의 소들이 걸어간 자리에 경사면을 따라 테라스 같은 좁은 길이 만들어졌다. 그런 길들을 생각 없이 헤매다 보면 경사면 한쪽이 점점 더 가파르게 변해 간다는 것을 놓쳐 버리기 쉽다.

가서 로렌 데리고 와!

마리우스는 개를 부르는 자신만의 방식이 있었다. 그 소리는 명령이면서 동시에 간곡한 부탁처럼 들렸다. 모두들 산에서 목소리를 멀리까지 보내는 법을 알고 있었고, 모두들 동물들이 노래 같은 소리에 반응한다는 것도 알고 있었다. 하지만 그의 외침은 음악 같지 않았다. 그건 경련을 일으키며 내는 외침 같았고, 모든 단어가 '이상'이라는 말로 끝나는 것 같았다. 요니 데리고 와, 이상! 잡아, 이상! 저기야 요니, 이상! 갑자기 잠에서 깬 사람이 내는 소리가 아마 마리우스가 개를 부르는 외침과 비슷할 것이다.

로렌 데리고 와, 이상!

위험해, 그가 말했다. 이 년 전에 라일락이 저기서 넘어져서 다리가 부러졌거든. 고기라도 건지려고 도끼로 난도질을 했지. 사분의 일쯤을 썰매에 싣고 오두막까지 가지고 왔어. 혼자서. 아무도 안 도와주고, 아무도 보려고 하지 않더라고.

다음번에 다니엘레는 저녁 시간에 그를 찾아갔다. 온종일 너무 더웠고, 염소들도 그녀와 마찬가지로 축축 늘어졌다. 젖짜기를 마친 그녀는 산길을 올라갔다. 마리우스의 소들 목에 달린 워낭 소리가 들려왔고, 동시에 뒤에서는 자신이 돌보는 다섯 마리 암소의 워낭 소리가 훨씬 크게 들렸다. 돌아올 때 필요할 것 같아서 손전등도 챙겼다.

마리우스는 소가 한 마리밖에 없는 축사에 의자를 놓고 앉아 있었다. 모자 아래로 그가 눈을 들어 그녀를 바라보았다. 새카맣고 강렬한 눈빛이 그녀에게 고정되었다.

어떻게든 너 부르려고 했는데, 그가 힘들게 입을 열었다. 새끼 꺼낼 때는 네 도움이 필요할 것 같아서 말이야. 콩테스가 어떤지 잘 아니까.

그들 앞에 있는 암소 콩테스는 꼬리를 위로 들고 있었다. 늘어진 성기 주변에 번들거리는 점액이 흘러내렸다. 다니엘레가 소의 머리쪽으로 다가가 뿔의 온도를 어림해 보았다.

코에 이슬 좀 떨어뜨려 줘야 할 것 같은데요, 그녀가 말했다.

그녀가 농담을 한 것은 마리우스의 손이 떨리고 있었기 때문이다. 평생 수도 없이 많은 송아지를 받아 봤을 것이다. 소가 한 마리만 있는 것도 아니고 서른 마리나 있다. 그런데도 그는 왜 이렇게 불안해하는 걸까? 축사 서쪽 면의 판자 사이로 마지막 햇빛이 비쳐 들고 있었다. 콩테스가 머리를 움직이자 목에 달려 있던 워낭이 고통스러워하는 짐승처럼 소리를 냈다. 바닥과 천장의 목재들이, 축사 안의 목재들이 모두 달아오른 것처럼 숨이 막혔다. 다니엘레는 그가 왜 불안해하는지 알고 있었다. 그렇게 불안해하는 건 그가 남자이기 때문이며, 나이가 들었기 때문이다. 그는 송아지를 잃을까 봐, 혹은 암소를 잃을까 봐 걱정하는 게 아니었다. 그건 자존심이 달린 문제였다. 마치 시험에 빠진 것처럼, 재판에 놓인 것처럼. 여자들은, 젊은 여자든 나이 든 여자든, 그런 문제로 힘들어하지 않는다.

머리가 돌아갔어, 마리우스가 모자를 머리 뒤로 더 젖히며 중얼거렸다. 그래서 새끼가 쉽게 못 나오는 거야.

서너 번인가, 그는 소매를 어깨까지 걷어붙이고 오른손을 암소 안으로 집어넣었다. 너무 약해진 콩테스는 술 취한 사람처럼 휘청거렸다.

젠장, 좀 받쳐 봐, 그가 소리쳤다. 팔 부러지는 거 보고 싶어? 받치라고! 하느님 맙소사, 안 되겠네! 좀 받쳐 봐, 내 말 듣고 있는 거야? 내가 아버지 원수라고 해도, 지금은 이 녀석 눕지 못하게 좀 해 봐, 내 말 듣고 있는 거야?

다니엘레에게 소리를 치면서도 그는 손을 뻗어 침착하게 차근차근 소의 배 속을 더듬었다. 손가락을 탐침(探針)처럼 펼친 채 송아지의 어깨를 찾고, 등을 찾은 다음, 밖으로 나올 수 있게 녀석의 몸을 돌려 보려고 애썼다. 그는 땀을 엄청나게 흘렸고, 그건 콩테스와 다니엘레도 마찬가지였다. 점액 냄새, 판자에 밴 한 세기 동안의 소들의 냄새, 땀 냄새, 거기에 생명이 태어날 때의 강한 요오드 냄새도 나는 것 같았다.

됐다, 그가 끙끙거리며 말했다. 그가 팔을 빼내자마자 앞발 발굽 두 개가 보였다. 물에 빠진 고양이처럼 처량한 발굽이었다. 다니엘레는 손가락을 더듬어 밧줄을 찾아서, 서둘러 발굽을 묶은 다음 잡아당겼다. 이미 지나치게 오래 끌었던 힘든 과정이 끝났지만 그녀는 머뭇거렸다. 마리우스가 거기 서서, 암소의 성기 가까이 얼굴을 들이민 채로 마치 기도를 할 때처럼 눈을 질끈 감고 있었다.

녀석이 나오고 있어! 나오고 있다고. 송아지가 약하고, 기운 없게, 마리우스의 팔에 떨어졌다. 그는 손가락에 오드비를 부은 다음 송아지가 빨 수 있게 입에 넣어 주었다. 송아지는 이미 죽은 것처럼 보였다. 그가 콩테스에게 송아지를 보여 주었고, 암소는 송아지의 얼굴을 핥으며 음매 하고 울었다. 울음소리는 높고 날카로웠다. 미친 소리라고, 다니엘레는 생각했다. 송아지가 몸을 부르르 떨었다. 그녀는 건초를 가지고 왔다.

상황이 정리된 후에, 마리우스는 의자에 앉았다. 송아지를 바로잡아 주었던 오른팔을 여전히 쭉 뻗은 채, 암소의 몸 안에서 했던 것처럼 허공을 이리저리 휘저었다. 차이가 있다면 더 이상 손이 떨리지 않았다는 점이다.

본인 일을 정확히 알고 계시네요, 할아버지!

항상 그렇지는 않아, 항상은 아니지.

열려 있는 문을 통해 산들바람이 불어왔다. 축사 안은 빛이 조금씩 사라지고 있었다.

네가 없었으면 못 했을 거야, 그가 말했다.

저는 아무것도 안 했는데요.

그는 웃으며 소매를 내렸다. 그 자리에 있었잖아! 그가 외쳤다. 거기 있었잖아! 소가 쓰러지지 않게 받쳐 줬잖아.

돌아오는 길에 그녀는 손전등을 가지고 오기를 잘했다고 생각했다. 북쪽에서 남쪽으로 뻗은 숲길이고 달은 동쪽에 낮게 떠 있었기 때문에, 바위들 사이를 지날 때면 그림자 때문에 어두웠다. 그녀는 고개를 들어 별들을 바라보았다. 그 자리에서는, 어두울 때면, 별이 열 배쯤 밝게 보였다.

나는 종종 그를 지켜봤다. 정오가 가까워지면 나는 염소들을 두고 숲길을 올라가 산들바람이 부는 곳에서 점심을 먹었다. 솔직히 말하면, 그의 눈에 띄지 않으려고 조심했기 때문에, 몰래 지켜본 셈이었다.

집을 떠난 자식들 말에 따르면, 그는 폭군이었다고 한다. 자식들이 견디지 못했던 것은, 아버지의 명령뿐 아니라, 그 지칠 줄 모르는 집요함이었다.

가서 데리고 와, 이상! 가서 잡아 와, 이상!

매일 오후, 그는 계획에 따라 다른 곳에서 다른 방식으로 소들에게 풀을 뜯겼다. 그는 잠시도 소들을 편하게 내버려 두지 않았다.

숲길 주위에는 갈까마귀들이 있었다. 해가 나고 녀석들이 생 페르산의 암벽 가까이에서 날 때면, 암벽에 비친 그림자 때문에 날고 있는 갈까마귀의 수가 두 배가 된 것처럼 보였다. 그러다가 우두머리가 해를 향해 방향을 바꾸면, 나머지 녀석들도 뒤를 따랐고, 암벽에 떨어지던 그림자는 갑자기 사라졌다. 날고 있던 새들 절반이 갑자기 허공으로 사라진 것만 같았다. 가끔 거기 누워서 새들이 나타났다가 사라지는 모습을 보고 있으면, 시간의 흐름을 완전히 놓쳐 버리곤 했다. 정오에 내려다보았을 때 개울가에서 마리우스가 소 떼에게 물을 먹이고 있었는데, 다음에 내려다보았을 때는 이미 소 떼는 오 킬로미터나 떨어져 있었다.

일주일 후 다니엘레는 다시 마리우스를 찾아갔다. 그는 소 떼와 함께 숲 언저리에 있었다. 두 세대 전 몇몇 양치기들이 금광을 찾겠다고 수선을 떨었지만 하나도 찾지 못했던 숲이었다.

마리우스는 그녀를 보자 인사 대신 이렇게 말했다. 언젠가는 너도

할머니가 될 거야! 너 같은 애도 말이야, 다니엘레! 어젯밤에 내가 넘어졌구나.

그래요?

다들 나이를 먹기 마련이지.

어쩌다 넘어지셨어요?

대답 대신 그는 허리띠를 풀고, 진흙과 소똥이 묻었다가 햇빛 아래 마르기를 천 번쯤 반복했을 바지의 앞 단추를 풀었다. 바지가 발목까지 흘러내렸다. 몸을 돌려 허벅지 뒤쪽을 그녀에게 보여 주었다. 엉덩이 바로 아랫부분에 뭔가 날카로운 물건에 베인 것 같은 상처가 있었다. 어린아이 살처럼 뽀얀 다리였다.

상처가 깊은가? 그가 물었다.

소독해야겠는데요.

돼지처럼 피가 많이 나더라고.

뭐 바르신 거예요?

브랜디랑 아르니카 액.

소독하고 붕대 감아야 할 것 같아요, 그녀가 말했다.

상처가 어떻지?

길이는 십 센티미터 정도 되고, 아주 빨게요.

보기 흉한가? 나는 볼 수가 없는 자리라서 말이야.

깨끗하게 소독만 잘하면 나을 거예요.

어떤 상처든 낫게 마련이지, 그것 때문에 죽지만 않으면!

그의 모자챙에 파리들이 잔뜩 붙어 있었다.

오두막으로 가요, 그녀가 말했다.

그가 커피를 마시거나 빵을 먹을 때 쓰는 그릇이 부엌 탁자에 그대로 놓여 있었다.

혼자 사니까 그릇을 바꿔 쓸 필요도 없지, 그가 말했다.

어디서 넘어졌어요?

저기 장작 더미 앞에서. 매일 밤 다음 날 쓸 불쏘시개를 준비하니까. 어디에 걸려 넘어진 게 분명한데, 뭔지 모르겠어.

일을 너무 많이 하세요, 할아버지.

내가 안 하면 누가 하나? 내가 일주일에 치즈를 얼마나 만드는지 알아?

그녀가 고개를 저었다.

서른 개야.

아랫마을에 아드님도 계시잖아요.

그놈은 시장 되는 일에만 관심이 있어.

절대 당선되지 않을 텐데.

커피 좀 끓여 주마. 그는 전동 커피 그라인더 전원을 꽂았다. 전기가 없으면 아무것도 할 수가 없다니까, 그가 말했다. 전기가 아내 대신이야! 그는 윙크를 해 보였다. 어색하지만, 아무것도 숨기지 않는 윙크였다.

그녀는 커피를 홀짝홀짝 마셨다. 비가 몇 방울 떨어졌다. 일 분 후에는 비가 술 취한 사람처럼 지붕을 두드리고, 천둥이 쳤다.

안 무섭냐, 다니엘레?

그녀는 전에 자주 했던 말을 되풀이했다. 번개에는 세 가지 종류가 있어요. 비로 된 번개, 돌로 된 번개, 그리고 불로 된 번개요. 그중 어떤 것도 우리 뜻대로 할 수 없어요.

이런 비에는 소들도 꼼짝을 안 하지, 그가 말했다.

천둥이 지나가면, 그녀가 말했다. 누우세요, 제가 다리 소독해드릴게요.

오두막에는, 건초 창고와 축사를 제외하고 방이 두 개 있었다. 창문이 없는 방에는 치즈를 보관하고, 나머지 활동은 모두 창문이 있는 다른 방에서 했다. 난로 맞은편에 있는 침대는 나무로 만들어서 벽에 나사로 고정한 것이었다. 그가 침대 위에 올라가 오드비가 담긴 병을 그녀에게 건네고, 등을 돌린 채 바지를 내렸다. 침대 옆, 널빤지로 된 벽에 잡지에서 찢어낸 사진을 핀으로 붙여 놓았다. 개선

문 앞에서 벌어진 대규모 정치 집회 사진이었다. 그녀는 오드비를 천에 적셔서 상처 주위를 닦기 시작했다.

저 날엔 사람들이 많이 모였네요, 그녀가 사진을 보며 말했다.

내가 개선문을 잘 알아서 저 사진을 붙여 놓은 거야, 그가 대답했다. 아주 잘 알지.

젊은 시절의 그는, 그녀는 그의 다리를 쥐며 생각했다, 아기처럼 창백한 피부의 그는 틀림없이 잘생겼을 것이다. 짙은 눈, 굵은 눈썹, 그리고 새까만 턱수염까지. 파리에서 여성들의 유혹을 아쉽지 않게 받았을 것이다. 하지만 자신의 맹세를 지키자면 (그가 다른 어떤 짓을 했든) 재봉사나 꽃집 아가씨와 결혼할 수는 없었다. 그는 자신이 사게 될 암소들의 젖을 짤 수 있는 여자와 결혼해야만 했다.

그가 한쪽 손의 주먹을 쥐었다.

제가 아프게 했어요?

아프게 했냐고? 예수님이 무슨 일을 당했는지 알지? 십자가에서 못질을 당하셨잖아. 손이랑 발에 못질을 당해서 나무에 매달린 거지. 그런 게 아픈 거야. 게다가 그분은 나처럼 죄인도 아니었는데 말이다!

그는 마을에 돌아온 후에 결혼했다. 아내 일레인은 젊은 나이에 죽었고, 아내의 장례식 다음 날 그는 착유기를 샀다.

다니엘레가 오드비를 상처에 부은 후, 그가 준 치즈 싸는 깨끗한 천을 꺼내 붕대를 감았다. 붕대를 감으려면 그를 향해 몸을 숙인 채 몇 번이나 손을 다리 사이의 불알 근처로 가져가야 했다. 그 자리를 스칠 때마다 그녀는 그를 존중하는 마음에 눈을 감았다.

파리에 가 보고 싶어요, 붕대를 감으며 그녀가 말했다. 지금까지 한 번도 기회가 없었어요.

조금만 더 기다려 봐라, 다니엘레, 너는 아직 젊으니까, 언젠가는 파리에도 가고 로마나 뉴욕에도 가 볼 수 있을 거야. 내 장담하지. 요즘은 사람들이 어디든 날아다니니까. 너는 다 보게 될 거야.

우주비행사의 시간

그는 다리를 침대 아래로 내리며 인상을 찌푸렸다.

너무 빡빡해요?

완벽하다.

그는 바지를 올리고 허리띠를 맸다. 치료를 하는 동안에도 부츠와 모자는 그대로였다.

폭풍우가 지나가자 모든 것이 씻기고 먼지 하나 없었다. 심지어 공기까지 그랬다. 동쪽의 눈 덮인 산으로 이어지는 아래쪽 골짜기는 마치 수천 년 전에 어떤 세밀화가가 그린 그림처럼 보였다. 그와 대조적으로, 이끼 낀 바위나 프니엘의 풀밭과 소나무들은 이제 막 창조된 새것처럼 보였다. 분위기가 바뀌면서 마리우스의 기분도 달라졌고, 그의 눈에는 웃음이 가득했다.

가서 소 떼 데리고 오는 거 좀 도와줘라! 그가 말했다. 아니, 안 된다고는 하지 말고, 님(Nîmes)까지 갔다가 헤어져서 잣나무 옆에서 산길로 가로질러 가면 되잖아.

둘은 개와 함께 소나무 숲의 가장자리를 따라 걸었다. 중간에 한 번, 다니엘레는 노인 곁을 떠나 '늑대 불알'로 불리는 버섯을 따기 위해 저지대에 들렀다. 반드시 어릴 때 따서 먹어야 하는, 오래되면 그냥 먼지가 돼 버리는 버섯이었다.

다시 합류한 그녀에게 마리우스가 말했다. 너는 유령처럼 겁이 없구나, 다니엘레.

안됐네요, 그녀가 대답했다. 유령은 행복하지 않잖아요.

행복이라! 그는 그 단어가 마음에 들지 않는 암소의 이름이라도 되는 것처럼 말했다. 비올레트, 행복!

가서 잡아 와, 이상! 마르키즈 데리고 와, 이상!

그 누구도 행복하지 않지, 그가 선언하듯 말했다. 행복한 순간들이 있을 뿐이야. 지금 너랑 함께 있는 이 순간처럼.

그날 저녁에는 소 떼를 모으는 게 쉬워서 두 사람은 집으로 돌아오는 소들을 따라 빠른 걸음으로 걷는 것 말고는 할 일이 없었다. 소

한때 유로파에서

들의 목이 펌프 손잡이처럼 아래위로 움직였고, 워낭은 요란하게 소리를 냈다. 마리우스의 머리에 '영광'이라는 단어가 떠오른 것은 그렇게 한꺼번에 울리는 종소리 때문이었을 것이다. 영광도 지속되지는 않아! 그가 소리쳤다. 하지만 웃으면서, 음악에 맞춰 지팡이를 흔들며 내지르는 외침이었다. 영광은 절대 지속되지 않아!

집으로 돌아가는 길에, 다니엘레가 돌아보았다. 마리우스는 지팡이에 모자를 얹고는 머리 위로 크게 흔들어 보였다. 그녀 역시 마지막 바위 너머로 사라져 보이지 않을 때까지 손을 흔들었다.

소들이 되새김질을 하는 오후면, 마리우스는 풀밭에 누워 주머니에 넣어 온 신문을 꺼냈다. 십 분쯤 읽고 나면 잠이 들곤 했다. 생 페르의 숲길에서 그를 염탐하는 동안 나는 몇 번이나 그 광경을 목격했다. 어느 날인가 자고 있는 그에게 다가갔다. 다가가는 동안 내가 그의 손에 들린 신문을 몰래 빼내도 그가 모를 것이라고 확신했다. 문제는 개였다. 요니와는 거래를 해야 했다.

마리우스와 요니는 햇볕을 피해 장미 덤불 옆에 나란히 누워 있었다. 개가 꼬리를 흔들었고, 나는 이쪽으로 오라고 신호를 보냈다. 노인은 여전히 잠들어 있었다. 그는 옆으로 누워 무릎을 조금 구부리고, 머리는 이끼 낀 돌 위에 얹은 채 귀 위로 모자를 덮고 있었다. 요니는 그르릉 소리를 내며 즐거워했다. 개가 소매를 물게 내버려 두었다. 마리우스의 한쪽 손이 손바닥을 위로 한 채 풀밭에 놓여 있었다. 손톱이 유난히 길었다. 신문은 벌어진 바지를 매어 주는 허리띠 위, 그의 배 부분에 놓여 있었다.

소들은 모두 누워 있었다. 너무 얌전해서 워낭이 요란하게 울리지도 않았다. 한 마리가 고개를 돌릴 때 한 번, 그리고 잠시 후, 다른 한 마리가 또 한 번 소리를 냈을 뿐이다. 잠든 노인의 맥박에 맞춰 모든 것이 느려진 것만 같았다. 나는 몸을 숙이고 그의 신문을 낚아챘다. 쉬웠다. 나의 확신이 옳았던 것이다. 그를 깨울 이유는 없었다. 그대로 돌아가기는 아쉬워서 신문을 풀밭에 내려놓고 펼쳐진 그의 손바닥을 살짝 건드려 보았다. 내 손가락으로 그의 손바닥을, 깃털처럼 가볍게.

왜 남편을 안 구하나? 다음번에 다니엘레가 찾아왔을 때 마리우스가 물었다.

서두를 거 없어요.

마을 남자들이랑은 결혼 안 할 모양이네.

왜 안 할 것 같아요?

너는 독립심이 강하니까.

그게 단점인가요?

돈이 충분하면 단점이 안 될 수도 있지!

아빠가 남긴 양들만 돌봐서는 부자가 될 수 없어요.

그게 평생 할 일은 아니니까.

지금 제가 게으르다는 말을 하시는 거예요?

아니. 나는 너에 대해서는 상당한 존경심을 가지고 있다. 노인은 연설을 할 때처럼 딱딱한 말투로 말했다. 너에 대한 상당한 존경심이야, 다니엘레. 너는 영리하고 사려 깊지. 자고 있는 사람을 깨우지 않을 정도로 말이다!

그제서야 그녀는 그가 자는 척을 하고 있었다는 것을 알았다. 그녀가 손바닥을 건드렸을 때도 알아차렸던 것이 틀림없다. 그녀가 알고 있다는 것을 그도 알고 있었지만, 두 사람은 그 일에 대해서는 말하지 않았다.

그렇게 몇 주가 지나고, 둘은 서로에 대해 더 많이 알게 되었다.

칠월 말의 어느 날 밤, 아직 어두운 시간에 자동차 한 대가 언덕길을 올랐다. 풀밭을 지나 크리우 봉우리를 향하던 차는 다니엘레의 오두막에서 몇 백 미터 떨어진 곳에서 멈췄다. 자동차는 1960년식 메르세데스 베를린 18, 스프레이가 아니라 붓으로 칠한 은회색이었다. 차에서 여섯 명의 남자가 내렸는데, 모두 자루를 하나씩 들고 있었다. 남자들은 소리가 나지 않게 조심스럽게 자동차 문을 닫았다. 베레모를 쓰고 가죽 코트를 입은, 가장 나이 든 남자가 하품을 하는 가장 어린 남자의 목에 커다란 손을 갖다 댔다.

네 인생에는 앞으로 좋은 일만 생길 거야, 아들!

손 치워요!

저 봉우리 보이니? 아니, 그쪽 말고. 저기 눈 덮인 봉우리 말이다. 저기가 오늘 우리가 벌채할 봉우리야.

세상에! 십 킬로미터는 될 것 같아요.

나머지 다섯 남자가 웃음을 터뜨렸다. 소년은 다시 한번 속은 것이다. 이른 시각의 차가운 공기 때문에 웃던 남자들 중 몇몇이 기침을 했다.

다니엘레를 깨운 건 그 기침 소리였다. 침대에서 나와 치마를 입은 그녀가 문간에 서서 본 것은, 어깨에 자루를 둘러메고 생 페르로 이어지는 숲을 향해 일렬종대로 올라가는 남자들과, 양들이 풀을 뜯는 오두막 앞 풀밭에 주차된 자동차의 어두운 형상이었다.

얼마 후 그녀는 자동차의 네 문짝을 열어 보려 했다. 모두 잠겨 있었다. 방탄유리처럼 보이는 차창을 통해 그녀는 가죽으로 된 좌석과 티크 목재로 된 대시보드, 의사들이나 쓸 것 같은 기계들의 숫자판을 부러운 눈으로 바라보았다.

오후에는 토끼들을 풀어 주었다. 풀을 뜯어먹은 후에 토끼들은 메르세데스 밑으로 깡충깡충 뛰어갔다. 거기서 그늘을 찾아 행복한 것 같았다. 눈을 반쯤 감고 보면 반대편 산등성이 위로 피어오르는 아지랑이가 파란 후광을 만들어내고 있었다. 온종일 벌목꾼들의 전기톱 소리가 들렸다.

저녁이 되자, 오두막의 작은 창문 너머로, 아침에 자루를 메고 올

　　　　　　　　우주비행사의 시간

라갔던 여섯 남자가 생 페르에서 내려오는 것이 보였다. 이미 어둠이 내리고 있었다. 남자들은 앞이 보이지 않는 내리막길을, 한 발 한 발을 더듬어 가며 천천히 걸었다. 개도 한 마리 데리고 있었지만, 남자들은 너무 지쳐 개가 장난치는 걸 알아볼 여유는 없었다. 남자들이 천천히 오두막을 향해 다가왔다. 모두들 각자의 걸음 속도대로, 지친 모습으로 홀로 걸어왔다.

문간에 선 다니엘레를 발견한 남자들은 조금 기운을 차린 것 같았다. 처음으로 여자를 만났다는 사실이(이제부터 아홉 시간 동안은 등이 부서질 것 같은 노동에서 해방되었다는 생각과 함께) 세상에 있는 다른 즐거움들까지 떠올리게 했다.

톱질하는 소리 들었어요.

사십 그루였습니다, 아가씨.

아버지가 다 셌어요, 머리에 톱밥을 잔뜩 묻힌, 몸집이 가장 좋은 남자가 말했다. 모두 웃음을 터뜨리고는 이내 부끄러워했다.

내일 비가 올 것 같습니까? 남자들 중 한 명이 물었다.

아뇨, 새들이 높이 날았으니까.

내일은 안 온다는 거지.

사십 그루!

사십 그루였지, 물고기처럼 빛이 났어!

나무를 베고 껍질까지 벗겼지.

경사가 심해요, 선생님들이 올랐던 페르는.

페르? 여기서는 그렇게 부릅니까? 머리에 톱밥을 묻힌 덩치 큰 남자가 물었다.

생 페르요, 그녀가 말했다.

온몸에, 팔뚝과 얼굴, 조끼, 어깨에 땀과 수액에 뒤섞인 톱밥이 잔뜩 묻어 있었다. 너무 두껍게 묻어 있어서 어스름 속에서 보면 마치 남자들의 얼굴이 털로 뒤덮인 것 같았다.

가파르고 더워요, 소년이 말했다.

　　　　　　　　　　　한때 유로파에서

여물통에 가면 물이 나올 거예요, 그녀가 말했다.

남자들은 그녀가 가리키는 곳을 돌아보았다. 오두막에서 조금 떨어진 곳에 속을 파낸 커다란 통나무가 돌 위에 가로로 놓여 있고, 그 앞을 거위 네 마리가 어스름 속에서 인광을 내며 뒤뚱거리고 있었다. 여물통 위로 파이프가 있고, 파이프 뒤쪽은 곧장 산으로 이어졌다.

샘물이니까… 씻으시려면.

이십 분 안에 집으로 돌아가야 합니다, 다른 남자들이 아버지라고 부르는 남자, 베레모를 쓰고 가죽 코트를 입은 남자가 말했다.

집이요?

거위들이 가슴을 내민 채 일렬로 오두막 쪽으로 다가왔다.

블랑 씨 오두막에서 지내고 있습니다, 아버지가 설명했다.

거기는 샘물 없어요, 그녀가 말했다. 받아 놓은 물밖에.

기름통이 있으니까.

저기서 씻으세요, 샘물이에요, 그녀가 말했다. 절대 마르지 않는 샘이에요. 비누는 갖고 계세요?

그럼, 잠옷도 있지! 키가 큰 남자가 말했다.

제가 좀 드릴게요.

오두막 안으로 들어갔던 그녀는 커다란 비누를 가지고 와 '아버지'에게 건넸다. 남자들은 자루를 내려놓고 여물통 쪽으로 갔다. 길이가 충분해서 남자들이 나란히 서서 씻을 수 있었다.

이른 밤의 산들바람에서 그녀는 남자들이 씻는 냄새를 맡을 수 있었다. 비누, 뻣뻣한 셔츠, 기름, 연기, 수액, 땀이 뒤섞인 냄새. 그녀는 상의를 벗은 채 씻고 있는 남자들을 지켜보았다. 젊은 남자들의 등은 햇빛에 타 있었다. 나이 든 남자들은 항상 조끼를 입고 있기 때문에, 팔뚝이나 어깨와 달리 그 부분만 하얗게 남아 있었다. '아버지'가 베레모를 벗었다. 남자들은 서로에게 비누를 던지며 웃었다. 그녀가 우유통을 닦을 때 쓰는 솔 두 개를 발견한 모양이었다. 여자들이 몸을 씻는 방식은 남자들의 방식과 참 다르다고 그녀는 생각했다. 남자들은 손수레 닦듯이 자기 몸을 씻는다. 남자들은 자신의 몸을 씻으며 그 몸을 아껴 주는 법을 배우진 않는 것 같았다.

남자들이 다시 셔츠를 입을 때쯤엔 이미 어두웠다. '아버지'가 지켜보는 앞에서 남자들은 진지하게 다니엘레와 악수를 하며 감사의 뜻을 전하고, 이름을 알려 주었다. 그녀는 머리에 톱밥이 잔뜩 묻어 있던, 덩치 큰 남자의 이름을 기억했다. 처음 봤을 때 그 남자가 가장 지저분했던 건, 가장 열심히 일했기 때문일 거라고 짐작했었다. 그의 이름은 파스칼레였다.

남자들은 자루를 메르세데스 트렁크에 넣었다. 네 명이 뒷좌석에 탔다. '아버지'가 앞좌석에 앉고 운전은 파스칼레가 했다. 운전대 앞에 앉은 그는 웅크린 자세로, 집중하고 있었다. 그의 관심을 다른 곳으로 돌리는 건 불가능했다.

매일 밤 집으로 돌아가기 전에 벌목꾼들은 다니엘레의 오두막에 들러 몸을 씻었다. 그녀는 커피를 준비했다. 남자들은 집 밖에 자루를 깔고 앉아서 커피를 마셨다. 키가 크고 안경을 쓴 비르지니오는 면도기를 두고 다니며 원할 때마다 면도를 했다. 다니엘레는 깨진 거울 조각을 찾아서 여물통 옆 전선에 걸어 주었다. 남자들 중 다섯 명은 알프스 건너편, 베르가모 근처의 같은 마을 출신이라는 것도 알게 되었다. 알베르토는 시칠리아 출신이었다. 해마다 겨울이 되면 남자들은 고향으로 돌아갔다. 그들이 벌목한 나무는 세제곱미터 단위로 돈을 받는다는 것도 알게 되었다. 힘들게 일할수록 그만큼 빨리 돈을 버는 셈이다. 요리는 '아버지'가 했다. 메르세데스는 파스칼레의 차였다.

가끔씩, 이른 아침에 작업을 나가던 남자들이 그녀에게 선물을 놓고 갔다. 복숭아 통조림, 베르무트 와인 같은 것들. 한번은 장미 문양이 수놓인 스카프도 있었다.

　　　　　　　　　　한때 유로파에서

어느 날 아침 커피를 마시고 있을 때 파스칼레가 문을 두드렸다. 작업복 차림이 아닌 그를 본 건 그때가 처음이었다.

일요일은 작업 안 합니다, 그가 말했다.

하루는 쉬셔야죠.

쉬면서 뭘 하면 될까요?

긴 침묵이 이어졌다.

한번은 일요일에도 일하다가 사고가 났어요.

어떤 사고요? 내가 물었다.

나무가 안 좋은 방향으로 쓰러졌어요, 차례대로. 그때는 작업 속도가 나지 않았거든요. 그래서 일요일에도 일을 하기로 했던 거고.

사과술 좀 드실래요?

그가 고개를 저었다.

오드비는?

목 안 말라요.

그럼 크림 좀 만들어드릴게요, 내가 말했다.

두꺼운 입술에 미소를 띠며, 그는 항복이라는 뜻으로 커다란 두 손을 펼쳐 보였다.

크림 만드는 동안 그때 무슨 일이 있었는지 말해 주세요.

긴 침묵.

그래서 일했던 일요일에는요? 내가 재촉했다.

내가 벌목한 첫번째 나무가 안 좋은 방향으로 쓰러졌어요. 작업했던 곳이 아주 가팔랐는데, 여기처럼요. 주변이 바위투성이였죠. 낭떠러지와 도랑도 많고. 꼭대기부터 껍질을 벗기면 되겠다고 생각했어요, 그러면 이미 껍질을 벗긴 부분으로 되돌아올 필요가 없으니까. 나무는 껍질을 벗겨 놓으면 물고기처럼 미끌미끌거든요. 가끔씩 도끼질을 하다가 수액이 얼굴에 튀기도 하고.

크림이 굳으며, 그릇을 타고 흘러내렸다. 나는 파스칼레가 이야기하는 걸 지켜보았다. 그의 얼굴에 슬픔이 깃들었다. 그가 이야기를 멈췄다. 침묵.

형제나 누이는 있어요? 내가 물었다.

한 명도 없어요, 우리 어머니가 나를 낳다가 돌아가셔서.

아버지는?

미국에 가신 후로는 아무 소식이 없네요. 우물에 떨어진 눈물 한 방울처럼 미국 속으로 사라진 거라고, 고모가 말했어요.

다시 침묵. 그릇에 닿는 내 포크 소리밖에 들리지 않았다.

계속해 주세요, 내가 말했다. 어서.

꼭대기부터 껍질을 벗기기 시작하는데, 갑자기 통나무가 구르기 시작하는 거예요. 나무가 구르기 시작하면 다른 나무나 바위가 아니면 절대 멈추게 할 수 없거든요. 전기톱이 걱정되더라고요. 산 지 얼마 안 된 새 거였으니까. 거기서 망설이면 지는 건데, 너무 늦게 뛰어내렸어요, 머리 위로 전기톱을 들고. 도랑에 빠져서 미끄러져 내려가는데, 피라미드처럼 경사가 심한 곳이었어요. 미끄러져 내려가다가 아래쪽 바위에 부딪혀서 다리가 부러졌죠.

일어설 수는 있었어요?

전기톱은 안 망가졌어요!

다리 한쪽보다 더 귀한 기계는 없는 거예요.

그 정도 기계면 오십만도 넘어요.

긴 침묵.

일어설 수는 있었어요?

동료들이 숙소로 데리고 와서 눕혔어요. 아버지가 이렇게 말했어요. 파스칼레, 내일까지 기다릴 수 있겠냐? 처음엔 무슨 뜻인지 몰랐죠. 뭘 기다려요? 병원에 갈 때까지. 이십사 시간인데요, 내가 말했죠. 내가 함께 있으마, 혼자 있으면 통증도 더 심해지니까. 아뇨, 일하러 가세요, 내가 말했어요. 다음 날, 월요일에 동료들이 병원에 데려다줬어요.

내가 그릇을 건넸고 그는 크림을 먹기 시작했다. 커다란 손을 탁

한때 유로파에서

자 위에 둔 채, 고개를 숙여 스푼에 입을 댔다. 크림을 다 먹은 그가 얼굴을 문지르고는 미소를 지어 보였다.

이렇게 맛있는 크림은 처음이네요, 그가 말했다.

왜 바로 병원에 데리고 가지 않은 거예요?

일요일이었으니까.

네?

일요일에는 보험이 안 되거든요. 일요일에 생기는 일은 우리 책임이에요. 그가 심각한 표정으로 나를 쳐다보았다. 오늘 우리가 하는 일처럼, 그가 말했다.

또 한 번 긴 침묵이 이어지고, 우리는 아무 짓도 하지 않았다.

다음 일요일에 친구들이랑 같이 오시면, 내가 말했다. 크림이랑 타르트도 만들어 줄게요.

며칠 후 다니엘레는 잣나무 옆의 샛길로 님 주변의 능선에 가 보기로 했다.(거기 블루베리가 많았다.) 돌아오는 길에는 바위 더미 사이로 내려와서 마리우스를 놀라게 해 주면 될 것 같았다. 일이 주 동안 그를 찾아가지 않고 있었다. 바구니 가득 블루베리를 따고 나니 손가락이 학교 다닐 때 글씨를 쓰다 잉크가 묻은 것처럼 파랗게 물들었다.

능선에 올라 프니엘을 내려다보았다. 하늘엔 구름 한 점 없었다. 강한 북풍은 해가 지고 나면 잠잠해질 것이다. 해가 낮게 떨어져서 소들의 그림자가 낙타 그림자처럼 길게 드리워져 있었다. 마리우스는 거기 개와 나란히 있었다. 뭔가 잘못돼 있었다. 이유는 알 수 없지만 그녀는 직감했다. 노인은 바위를 가리키며 소리치고 있었다. 왜 개는 꼼짝도 하지 않는 걸까? 바람 때문에 마리우스가 외치는 소리는 들리지 않았다. 그러다 갑자기, 바람이 멈추었다.

산에서는 소리에도, 거리와 마찬가지로, 속기가 쉽다. 가끔은 목소리가 들려도 그 목소리가 전하는 말은 들리지 않을 때가 있다. 소들의 울음소리가 개 짖는 소리처럼 들릴 때도 있고, 양 떼의 울음소리가 여인의 노랫소리처럼 들릴 때도 있다. 다니엘레가 들었다고 생각한 말은 이랬다.

마리우스 아 소바! 마리우스 아 소바!

해가 너무 낮아서 모든 산의 한쪽 면만 보였다. 숲의 한쪽 면, 방목지에 있는 바위들의 한쪽 면만 보였다. 모든 것의 다른 쪽 면은, 마치 이미 해가 졌거나 뜨기 전처럼, 어둠 속에 묻혀 있었다.

아마도 그는 소 떼 중 한 마리를 구하라고 개에게 말하고 있었을 것이다. 그의 외침 '아 소바'가 '구하자'로 들릴 수도 있는 거라고 그녀는 스스로를 설득했다.(프랑스어 'à sauva'는 '닮다'와 '구하다'로 모두 해석 가능하다.—옮긴이) 그런데 왜 개는 꼼짝도 하지 않는 걸까?

마리우스 아 소바!

확신할 수 없었다. 다시 바람이 불었다. 그녀는 바위틈 사이로 조심조심 내려갔다. 가끔씩 그녀의 발에 걸린 바위 조각이나 조약돌이 구르며 다른 돌멩이들을 건드렸고, 그렇게 돌멩이들이 끊임없이 굴렀다. 그녀가 내려가면서 내는 소리에도 불구하고, 마리우스는 한 번도 올려다보지 않았다. 그날 밤 님에서는 모든 소리가 속임수인 것만 같았다.

개가 달려와 그녀를 맞아 주었다. 그녀는 마리우스가 언제나처럼 볼에 입을 맞춰 주기를 기다렸다. 그가 입을 맞추고, 잠시 끊어졌던 대화를 잇는 것처럼 이야기를 시작했다.

저기 구스트 보이지(그는 털이 양털처럼 구불구불한 샤롤레종의 덩치 큰 소를 가리켰다), 아주 매력적인 놈이야. 내가 키워 본 소 중에 제일 얌전한 수소인데, 나이를 너무 먹어 버렸네. 이번 가을에 도축업자한테 넘겨야겠어. 두 살 반인데. 내년이면 송아지들이 너무 작을 거야.

제가 사라진 줄 아셨죠? 다니엘레가 말했다.

그가 모자를 한 번 들었다가 깊이 눌러썼다.

아니, 아니야, 그가 부드러운 목소리로 말했다. 하루 종일 그 사람들이 톱질하는 소리가 들리더구나. 모두 여섯 명, 맞지? 콩테스 데리고 와, 이상! 제발, 얌전하게, 이상!

그는 오솔길에서 걸음을 멈추고, 이끼가 잔뜩 낀 바위에 몸을 기댄 채 손등을 이끼에 문질렀다. 프니엘에서 보낸 이 여름 말이다, 그가 말했다. 기억해 줄 거지, 그렇지? 다니엘레?

다음 일요일, 벌목공들은 식사 후에 다니엘레가 만든 블루베리 타르트를 먹으러 왔다. 이탈리아산 스파클링 와인 두 병을 들고, 마을에 내려갈 때처럼 옷도 차려입고 나타났다. 부츠 대신 끝이 뾰족한 구두를 신고, 흰색 셔츠에 멋진 허리띠를 매고 있었다. 상처투성이 손은 어쩔 수 없었다. 옷을 갈아입으니 가장 달라 보이는 건 비르지니오였다. 큰 키에 안경을 쓴 그는 교장 선생님 같은 분위기를 풍겼다. '아버지'는 더 나이 들어 보였고, 파스칼레는 더 젊어 보였다.

낮이 짧아지며 여름도 끝을 향해 가고 있었다. 방목지는 더 이상 녹색이 아니라 사자의 갈기 색이 되었다. 남아 있는 꽃은 없었고, 매일 대머리수리가 낮게 날았고, 여덟시만 되어도 거의 깜깜했다.

남자들은 풀밭에 누워 첫번째 별이 나타나는 하늘을 올려다보았다. 셔츠 밑으로 땅의 온기가 전해졌다.

타르트 더 드실래요?

정말 맛있네요.

두 개 만들었어요, 다니엘레가 자랑하듯 대답하고는 집 안으로 들어가 두번째 타르트를 가지고 왔다.

다음 주에 헬리콥터가 올 거야, 비르지니오가 말했다.

헬리콥터가 숲에서 나오는 건 한 번도 못 봤어요, 소년이 말했다.

소나무를 성냥개비처럼 집어 올리지.

그걸 보고 있으면 개구리처럼 작아진 것만 같지, 시칠리아 출신의 알베르토가 말했다.

헬리콥터 한 시간 빌리는 데 얼만지 아니?

전혀요.

이십만이야. 헬리콥터는 한 시간에 기름을 이백 리터나 먹는단다.

여기요, 파스칼레, 타르트 집어요, 다니엘레가 말했다. 다른 남자들은 거의 보이지 않았지만, 목소리들은 구분할 수 있었다.

작년에 헬리콥터 조종사가 뵈제 근처에서 죽었지.

남자들은 와인 병을 돌아가며 마셨다.

케이블을 놓쳐 버렸어. 아래를 보지 않았던 거지.

하루에 네 시간 이상 비행하는 건 법에서 금지하고 있거든, '아버지'가 말했다. 네 시간이면 통나무 팔십 개를 옮길 수 있고.

케이블이 엉켜 버리면, 알베르토가 손으로 엉킨 케이블을 흉내내며 말했다. 허공으로 튕겨 나가는 거야. 퓍!

다음 세기에는 하늘에서 뭐든 다 할 거예요, 소년이 말했다.

우리처럼 일하는 사람들은 없겠지, 다음 세기에는.

파스칼레는 내년에 그만둔다고 했지? 맞아?

아직 결정 못 했어요, 파스칼레가 말했다.

감당 못 할 거야. 혼자 힘으로 슈퍼마켓에 맞설 수는 없어, 비르지니오가 말했다.

과일과 야채만 있으면 할 수 있어요, 파스칼레가 주장했다.

아니, '아버지'가 말했다. 가격이나 홍보 때문에 경쟁이 안 돼.

제가 직접 홍보도 할 거라고요!

나머지 남자들이 웃음을 터뜨렸다. 제트 여객기가 하늘을 가로질렀다. 그들은 비행기의 불빛을 바라보았다.

새도 한 마리 키울 거예요. 바다직박구리.

우리 파스칼레가 미쳤구먼!

바다직박구리는 말도 가르칠 수 있어요.

그래서?

가게에 손님이 올 때마다 새가 말을 거는 거예요. 파스칼레가 상점 점원의 빠른 인사말을 시작했다. 별빛 아래에서, 그 인사말은 기도처럼 들렸다.

> 과르다 콴토 에 벨라 스타 멜라 콴토 에
> 벨리시마 에 코타!
> Guarda quanto é bella 'sta mela quanto é
> bellissima e cotta!

그는 다니엘레를 돌아보며 그 말을 번역해 주었다. 탐스런 사과 보세요, 잘 익은 탐스런 사과!

소년이 키득키득 웃었다. 좋은 생각이긴 한데, '아버지'가 말했다. 사람들이 잊을 수 없게 인사말을 조금 비트는 게 좋겠다. 새가 손님들에게 욕을 하게 가르치는 거야. 남편한테는 '개새끼'라고 하고, 아내한테는 '시발년'이라고 하는 거지! 사람들이 진짜 좋아할 거야, 베르가모에서는 진짜 좋아할 거라고.

정말요?

새 훈련은 내가 시켜 줄게, 시칠리아 남자가 말했다.

생 페르 오른쪽으로 달이 떠올랐다. 그들은 분홍색 후광이 서서히 새하얀 안개로 바뀌다가, 갑자기, 뼈처럼 새하얀 달의 첫번째 조각이 나타나는 광경을 지켜보았다. 다니엘레는 파스칼레 옆의 풀밭에 앉았다.

'아버지'는 언제 그만두실 거예요?

내년에, 언젠가, 절대 그만두지 않을 수도 있고, 언젠가는… 달리 방법이 없어, 급사하고 싶은 생각은 없으니까.

달의 윗부분은 이제 완전히 하늘로 나왔다. 새로 태어난 것들이 모두 그렇듯, 거대하고 아주 가까웠다.

지난 화요일에 누가 급사했는지 아세요? 비르지니오가 물었다. 우리 친구 베르가멜리가 교도소에서 목이 잘렸어요.

누구 짓이지?

붉은 여단(Brigade Rouge, 1970년에 결성된 이탈리아의 극좌파 테러 조직—옮긴이)이요.

나쁜 새끼들!

베르가멜리? 다니엘레가 속삭이는 목소리로 물었다.

마르세유의 폭력배인데… 비르지니오가 교도소에 있을 때 알던 사람, 파스칼레가 말했다.

달이 작아지면서 더 밝아진 달빛 아래서, 다니엘레는 팔베개를 한 채 창공을 올려다보는 비르지니오의 얼굴을 알아볼 수 있었다.

그 사람을 보면 우리 아버지가 생각났거든요, 비르지니오가 말을 이었다. 우리 아버지처럼 가차 없는 사람이었어요. 일이 안 풀릴 때 짓는 어두운 표정이랑, 기분 좋을 때 짓는 미소가 똑같았다니까…. 우리 아버지는 내가 열두 살 때 지붕에서 떨어져서 돌아가셨거든요.

비르지니오는 안경을 벗고 멍하니 달을 쳐다봤다.

아버지가 석공이셨다고?

굴뚝을 만드셨어요…. 사람들이 아버지를 집으로 데리고 온 날, 나도 손목을 그었는데… 너무 일찍 발견되었죠. 사람들이 나를 병원에 싣고 가고, 아버지는 그대로 묘지에 묻었어요.

시발! 알베르토가 중얼거렸다.

그날 이후로 알게 된 게 있어요, 비르지니오가 말했다. 이 빌어먹을 세상에서는 누구든 언젠가는 버림받는다는 거. 아버지는 무슨 일이든 나랑 함께했거든요. 요리도 알려 주고, 개구리 잡는 법도 알려 주고, 자물쇠 따는 법도 확실히 알려 줬어요. 아버지가 음악도 알려 주고, 여자에 대해서도 이야기해 줬거든요. 커다란 분수 옆에 있는 카페에서 아버지가 술에 취하면 나는 탁자 위에 올라가서 아버지가 부르는 노래에 맞춰 춤도 췄어요. 그런데 그 수요일 아침에, 날씨도 맑고, 아무 일 없던 주였는데, 깨끗한 셔츠에, 좋은 부츠를 신고 나갔는데, 그 빌어먹을 수요일 오전에, 퍽! 그렇게 쉽게, 지붕에서 떨어진 거예요. 나중에 아버지가 떨어진 자리로 흔적을 보러 간 적도 있어요.

축사에서 양들 목에 달린 방울 소리가 희미하게 들려왔다. 가끔 밤이면, 양들의 방울 소리가 깊은 우물의 물빛처럼 은은하게 들릴 때가 있다.

나는 저 위에 있는 우리 아버지를 볼 수 있는데, 아버지는 우리를 못 보는 거예요. 우리 모두 함께 소리를 쳐도 아버지는 못 들을 거예요. 죽은 사람들은 세상에 있는 다이너마이트가 한꺼번에 터져도 못 들을 거야.

마치 모두들 죽은 사람들의 무심함에 대한 생각에 빠진 것처럼, 긴 침묵이 이어졌다.

아버지를 잃는 건 참 힘든 일이지, 시칠리아 남자가 말했다.

어머니를 잃는 것보다 더?

아버지가 돌아가시고 나면 더 이상 세상에 기적이 없다는 걸 알게 되니까.

나는 단 한 번도 기적을 본 적이 없는데요, 풀밭에 앉은 다니엘레 옆에서 파스칼레가 말했다. 우리 아버지는 내가 제대로 만나 보기도 전에 우물에 던진 돌멩이처럼 사라졌어요… 그래서 그런 상실감은 없는데.

프니엘에서 보는 은하수는 아랫마을에서 보는 것과는 달랐다. 사람들은 술이 아니라, 말이 없는 은하수에 취해 이야기를 풀어놓았다.

누나 아버지는 살아 계세요, 다니엘레? 소년이 물었다.

계시기는 한데… 비르지니오 씨처럼 아버지를 잘 알지는 못해. 말씀이 없으셔서. 나한테 하는 말이라고는, 너는 절대 너희 엄마 같은 아내는 못 될 거다, 다니엘레. 남자를 행복하게 하는 조신함이 없으니까, 하는 말밖에 없어.

아버지가 당신의 참모습을 못 보셨나 보네요, 파스칼레가 말했다.

그는 단춧구멍에 단추를 하나씩 끼우듯 한마디 한마디 내뱉었다.

파스칼레는 알아볼 거야, 갑자기 신이 난 비르지니오가 말했다. 우리 파스칼레는 당신을 알아볼 거예요!

파스칼레를 제외한 남자들이 웃음을 터뜨렸고, 소년은 노래를 불렀다.

과르다 콴토 에 벨라 스타 멜라 콴토 에
벨리시마 에 코타!

며칠 후 나는 마리우스를 찾아갈 생각으로 산길을 올랐다. 저 아래로 그의 소 떼가 개울 옆에서 풀을 뜯고 있는 것이 보이고, 그의 목소리가 들렸다.

마리우스 아 소바!

이번에는 확실했다. 음절 하나하나가 또렷하게 들렸고, 크리오 봉에 닿았다가 메아리가 되어 한 번씩 더 들렸다. 나는 벼락을 피할 때처럼 웅크리고 앉아 손으로 머리를 가렸다. 더 이상은 들리지 않기를 바라며 기도했다. 제발 마리우스가 입을 다물게 해 줘.

마리우스 아 소바!

바닥에 엎드려서 기어갔다. 그는 밑에 있는 바위 옆에, 팔을 앞으로 뻗은 채 서 있었다.

언덕이라면 나의 두 다리가 있다! 그가 소리쳤다.

그 말들 역시 명령처럼 들렸다. 그는 어떤 상황을 기대했던 걸까? 험한 바위들 틈에서 무엇이 달라지기를 희망했던 걸까?

언덕이라면 나의 이 나이 든 두 다리가 있다!

처음엔 나이 이야기가 없었다. 이제 그는 자신이 나이가 들었다고 외치고 있다.

꼭대기라면 내 눈이 있다!

한때 유로파에서

그는 우는 것처럼 손으로 눈을 가렸다.

메아리로 울리는 말들 뒤로 이어지는 침묵 때문에 더 끔찍했다.

나무들이라면 내 두 팔이 있다!

뭐든 움직이는 게 있었다면 대답으로 생각할 수 있었을 것이다. 모두 미동도 없었다. 심지어 나도 숨을 죽였다.

나무들이라면 믿음직한 내 두 팔이 있다!

요니는 마리우스에게서 조금 떨어져서, 꼬리를 내리고 있었다.

짐이라면 내 등이 있다!

심지어 구름 모양도 바뀌지 않았다. 노인은 무릎을 꿇은 채, 고개를 들어 암벽을 바라보았다.

썰매를 멈추게 하는 내 뒤꿈치가 있다!

그는 무거운 썰매를 멈출 때처럼 뒤꿈치를 구르며 몸을 뒤로 젖혔다.

썰매를 멈추게 하는 내 뒤꿈치와 엉덩이가 있다!

소들은 그의 뒤에서 평화롭게 풀을 뜯고 있었다.

그는 바위에 올라가 그 위에, 땅에서 족히 이 미터는 되는 곳에 섰다. 프니엘의 거대한 경사면을 배경으로 난쟁이처럼 보이는 그의 조그만 몸을 보고 있으니 뭔가 이해할 수 있었다. 마리우스는 자신이 이룬 것들을 이야기하고 있었다. 마리우스는 다른 사람들의 의견은 크게 염두에 두지 않았다. 마리우스가 평생 한 일은 모두 그 일 자체를 위한 것이었다. 그가 이룬 것은 삼십 마리의 소 떼만은 아니었다. 그의 의지 역시 그가 이룬 것이었다. 이제 매일, 나이 들어서 홀로, 그는 '왜 계속해야 하지?'라는 질문에 대한 답을 찾고 있었다. 누구도 그에게 대답해 주지 않았다. 이번 여름, 매일 그는 스스로 답을 찾았다. 그리고 지금, 홀로, 그는 그것을 자랑하고 있다.

그는 바지 주머니에 손을 넣었다.

작은 구멍이라면 나의 불알이 있다! 작은 구멍이라면 나의 불알이 있다!

풀밭에 가을 크로커스가 피어 있었다. 노란색, 보라색의 꽃잎이 아기새의 부리처럼 벌어져 있었다. 나는 주먹으로 꽃잎을 으깼다. 보이는 건 모두 으깼다.

그날 저녁 벌목꾼들이 씻으러 왔을 때, 다니엘레는 파스칼레를 따로 불렀다. 할 이야기가 있어요.

다음 일요일에, 그가 말했다.

안 돼요! 그녀가 강하게 말했다. 지금! 누구한테든 말하지 않고는 하루도 못 견딜 것 같다고요.

파스칼레는 여물통 있는 곳으로 가 '아버지'와 상의했다. 그는 두 사람이 이탈리아어로 이야기하는 것을 들었다. 오 분 후, 아버지는 나머지 일꾼들을 데리고 서둘러 떠났다. 깨진 거울 조각 앞에서 차례대로 머리를 빗는 과정은 생략했다. 일꾼들은 자루를 집어 들고 인사를 한 후, 늘 달고 다니는 피로를 안은 채 느릿느릿, 자동차에 올랐다. 운전은 시칠리아의 알베르토가 했다.

가지 않고 남은 파스칼레는 깨진 거울 앞에서 면도를 시작했다.

보이는 것도 없는데, 다니엘레가 말했다. 왜 지금 면도를 해요?

당신이 처음으로 저녁을 해 주는 날이니까요.

저녁이라니, 그냥 수프예요!

그녀는 소리 없이 울기 시작했다. 아무것도 보이지 않는 거울을 보며 면도를 하던 파스칼레는, 처음에는 알아차리지 못했다. 그녀가 꼼짝도 하지 않자 비로소 고개를 들고 그녀 쪽을 돌아보았다. 그녀의 어깨가 떨리고 있었다.

쉿, 그가 말했다. 쉿쉿. 그는 그녀를 데리고 오두막을 향해 걸었다. 거위 한 마리가 두 사람을 따라왔다. 문은 열려 있었다. 집 안이 칠흑처럼 어두워 아무것도 보이지 않았기 때문에 걸음을 멈추었다. 그녀가 그의 손을 잡고는 탁자 옆의 의자로 이끌고 가서, 본인이 먼저 반대편 의자에 앉았다. 그녀는 등을 켤 생각도, 수프를 데울 생각도 없

한때 유로파에서

어 보였다.

　오늘 오후에 일이 있었어요, 그녀가 말했다.

　무슨?

　칠흑 같은 어둠 속에서, 손을 탁자 위에 올린 채, 그녀가 말했다. 조용히, 천천히. 심지어 크로커스를 뭉갠 일까지 이야기했다. 그녀가 이야기를 마치자 침묵이 흘렀다. 합판 하나로 주방과 나누어진 축사에서 소가 오줌을 누는 소리가 들렸다.

　왜 노인이 산에다 대고 그런 이야기를 했을까요? 그녀가 속삭이듯 물었다.

　파스칼레가 느리게 한 단어 한 단어 강조하며 말했다. 다니엘레, 그분은 산에다 대고 이야기를 한 게 아니에요. 산에다 대고 자신을 조각조각 보여 준 게 아니라고요, 당신한테 하는 이야기라는 건, 당신도 알고 있었잖아요. 알고 있었죠, 아니에요?

　그녀가 다시 흐느끼기 시작했고, 흐느낌은 이내 통곡이 되었다. 그녀는 일어나서 숨을 한 번 고른 다음, 더 큰 소리로 울었다. 파스칼레가 탁자를 돌아가 그녀를 안아 주었다. 그녀는 그의 가슴에 얼굴을 꼭 기댔다. 그의 셔츠를 깨물자 수액과 땀 맛이 났다. 그녀는 구멍이 날 때까지 셔츠를 깨물었다.

파스칼레는 알람 기능이 있는 손목시계를 차고 있었다. 네시 삼십분에 눈을 떴다. 동료들이 오두막에 와서 자신을 데리고 가는 일은 피하고 싶었다. 그녀는 아직 그들의 웃음을 이해하지 못할 것이다. 그녀의 얼굴에 여러 번 입을 맞추었다. 바닥을 더듬어 부츠와 옷을 찾았다. 그는 오두막을 나와 풀밭 위에서, 늘 메르세데스를 세우던 곳에서 옷을 입었다.

지금 베르가모를 지나 초뇨로 향하는 북쪽 도로를 따라 달리다 보면 마을 경계가 끝나는 곳에, 인도가 따로 없어 전봇대가 도로와 인도의 경계 역할을 하는 그곳에, 아지프 사의 창고 반대편, 타이어를 수리하는 공터 옆에 '베르두라 에 알리멘타리(VERDURA E ALIMENTARI, '채소 및 식료품'이라는 뜻의 이탈리아어—옮긴이)'라는 간판이 걸린 가게가 있다. 겨울이면, 물건을 팔고 있는 파스칼레를 만날 수 있다. 그는 성 베드로처럼 신중하고 정확한 자세로 저울에 채소 무게를 단다.

다니엘레는 딸을 낳았고 두 사람은 아이의 이름을 바바라로 지었다. 가게 뒤편 버려진 땅에 있는 플라타너스에 파스칼레는 그네를 달아 주었고, 바바라는 종종 거기서 친구들과 논다. 타이어 가게 주인은 바바라를 우첼리나, 즉 '작은 새'라고 부른다.

여름에는 가게에서 파스칼레를 볼 수 없다. 가게를 내느라 저축한 돈을 모두 써 버렸기 때문에 여름에는 다시 국경 너머의 산악 지대로 벌목을 하러 가야만 했다. 떨어져 있을 때면 그는 다니엘레에게 편지를 썼다. 대부분 일요일에 쓰는 편지에는 나무를 몇 그루나 벴는지, 날씨가 어떤지 등을 적었다. 다니엘레는 가게를 찾는 손님들과 이탈리아어로 이야기했지만, 여전히 프랑스 악센트가 강했다. 그녀는 손님들보다 옷을 더 잘 입었고, 귀에는 커다란 금귀걸이를 하고 있었다. 머지않아 아이가 한 명 더 태어날 예정이었다.

출입구 옆 벽에 새장이 걸려 있다. 새는 검은빛이 도는 바다직박구리로, 부리가 노랗고 눈은 여성복에 장식으로 쓰는 금속조각 같았다. 손님이 들어올 때마다 바다직박구리는 파스칼레가 가르쳐 준 욕을 한다. 녀석은 남자와 여자를 구분할 수 있었기 때문에, 욕도 거기에 맞춰 했다. 이제 손님들은 새가 보이지 않으면 서운해할 것이다. 어떨 때는 손님들도 마치 함께 힘들어하는 친구에게 말할 때처럼 새를 향해 욕을 해 준다. 남자와 여자를 욕하고, 정부나 성직자, 법관이나 세금징수원을 욕하고, 세상의 날씨를 욕한다. 그리고 가끔씩 아무도 자신에게 관심을 보이지 않거나 먹이를 주지 않을 때면, 바다직박구리는 장식 같은 눈을 깜빡이며, 다른 언어의 악센트와 억양을 지닌 문장, 다른 선생님에게 배운 문장을 말한다.

　마리우스 아 소바! 마리우스 아 소바!

　작은 식료품 가게 안에서는 소리에 속는 일 따위는 없다.

한때 유로파에서

꽃을 피우기 전의 양귀비 꽃받침은 아몬드의 겉껍질처럼 단단하다. 어느 날 그 껍질이 갈라져 열린다. 세 장의 녹색 껍질 조각이 땅에 떨어진다. 껍질을 가른 것은 도끼가 아니라, 누더기처럼 접혀 있던, 막처럼 얇은 꽃잎이다. 누더기가 펼쳐지며 갓난아기의 몸 같았던 분홍색이 평원에서 가장 눈부신 진홍색으로 변한다. 겉껍질을 가른 힘은 눈에 띄고 싶었던, 보이고 싶었던 그 빨간색의 절박함인 것만 같다.

내 기억 속 최초의 소리는 공장의 경보 소리와 강물 소리다. 경보는 아주 가끔씩만 울렸고, 그래서 기억이 난다. 경보는 사고가 있을 때만 울렸고, 이어서 고함 소리와 남자들이 달리는 소리가 이어졌다. 강물 소리를 기억하는 건 언제나 들렸기 때문이다. 봄에 조금 더 커지고 팔월이면 조금 잦아들었지만, 들리지 않은 적은 한 번도 없었다. 여름에 창문을 열어 놓고 있으면 집 안에서도 그 소리를 들을 수 있었다. 겨울에, 아버지가 덧창을 씌우고 나면 집 안에서는 들을 수 없지만, 화장실에 가거나 화로에 넣을 장작을 가지러 밖으로 나오면 바로 들을 수 있었다. 학교에 갈 때는 강물 소리와 나란히 걸었다.

　학교에서 골짜기 지도를 그리는 법을 배울 때는 강물을 파랗게 그렸다. 강물은 한 번도 파란색이었던 적이 없었다. 지프르 강은 가끔은 왕겨 색이었고, 가끔은 두더지처럼 회색이었고, 가끔은 우유색이었다. 그리고 때때로 아주 가끔, 공장에서 사고를 알리는 경보가 울릴 때처럼 아주 가끔은, 투명했다. 그럴 때면 강바닥의 자갈까지 하

---

* 이 글에서는 화자가 아들 크리스티앙과 딸 마리를 부를 때 3인칭과 2인칭을 섞어 사용한다. '너'라고 부를 때는 편지 형식으로 번역했다.—옮긴이

나하나 분간할 수 있었다.

지금 여기엔, 머리 위로 천을 펄럭이는 바람 소리밖에 없다.

한번은 어머니가 사촌 아기 클레르를 돌보라고 나에게 맡긴 적이 있었다. 어머니는 우리 둘만 마당에 남겨 놓았다. 나는 용광로 뒤쪽으로 강을 따라 달팽이를 쫓느라 클레르를 깜빡했다. 어머니가 돌아왔을 땐 사촌 아기 혼자 서양 자두나무 아래 요람에 누워 있었다.

독수리가 오면 어쩔 뻔했어! 어머니가 소리쳤다. 아기 눈알 쪼아 먹을 수도 있다고!

어머니는 내게 쐐기풀을 주우라고 하고는, 자리를 뜨지 않고 지켜보았다. 손가락을 다치지 않으려고 소매를 내려서 덮었던 게 기억난다. 내가 주운 쐐기풀 다발은 문 옆 수돗가의 긴 의자에 아버지가 돌아올 때까지 놓여 있었다.

오딜 야단 좀 치세요, 아버지가 돌아오자 어머니는 쐐기풀 다발과 그것을 쥘 천 조각을 아버지에게 건네며 말했다. 어머니가 내 피나포어 치마를 들어 올렸다. 나는 안에 아무것도 입지 않고 있었다.

기둥처럼 서서 꼼짝도 하지 않던 아버지는, 잠시 후 쐐기풀 다발을 집어 들고 빙빙 돌려 가며 수돗물에 적셨다.

이렇게 하면 덜 아플 거야, 아버지가 말했다. 애는 내가 알아서 할게.

어머니가 집 안으로 들어가고, 아버지는 쐐기풀 다발로 내 엉덩이에 물을 뿌렸다. 쐐기풀 가지는 단 하나도 몸에 닿지 않았다. 아버지는 쐐기풀 가지가 내 몸에 닿지 않게 주의했다.

나는 내가 겁을 먹을 줄 알았지만 그렇지 않았다. 아주 어릴 때부터, 크리스티앙은 내가 확실히 믿을 수 있는 남자의 아들이었다. 크리스티앙은 다른 사람들처럼 정신 나간 짓을 하지 않았고, 항상 믿음직했다. 아들은 아버지로부터 많은 것을 물려받았다. 아들이 처음 콧수염을 길렀던 날은, 내가 살아 있는 동안 절대 잊지 못할 것이다. 소리를 지르지 않을 수 없었다. 아들의 모습이 그 아버지와 너무 똑

한때 유로파에서

같았던 것이다. 지금까지 크리스티앙이 했던 일 중에 가장 정신 나
간 일이, 적어도 내가 아는 한에서는, 나를 여기까지 데리고 올라온
일이다. 준비되셨어요, 엄마? 그래, 우리 아들, 내가 대답했다. 크리
스티앙은 마치 아플 때처럼 인상을 찌푸렸다. 아마 웃는 표정이었을
것이다.

해발 삼천 미터(아들은 오천 미터까지 올라갈 수도 있다고 했는
데, 허풍이었는지는 알 수 없다), 우리 두 사람과 아래로 보이는 것
들 사이에는 공기밖에 없고, 지금 나는 무섭지 않다! 우리의 발이 땅
에서 떨어지는 순간, 바람이 불었다. 바람이 우리를 받쳐 주었고, 나
는 안전하다고 느꼈다. 그 느낌은, 말하자면 숨결에 실린 하나의 단
어가 된 기분이었다.

어릴 때 내가 좋아하던 수수께끼가 있었다. 네 점은 하늘에 있고,
네 점은 이슬 위에 있고, 네 점은 음식을 담고 있어. 그렇게 열두 개
가 모여서 한 몸이 되는 거야. 그게 뭘까?

암소잖아, 오빠 레지가, 전에도 여러 번 들었다는 듯이 크게 한숨
을 쉬며 대답한다.

누나, 그게 왜 암소야? 불쌍한 남동생 에밀이 묻는다. 에밀은 평생
다른 사람들에게 이용만 당했다. 그 아이가 게으른 것은 죄라기보다
는 병 때문이었다. 에밀이 이 수수께끼를 기억하지 못할 때마다 나
는 기뻤다. 다시 한번 설명해 줄 수 있었으니까.

암소는 하늘을 향한 뿔 두 개와 귀 두 개가 있고, 네 다리로 서고,
젖꼭지도 네 개니까!

젖꼭지는 여섯 개야! 레지가 소리쳤다.

우유가 나오는 건 네 개뿐이야!

어머니는 용광로에서 작업을 할 때 레지와 함께했다. 에밀은 걱정
이 돼서 함께할 수 없었다. 에밀은 어디에서도 일자리를 구하기가
어려워 보였고, 그렇기 때문에 아버지와 함께 집에 머무르는 편이
더 자연스러웠을 것이다.

아버지는 아들 중 누구도 공장에서 일하는 것을 바라지 않았다. 레지는 파리로 나가는 편이 나을 것 같았다. 남자들은 오래전부터 그래 왔다. 에펠탑이 세워지기 전부터, 개선문이 생기기 전부터, 공장이 생기기 전부터 남자들은 파리로 나가서 땔감은 나르고, 굴뚝 청소를 했다. 봄이 되면 남자들은 지갑에 돈을 채운 채, 자랑스러운 모습으로 돌아왔다! 저기서는 아무도 자기 일을 자랑스러워할 수 없어. 아버지가 엄지로 창밖을 가리키며 말했다.

시대가 달라진 거예요, 아실, 당신은 그걸 놓친 거예요.

놓치긴 뭘! 처음엔 땅을 뺏어 가고, 그다음엔 우리 아이들을 데려 가잖아. 그래서 하는 일이 뭐야? 망간을 만든다고. 대체 우리한테 망간이 무슨 소용이 있다고?

아버지가 밭에 나갔을 때 레지가 이렇게 말했다. 아버지는 당신이 얼마나 어리석게 보이는지를 몰라. 하루에 네 번씩 불쌍한 암소 네 마리를 이끌고 공장 마당을 가로질러 가는 게 말이야!

우리는 공장 위를 날고 있다. 북쪽으로 방향을 틀 때 연기에 섞인 독한 냄새가 났다.

어느 날 밤, 닭장 문을 잠그려고 나왔을 때 아버지가 배나무 옆에 서서 하늘을 올려다보고 있었다. 공장 뒤 절벽의 절반 높이나 될 것 같은 키 큰 굴뚝에서는 불꽃이 널름거리고 있었다.

저기 봐, 오딜, 아버지가 속삭였다. 보라고! 검은 독사가 대가리를 들고 서 있는 것 같지 않니? 저 혀 보이지?

불꽃이에요, 아빠, 어떤 날 밤에는 파란색이에요.

독이야! 아버지가 말했다. 독!

공장 근처에 갈 때마다 먼지를 보았다. 소의 간 색깔이었는데, 다른 점이 있다면 축축하고 번들거리는 대신 바짝 마른 모래였다는 점이다. 그건 말려서 가루로 만든 간 같았다. 큰 작업장의 지붕은 그 어떤 소나무보다도 높았다. 용광로를 하나 열 때마다 김이 나며 수증기가 높이 솟아올랐고, 대들보 가장 높은 곳 부근에서 바람이 불면

　　　　　　　　한때 유로파에서

건물 벽의 돌기 부분에 내려앉았던 먼지들이 날리고, 그럴 때면 빨간 면사포 같은 먼지 더미가 지붕을 가렸다. 나는 그 먼지 구름에 놀라고 매혹되었다. 모자를 쓰지 않은 남자들의 머리가 모두 적갈색으로 물들었다.

공장에서 일하는 남자들에게서는 땀 냄새가 났고, 그중 몇몇은 와인이나 마늘 냄새가 났다. 그리고 그들 모두에게서 먼지와 금속 냄새가 났다. 연필을 뾰족하게 깎았을 때 나는 납 냄새와 비슷했다. 학교에서 쓰려고 나는 지구본 모양의 연필깎이를 가지고 있었다. 너무 작아서 각각의 나라들은 구분할 수 없고, 그저 육지와 바다만 나뉘어져 있었다.

아래로 보이는 세상의 페이지는 흰색이다. 눈 위에 찍힌 동물들 발자국은, 어린 시절에만 알아보는 휘갈겨 쓴 낙서 같다. 여기선 다른 누구도 그것들을 읽을 수 없다. 지붕이 보이고, 화장실 옆의 배나무가 보이고, 겨울에 땔감을 보관하던, 발코니에 벌집이 있는 외양간이 보인다.(엄마 대신 내가 이불 빨래를 하던 커다란 물통은 눈에 덮여 버렸는지 보이지 않는다.) 창문 아래 마당이 보이고, 작은 과수원이 보이고, 그 모든 것을 둘러싼, 고양이 접시 주위의 마룻바닥 같은, 공장 터가 보인다. 해마다 어떤 남자가 학교에 와서 공장이 왜 지금 그 자리에 세워져야만 했는지, 왜 그것이 지역의 자랑거리인지 설명했다. 뉴욕에서도 그 공장을 보기 위해 사람들이 온다고, 그는 설명했다. 그런 다음 남자는 칠판에 강을 그렸다. 그가 그린 강은 검은색 칠판 위에 흰색이었고, 마을 아래의 강은 흰색 바탕에 검은색이었다. 강은 공장을 지나서 흘러갔다. 오줌 누는 여인처럼 공장이 강 위에 쭈그리고 앉은 격이었다. 그는 그 사실은 말하지 않았다.

이십세기 초에, 남자가 아이들에게 말했다. 전 세계 사람들은 새로운 동력을 꿈꿨는데, 그게 바로 전력이었단다! 이 새로운 동력이 우리 산에 숨겨져 있었던 거야, 새하얀 폭포에 말이야. 사람들은 폭포를 '백색석탄'이라고 했지! 그는 칠판에 간단한 그림을 그렸다. 기

한때 유로파에서

술자들이 지름 이 미터짜리 파이프로 물을 내려보내는 거야. 일단 파이프에 들어가면 일 세제곱미터당 백 킬로그램의 압력이 생길 때까지 수직으로 떨어뜨리고, 그 압력으로 우리 폭포의 물이 터빈에 달린 거대한 바퀴를 돌리는 거지. 그럼 터빈이 돌면서 한 시간에 구백만 킬로와트의 전력을 생산하는 거란다. 유럽에 전기 야금술(冶金術) 시대가 도래한 거야! 그가 외쳤다. 공화국 만세!

일단 일을 마치면 강은 다시 원래 흐름에 합류하고, 그렇게 바다까지 흘러간단다. 물고기도 터빈을 통과하나요? 한 아이가 물었다. 아니, 아니란다, 남자가 대답했다. 왜요? 필터가 있으니까.

우리 집에는 방이 세 개였다. 모든 일이 이루어졌던, 내가 숙제를 했던 부엌. 남자 형제 둘이서 잠을 잤던 지하실. 그리고 부모님과 내가 썼던 침실. 여름에, 건초를 들이고 나면 남자 형제들은 헛간에서 자는 걸 좋아했다. 그럴 때면 나는 지하실에서 혼자 잤다. 침대 맞은편에 검은 얼룩이 묻은 거울이 걸려 있었다. 잠이 오지 않을 때면 누워서 혼잣말을 했다. 새끼손가락에 말을 걸었다. 태초에 뭐가 있었지? 내가 물었다. 침묵. 하나님이 세상을 창조하시기 전에, 땅도, 망간도, 산도 없을 때, 뭐가 있었던 거야? 손가락이 고개를 저었다. 탁자 위에 거미가 있어서 그걸 빗자루로 치웠다고 해 봐, 그래도 탁자는 여전히 거기에 있는 거잖아. 탁자를 밖으로 꺼낸다고 해도 바닥은 여전히 있는 거지, 바닥을 뜯어내면 바닥의 흙이 있고, 그 흙을 다 파낸다고 해도 지구 반대편에 별이 반짝이는 하늘이 있잖아. 그러니까 태초에는 뭐가 있었던 거야? 손가락은 대답이 없고, 나는 손가락을 깨물었다.

지금 이렇게 높은 곳에서 보니, 집을 공장에 팔지 않은 아버지의 판단은 어리석었다. 우리는 포위당했다. 해마다 아버지는 네 마리 암소를 끌고 점점 넓어지는 공장 마당에 깔린 철로를 지나다녀야 했다. 해마다 폐기물 더미로 된 산은 점점 더 높아졌고, 우리 집은 길에서, 그리고 강 건너편에 있는 방목지에서도 보이지 않게 되었다. 공장주는 처음에는 준비한 금액의 두 배를, 다음에는 세 배를 부르며 집을 팔라고 했다. 아버지의 대답은 한결같았다. 물려받은 거라서 팔 수 없습니다. 나중에 그들은 법으로 아버지를 압박했다. 아버지는 공장사무실을 폭파해 버리겠다고 했다. 지금은 그 모든 것이 눈에 덮여 있다.

토끼를 먹이는 건 나의 일이었다. 이른 봄에는 민들레를 먹였다. 아버지는 이렇게 민들레가 많은 골짜기는 세상에 우리 골짜기밖에 없다고 했다. 민들레 부자라고, 아버지는 말했다. 토끼는 아주 급하게, 마치 먹고 죽어 버리기라도 할 것처럼 민들레를 먹어치웠다! 민들레 잎을 씹는 토끼의 턱은 세상에서 가장 빠르게 움직였고, 턱이 움직일 때마다 코끝이 따라서 움찔거렸다.

내가 싫어했던, 검은 수토끼가 있었다. 눈에 사악한 기운이 있었다. 늘 사악한 짓을 하려고 기다렸고, 나를 물어 버린 적도 여러 번 있었다. 어머니는 토끼들을 기절시킨 다음 뒷다리를 들고 칼로 눈알을 파냈고, 토끼들은 피를 흘리다 죽었다. 토끼를 잡는 날은 늘 금요일이었는데, 겨자를 뿌리고 오븐에서 구운 토끼 고기는 일요일에 먹을 만찬이었기 때문이다. 일요일에는 집안 남자들이 점심 후에도 일하러 가지 않고 식탁에 앉아 증류주를 마실 수 있었다.

사과술 이 리터를 마시고 오줌 한 방울 안 나올 수도 있어, 다 땀으로 나와 버리니까. 아실, 용광로에서 일하면 그래요.

나는 어머니에게 검은 토끼를 죽여 달라고 매달렸다. 덩치 큰 수컷은 그놈밖에 없잖아, 어머니가 말했다. 결국 어머니는 녀석도 요리로 만들어 버렸다. 놀랍게도, 나는 한 입도 먹을 수 없었다. 몸이 어디 안 좋은가 보네, 아버지가 말했다. 내가 한 입도 먹을 수 없었던 건, 내가 녀석을 얼마나 미워했는지가 자꾸 생각나서였다.

눈이 다 녹자 어머니는 아버지를 들볶기 시작했다. 페시에서는 벌써 밭갈이를 시작했다고요, 어머니가 소리쳤다. 뭘 심기에는 아직 일러, 아버지는 보고 있던 신문에서 눈도 떼지 않고 대답했다. 아직

한때 유로파에서

땅이 충분히 따뜻하지 않다고. 우리가 늘 꼴찌잖아요! 어머니가 불평했다. 그래서 작년에 우리 콜리플라워가 어땠지? 양동이만큼 컸잖아, 아버지가 자랑스럽게 말했다.

사흘 후 아버지는 마당 텃밭의 흙을 갈고 거름을 뿌렸다. 나는 외바퀴 수레에서 거름을 떠내며 아버지를 도왔다. 라일락나무에 꽃이 피고 공장 위에서는 뻐꾸기가 울었다. 유월만큼이나 더웠다. 아버지는 소매를 걷어 올리고, 너무 덥다 싶을 때는 모자를 벗고 민머리의 땀을 닦았지만, 끝내 검은색 코르덴 코트는 벗지 않으려 했다. 매년 봄마다 아버지는 같은 말을 했다. 호두나무가 하는 것과 반대로만 하면 돼! 나는 그 수수께끼의 답을 알고 있었다. 호두나무는 가장 먼저 잎을 떨어뜨리고, 새잎은 가장 먼저 낸다.

텃밭 갈기를 거의 마쳤다. 뒤집어진 갈색 흙이 햇볕에 말라 갔다. 머지않아 새싹이 틀림없이 곧은 선을 따라 올라올 것이다. 연습장에 글씨 연습을 할 때 연필로 줄을 긋듯이, 어머니가 씨앗을 심기 전에 땅 위에 줄로 선을 만들어 놓았기 때문이다.

내 갈퀴는 다른 쇠스랑과 마찬가지로 살이 세 개 있었지만, 나무로 된 손잡이가 더 짧아서 다루기가 쉬웠다. 아버지가 나를 위해 특별히 만들어 준 갈퀴였다. 일 년 내내 그 갈퀴는 축사의 수도꼭지 옆 벽에 세워져 있었는데, 숙제를 마친 내가 저녁에 젖을 짠 다음 축사 청소를 하는 아버지를 도울 때마다 사용했다.

가끔 아버지가 내 글씨에 대해 불평을 할 때가 있었다. 내 글씨체가 아버지 글씨체만큼 좋지 않은 건 사실이었다. 아버지는 곡선과 장식을 활용하며 단어 하나가 마치 한 줄로 이어진 것처럼 글씨를 썼다.

창문에 떨어지는 빗물도 그것보다는 낫겠다, 오딜, 다시 한번 써 봐!

마당에서 아버지는 허리를 펴고 나를 겸연쩍게 바라보며 말했다. 결혼을 할 때면 말이다, 오딜, 술 마시는 남자랑은 안 된다.

술 안 마시는 남자는 없어요! 내가 말했다.

저장고에서 사과술 한 잔만 갖다주렴, 아버지가 말했다, 오른쪽에 있는 통에서.

아버지는 아직 눈이 다 녹지 않은 산들을 바라보며, 천천히 사과술을 마셨다.

네가 결혼할 남자라면 말이다, 오딜, 나도 꼭 보고 싶구나.

아빠가 보기에도 괜찮은 사람일 거예요.

아버지는 빈 잔을 내게 건네며 고개를 저었다. 아니, 오딜, 나는 네가 결혼할 남자를 절대 못 볼 거야.

아버지는 미소를 지으며 말했지만 나는 그 말을 하는 아버지의 모습을 견딜 수 없었다. 그 말에 담긴 침묵의 의미를 견딜 수 없었다. 나는 떠오르는 대로 말했다. 나는 사랑하지 않는 남자와는 결혼하지 않을 거예요. 그리고 내가 그 사람을 사랑하면, 그 사람도 나를 사랑할 거예요. 우리가 서로 사랑한다면… 우리가 서로 사랑한다면요, 자식도 가지겠죠. 그럼 나는 너무 바빠서 그 사람이 술을 마시는지 안 마시는지 알아차리지도 못할 거예요, 아빠. 그리고 그 사람이 술을 너무 자주 너무 많이 마시면 저장고에서 사과술을 갖다주죠 뭐, 아주 많이 줘서 그 사람이 부엌에서 그냥 잠이 들면, 내가 소 여물을 먹인 후에 침대로 데리고 갈 거예요.

아래쪽의 직원 숙소들은 눈에 덮여 거의 보이지 않았다. 굴뚝에서 올라오는 파란 연기로 그것들을 분간할 수 있었다. 여자 한 명이 강 위의 인도교를 건너고 있다. 직원 숙소는 공장에서 걸어서 삼 분, 반대편에 있는 우리 집과 같은 거리였다. 우리 집에서 인도교까지는 걸어서 오 분, 달리면 삼 분 거리였다. 어머니는 가끔 겨자나 소금, 혹은 본인이 빠트린 물건을 사오라고 나를 임시건물 옆의 상점으로 보냈다. 나는 다리까지는 걷고 거기서부터 달렸다. 어느 시간에 가든 직원 숙소에 사는 남자들이 내게 소리를 지르며 손을 흔들었다. 남자들은 교대로 일했는데, 근무 시간이 아닐 때는 빨래를 하거나,

한때 유로파에서

창문을 열어 놓고 식사 준비를 하거나, 고물 차가 다시 도로 위를 달릴 수 있기를 바라며 수리를 하고 있었다. 겨울에는 숙소 밖에 모닥불을 피워 놓고 차를 끓이거나 밤을 구웠다. 강에서 물고기를 잡는 것은 금지되어 있었다.

내가 달리기를 멈추면 남자들은 팔을 활짝 벌리고 미소를 지으며 내 머리를 쓰다듬으려고 했다. 나는 다리를 건너 우리 집이 있는 쪽으로 넘어오고 나서야 항상 안심이 되었다. 아버지는 공장이 완공되자마자 백여 명의 직원들을 위해 회사에서 직원 숙소를 지은 거라고 했다. 회사는 지역 내에서는 이삼백 명 이상의 직원을 모으기 힘들다는 것을 알고 있었고, 그렇기 때문에 처음부터 외국인 노동자가 필요할 거란 예상을 했던 것이다. 직원 숙소에서 지내는 남자들에게도 자신만의 비밀은 있게 마련이다. 세 개, 네 개, 혹은 그 이상의 비밀들. 꿰뚫어 볼 수도, 이름 붙일 수도 없는 비밀들. 남자들은 그 비밀들을 손바닥 안에서 뒤집어 보고, 종이에 곱게 싸서, 강물에 던지거나, 태우거나, 다른 할 일이 없을 때 칼로 잘게 잘랐다. 수백 개의 비밀들. 강 반대편에 사는 우리에게는 비밀이 네 개밖에 없었다. 루시 카브롤을 죽이고 돈을 가져간 범인은 누구일까? 프니엘 고지대에 있다는, 아직 발견되지 않은 금광으로 가는 입구는 어디일까? 신랑의 사체를 관에 넣기 전에 장례식에서는 무슨 일이 있었던 걸까? 공장 입구에서의 모임 이후 미셸의 삼촌 '마멋'을 배신한 사람은 누구일까? 그렇게 네 개뿐이었다. 강 건너에 있는 남자들은 자신들의 숙소에 수백 개의 비밀을 지니고 있었다.

여기 위에서는 강과 집, 숙소들, 공장, 다리까지, 모든 게 장난감처럼 보인다. 그래서 모두 어린 시절에 속한 것처럼 보였다, 오딜 블랑에게.

1950년 칠월의 어느 무덥던 날, 여교장 뱅상 선생님이 우리 집을 찾았다. 나는 축사에 숨었다. 그녀는 어깨만큼이나 넓은 챙이 달린 모자를 쓰고 있었는데, 은회색의 모자 둘레에는 분홍색 새틴으로 된 리본이 묶여 있었다.

세상에! 아버지가 말했다. 학교 선생님이잖아, 저기 봐, 루이즈!

나는 조용히 빠질게요, 아실, 어머니가 말했다.

따님 이야기를 좀 하려고 왔습니다, 아버님.

학교에서 잘 못합니까? 좀 앉으세요, 뱅상 선생님.

그 반대입니다, 그러니까 저는 (선생님은 주근깨투성이 어깨를 긁으며 말했다) 그 반대 이야기를 하러 왔습니다. 댁의 따님 오딜이 얼마나 잘하고 있는지 말씀드리려고요.

일부러 여기까지 오시다니, 친절하시네요. 커피 좀 드실래요?

아버지는 커피를 따르고, 모자를 벗어서 조금 위로 올려 썼다.

한 번도 힘들게 한 적이 없습니다, 우리 오딜은요. 아버지가 말했다.

똑똑한 아입니다….

선생님이 어떻게 그걸 알아보셨는지 모르겠지만, 제가 보기에 똑똑한 거랑은….

장래가 아주 촉망되는 학생이에요.

일이 년만 기다려 보지요, 이제 겨우 열세 살이니까, 아버지가 말했다. 일이 년 안에 그 장래라는 게… 설탕 넣으시나요?

열세 살이기 때문에 지금 결정을 해야 합니다, 아버님.

심지어 제가 자랄 때도, 열여섯 전에 결혼하는 사람은 없었는데요!

저는 아버님, 오딜을 클뤼즈에 보내는 게 어떨까 하고 제안드리고 싶습니다.

오딜이 아무 문제도 일으키지 않는다고 말씀하셨는데요, 선생님. 제가 이해하기로는, 무슨 문제가 있었던 것 아닙니까?

뱅상 선생님은 모자를 벗어서 무릎 위에 내려놓았다. 조금 젖은 회색 머리칼이 머리에 꼭 붙어 있었다.

아무 문제도 없습니다, 선생님이 천천히 말했다. 오딜 본인을 위

한때 유로파에서

해서 클뤼즈에 보내고 싶습니다.

어째서 그게 아이를 위한 일일까요?

여기 계속 있으면, 뱅상 선생님이 말을 이었다, 내년에 학교를 졸업하겠죠. 하지만 클뤼즈에 가면 직업교육과정까지 받을 수 있습니다. 클뤼즈에 보낼 수 있도록 해 주세요. 선생님은 가방에서 작은 수첩을 꺼내서 부채질을 했다.

하숙을 해야 하나요? 아버지가 물었다.

네.

애한테도 이야기하셨습니까?

아버님한테 먼저 말씀드리는 겁니다.

아버지는 어깨를 으쓱해 보이고는 말없이 기압계만 쳐다보았다.

뱅상 선생님은 모자를 쥐고 자리에서 일어났다.

이성적인 분이라는 거 알고 있습니다. 선생님은 그렇게 말하고, 마치 선물을 건네듯 손을 내밀어 악수를 청했다.

나는 축사 문틈으로 그 상황을 훔쳐보고 있었다.

이성과는 아무 상관없는 겁니다! 아버지는 소리쳤다. 세상에! 이성과는 상관없다고요. 아버지는 말을 멈추고, 웃음을 터뜨리고는, 선생님을 향해 웃어 보였다. 그 딸은 나이 든 아버지의 마지막 죄였다. (뱅상 선생님, 당신은 이해하실 수 있었을까요?) 마지막 죄.

할 일이 참 많으시겠어요, 선생님이 말했다.

애를 너무 몰아붙이지는 마세요, 아버지가 말했다. 달라지는 건 없을 겁니다. 언젠가 제 말이 옳았다는 걸 아실 거예요. 오딜은 열여덟 살이 되기 전에 결혼을 할 겁니다. 열일곱 살에 결혼할 거예요.

그건 모르지요, 아버님. 저는 오딜이 대학입학 자격도 얻었으면 합니다.

말도 안 됩니다! 오딜이 학교 선생님이 된다고요?

그럴 수도 있고요, 뱅상 선생님이 말했다.

아뇨, 아닙니다. 오딜은 단정하지가 못해서요. 선생님이 되려면

한때 유로파에서

아주 단정해야 하는데.

저도 그렇게 단정하지는 못한걸요, 뱅상 선생님이 말했다. 저를 보세요, 단정한 사람은 아닙니다.

목소리가 좋으시잖아요, 선생님은. 선생님 노래를 들으면 모두들 행복해하잖아요. 그게 많은 걸 보상하는 겁니다.

아부를 하시네요, 아버님.

우리 애는 절대 선생님이 못될 겁니다, 오딜은요, 너무…. 아버지는 머뭇거렸다. 그러니까 너무, 너무 땅에 가깝게 지내서요.

지금 하늘에서 그런 말들을 생각하니 재미있다.

나는 평생 향수를 두 번 느꼈는데, 두 번 모두 클뤼즈에 있을 때였다. 첫번째가 최악이었는데, 그때는 아직 향수병보다 더 나쁜 일을 겪어 본 적이 없었기 때문이다. 향수라는 건 삶과 관련한 것이니까, 죽음이 아니라. 클뤼즈에서 처음 향수를 느꼈을 때, 나는 아직 그 차이를 몰랐다.

학교는 오층 건물이었고, 나는 계단이 익숙하지 않았다. 소들의 냄새가 그리웠고, 아버지가 벽난로의 불을 뒤집던 것이 그리웠고, 어머니가 요강 비우던 것이 그리웠고, 온 가족이 서로 다른 일을 하면서도 각자 어디에 있는지 알고 있던 것이 그리웠다. 남동생 에밀이 라디오로 장난을 치고 내가 그러지 말라고 소리 질렀던 일이 그리웠다. 내 원피스와 어머니 원피스가 뒤섞여 있던 옷장이 그리웠고, 염소가 뿔로 문을 두드리던 게 그리웠다.

그때까지는 내가 기억하는 한 모두들 내가 누군지 알고 있었다. 사람들은 나를 오딜, 혹은 블랑네 딸이나 아실의 마지막이라고 불렀다. 나를 모르는 누군가가 나타나더라도 간단한 질문에 간단한 대답 하나면 충분했다. 아, 그렇구나! 네가 레지의 여동생이구나! 클뤼즈에서 나는 모든 이에게 낯선 사람이었다. 내 이름은 블랑이었고, 이름이 비(B)로 시작했기 때문에 알파벳 순서로 보면 앞쪽이었다. 나는 단체로 일어서거나, 소모임을 만들 때마다 늘 첫번째였다.

한때 유로파에서

그 학교에서 나는 말들을 그저 칠판에 적힌 것으로 여기는 법을 배웠다. 남자들이 욕을 할 때, 말들은 그 몸에서 똥처럼 흘러나왔다. 어릴 때는 우리 모두 그런 식으로 말한다. 말장난 칠 때만 예외였다. 아담과 이브와 꼬집어줘 셋이서 강에 목욕을 하러 갔어. 그런데 아담과 이브가 물에 빠져 죽어 버리면 누가 남지? 클뤼즈에서 나는 말들이 글쓰기에 속한 것임을 배웠다. 우리가 말을 사용하지만, 그것들은 절대 온전히 우리 것이 될 수는 없었다.

어느 날 저녁 마지막 수업을 마친 후에 나는 교실에 두고 온 책을 찾으러 갔다. 프랑스어 선생님이 책상에 앉아, 손으로 얼굴을 가린 채 울고 있었다. 감히 다가갈 생각도 못했다. 선생님 뒤로 칠판에는 '도망치다'라는 동사의 활용형이 적혀 있었던 것이 또렷이 기억난다.

1952년에 누군가 나에게 남자를 떠올리게 하는 장소가 어디냐고 물었다면 어땠을까. 나는 공장이라고 대답하지 않았을 것이다, 장례식이 열리는 교회 맞은편 카페도 아니고, 가을의 가축시장도 아니었다. 나는 '숲 가장자리요!'라고 대답했을 것이다. 골짜기에 있는 숲이나 잡목림의 가장자리를 모두 이어서 장막처럼 펼치면, 남자들로 이어지는 띠를 만들 수 있을 것이다! 총을 든 남자, 개와 함께 있는 남자, 전기톱을 든 남자, 여자와 함께 있는 남자. 나는 아래쪽 길에서 올라오는 남자들의 목소리를 들었다. 젊은 남자들의 날씬함, 느슨하게 풀린 체크무늬 셔츠, 장화, 남자들이 바지를 입는 방식, 꽉 조인 허리띠 아래 불룩한 부분을 보았다. 남자들의 얼굴은 알아볼 수 없었고, 굳이 이름을 알 필요도 없었다. 그들 중 누군가가 나를 발견하면 나는 도망쳤다. 말은 한마디도 하고 싶지 않았고 가까이 다가가고 싶은 생각도 없었다. 지켜보는 것만으로도 충분했고, 그렇게 지켜보고 있으면, 세상이 어떻게 만들어졌는지 알 수 있었다.

이 빵 레지한테 좀 갖다줘라, 어머니가 말했다. 날씨가 이렇게 추울 때는 한기가 뼛속까지 파고 드니까, 남자들은 이런 날씨에 뭘 먹어야 해.

어머니가 내게 빵을 건넸다. 나는 공장을 향해 있는 힘껏 달렸다. 곳곳에 얼음이 얼어 있어서 발을 꼭꼭 디뎌야 했다. 철도의 전철기, 바위들, 창틀, 오두막까지 모든 것이 얼어 있었다. 공장 뒤 절벽에는 고드름이 매달려 있고, 오직 강만이 움직이고 있었다. 공장 입구에서 제일 먼저 눈에 띈 남자에게 말을 걸었다. 남자는 눈이 빨갛게 충혈되고, 말투는 스페인 억양이 강했다.

레지! 아주 괜찮은 친구지! 남자는 엄지를 치켜세우며 말했다. 나는 공장 입구에서, 언 발을 동동 구르며 몇 분을 기다렸다. 오빠는 미셸과 함께 나타났다. 둘은 51년 졸업생 동기였고, 군대도 함께 다녀왔다.

미셸 알지? 오빠가 물었다.

나는 미셸을 알고 있었다. 미셸 라부리에, 마멋의 조카.

거기 있지 말고 들어와서 몸 좀 녹여, 빵을 건네자 오빠가 이 사이로 내뱉듯이 말했다.

아빠가….

나랑 있을 때는 괜찮아. 손 이리 줘 봐. 세상에! 이렇게 차갑잖아! 방금 용광로 뚜껑 덮었어.

두 사람은 용광로와 하늘 위의 레일을 따라 움직이는 커다란 크레인을 지나 좀 더 작은 작업장으로 나를 데리고 갔다.

클뤼즈에 있는 학교로 간다고? 미셸이 물었다.

나는 고개를 끄덕였다.

마음에 들어?

집이 그리울 거야.

그래도 거기 가면 뭔가 배우기는 하겠지.

완전 다른 세상이야, 내가 말했다.

말도 안 돼! 빌어먹을 세상은 어디든 똑같아. 차이가 있다면 클뤼즈에 가는 아이들은 더 이상 가난하지도 멍청하지도 않게 된다는 거야.

우리가 멍청하지는 않아, 내가 말했다.

미셸은 나를 똑바로 바라보았다. 자, 이거 쓰면 머리가 따뜻해질 거야. 그는 빨간색과 검은색이 섞인 자신의 양모 모자를 건넸다. 나는 싫다고 했지만, 그는 웃으며 모자를 억지로 씌워 주었다.

녀석은 공산주의자야, 나중에 레지가 말했다.

당시에 나는 그 말이 무슨 뜻인지 몰랐다. 우리는 벽 앞에 쌓인 모래 더미 위에 앉았다. 나는 모래를 한 줌 집어서 언 손가락 틈으로 흘렸다. 스타킹 위로 떨어지는 모래의 온기가 허벅지에 느껴졌다. 오빠는 깡통을 뒤지더니 칼을 꺼내 소시지를 잘랐다. 상점 끝에 다른 남자들도 몇 명 있었다.

여동생이 우리 보러 왔나 보네! 남자들 중 한 명이 외쳤다.

이름은 오딜이에요.

성녀 중에 오딜이 있는데, 알고 있니?

네, 내가 소리쳤다. 축일은 십이월 십삼일이에요.

그분은 알사스에서 태어날 때부터 앞을 못 봤거든, 남자가 다시 외쳤다. 적어도 쉰 살은 되어 보이고, 염소 다리처럼 마른 남자였다.

그래요?

성인이 되고 나서야 처음으로 두 눈으로 세상을 본 거야. 그러고는 수도원을 세웠지.

마른 노인, 골짜기 출신이 아니고 성녀 오딜에 대해 모든 것을 알고 있는 그 노인은 무거운 물건을 들어 올리는 기계와 연결된 도르레의 쇠사슬을 끌고 있었다.

이제 저 사람이 빵 꼭지를 딸 거야, 레지가 말했다.

내가 방금 오빠한테 빵 줬잖아, 아무것도 이해하지 못한 내가 말했다.

저기 지글지글 끓고 있는 거 보이지?

모래 속에?

저게 꼭지 달린 빵이거든. 이제 잘 봐!

몇몇 남자들이 장대로 그 빵을 쿡쿡 찔렀다. 한 번씩 찌를 때마다 빵에서 불길이 솟았다. 나는 소시지를 먹고 있었다. 노인의 기계가 내려와 모자를 벗기듯 빵의 꼭지를 들어 올렸다. 모자 아래 있는 것들이 온통 눈부시게 빛났다. 상점 반대편에 앉아 있는 나에게까지 열기가 훅 다가오는 것이 느껴졌다. 꼭지 아래 하얗고 뜨거운 모서리 부분이 잘 익은 치즈처럼 흘러내렸다. 땅에 닿은 용액은 유리처럼 바스러지는 소리를 내며 이내 검은색으로 변했다. 남자들은 모두 얼굴 앞에 보호용 안대를 쓰고 있었다.

빵 한 덩어리가 일 톤이야, 레지가 말했다. 오빠는 병에 든 와인을 마셨고, 몇 줄기가 목을 타고 흘러내렸다. 일 톤이고, 몰리브덴 철 가격은 일 킬로에 육천이거든. 학교에 다니는 네가 한번 계산해 봐, 저 빵 한 덩어리는 얼말까?

육백만.

정답.

지름 일 미터 오십 센티미터의 빵 덩어리가 이제 모래 위에서 인광을 내고 있었다. 레지는 이제 그쪽을 보고 있지 않았다. 나는 눈을 뗄 수가 없었다.

두 사냥꾼 이야기 알아? 레지가 물었다.

무슨 이야기?

숲속에 사는 두 사냥꾼 이야기.

빵의 색깔이 변하고 있었다. 새하얗던 덩어리가 보라색으로 바뀌고 있었다. 어린아이의 엉덩이 같은 보라색.

두 사냥꾼 이야기는 모르는 것 같은데.

프니엘 숲에 두 사냥꾼이 있었어. 장 폴과 장 마르크라고.

지붕 위의 파이프에서 흘러내린 물이, 지붕에 뚫린 수백 개의 구멍을 지나 빵 위로 비처럼 흘러내렸다. 빵은 이제 선홍색이었다.

장 폴이 일손을 멈추고 말해. 저기 좀 봐, 장 마르크! 아무것도 안 보이는데, 장 마르크가 대답하지. 장 폴은 여전히 손으로 가리키며 말하는 거야, 자네 눈이 멀었구먼, 저기 가문비나무 옆에 말이야, 뒤집혀 있잖아. 뿌리랑 흙이랑 돌은 보이는데, 장 폴, 다른 건 안 보여.

빵 위로 물이 떨어지자 김이 나고 귀뚜라미 소리처럼 쉭쉭 소리도 났다.

두 사냥꾼은 더 깊이 들어가. 이제 보이나? 장 폴이 외치지. 어디? 저기 뿌리 옆, 눈 속에 말이야, 장 마르크. 이런 세상에, 보여! 장 마르크가 소리쳐. 두 사람은 가던 길을 멈추고 그 나무를 향해 다가가는 거야. 눈이 허리까지 차오르지. 잠시 후 두 사람은 걸음을 멈추고 숨을 고르고.

빵의 색깔은 점점 더 어두워졌고 뿜어져 나오는 김 때문에 더 이상은 아무것도 보이지 않았다.

살아 있어? 장 마르크가 물어. 장 폴은 씩씩하게 앞으로 나가지. 여기서도 느껴져! 그가 외치는 거야. 조심해, 장 폴! 조심하라고! 장 폴! 장 폴이 사라지는 거야. 잠시 후 장 마르크는 친구의 웃음소리를 듣게 되고, 웃음소리는 이내 한숨소리로 바뀌지. 세상에서 가장 행복한 한숨소리네, 친구. 장 마르크는 무슨 일이 벌어지고 있는지 알기 때문에 고개를 들어 나무 꼭대기를 올려다봐. 그렇게 나무 꼭대기를 바라보며 숫자를 세는 거야. 오백까지 세고는 고개를 내리고 가문비나무를 보지. 장 폴은 보이지 않아. 이제 장 마르크의 차례인 셈이지.

빵 위로 떨어지던 비가 멈췄다.

장 마르크도 느낄 수 있어. 액체가 똑똑 떨어지는 소리가 들리지. 장 폴이 그랬던 것처럼, 그도 얼굴을 눈 속에 박은 채 웃기 시작해. 그 웃음도 이내 한숨으로 바뀌지.

이제 빵은 검은색이었고, 기름처럼 미끌미끌한 빛을 내고 있었다.

두 사냥꾼이 뭘 했는지 알겠니, 장 폴이랑 장 마르크가?

나는 고개를 저었다.

모르는구나, 오딜. 두 사냥꾼이 뭘 했는지?

몰라.

두 사냥꾼은 누워서 왈츠를 춘 거야!

나는 레지를 쳐다보며 생각했다. 우리 어린 오빠(나보다 아홉 살이 많았다)가 술을 너무 많이 마셨구나.

천으로 된 돛과 거기에 달린 것들이 모두 남쪽을 향했다. 가장 짙은 겨울 하늘의 파란색, 빨래에 쓰는 표백제 같은 파란 하늘에 뜬 태양이 있는 쪽을.

그리스도께서 승천하신 날, 관악대가 마을을 돌며 연주했다. 단복은 새로 다림질을 했고, 악기들도 햇빛을 받아 반짝였고, 너도밤나무 잎은 양배추처럼 싱싱했다. 음악 소리가 어찌나 큰지 창문이 흔들리고 지붕의 기와가 떨어질 정도였다. 한 마을에서 연주를 마칠 때마다 사람들은 단원들에게 증류주와 케이크를 대접했고, 덕분에 예수승천대축일 오후가 끝나 갈 무렵, 몇 번의 연주를 마친 후에는 첫번째와 두번째 색소폰 주자와 몇몇의 트롬본 주자, 그리고 드럼 연주자 한두 명이 술에 취해 버렸다. 예수승천대축일 저녁에 아버지는 트럼펫을 든 채 조금 지친 모습으로 집으로 돌아왔다. 하지만 저녁이 될 때까지 아무도 아버지의 상태를 알아차리지 못했다. 아버지는 몸 상태가 연주에 영향을 미치지 않도록 주의했다.

아버지는 1953년 이월 구일에 돌아가셨다. 다음 예수승천대축일에는 관악대가 아버지를 기리는 의미로 우리 과수원에서 연주를 했다. 그들은 베르디의 「아이다」에 나오는 행진곡과 「어메이징 그레이스」라는 곡을 연주했다. 공장에서 온 남자들도 과수원 근방에 서서 음악에 귀를 기울였다. 어머니는 축사 문 옆에 서서 팔짱을 낀 채 하늘을 올려다보았다. 갑자기 아버지의 집이, 방 세 개와, 건초를 보관하는 헛간과, 나무로 된 작은 테라스와, 장작이 있을 뿐인 그 집이 성당 여섯 개를 합한 것 만한 크기의 공장을 압도했다.

「어메이징 그레이스」의 도입부는 슬펐지만, 합창 부분에 접어들

　　　　　　　　　　　　　한때 유로파에서

어서는 더 이상 슬프지 않고 도전적이었다. 잠시 아버지가 거기 있는 줄로만 믿었다. 후반부에 음악은 자신에게 귀 기울이고 뭔가 잠잠해졌음을 발견한다. 이제 아버지는 떠났고, 되돌릴 수는 없었다.

1953년 오월의 어느 오후, 「어메이징 그레이스」에 귀를 기울이던 그 순간, 나는 무언가에 닿았고, 이십 년 후에야 거기에 이름을 붙여 줄 수 있었다. 나는 여자들이 남자들에게 기대하는 남성다움이라는 것이 종종 은밀하고, 불안정하며, 무분별하기도 하다는 진실에 닿았던 것이다. 여자들이 바라는 것은 위대함이 아니다. 그건 조심스럽고 교활한 어떤 것이었다, 아버지가 그랬던 것처럼.

울타리 너머에 있던 남자들이 박수를 쳤고, 미셸은 나를 보며 손을 흔들었다. 나는 고개를 돌리며, 혼잣말을 했다. 이럴 때 손을 흔드는 사람은 공산주의자밖에 없을 거라고!

미셸의 오토바이는 빨간색으로 체코슬로바키아에서 만든 것이었다. 부품들이 다른 오토바이에 비해서 쌌는데, 미셸의 설명에 따르면, 체코슬로바키아는 공산국가고 공산국가에서는 무엇보다 이윤을 최우선 하지 않기 때문이라고 했다. 몇 번인가 일요일에 그는 한번 달려 보지 않겠냐고 제안했는데, 나는 매번 거절했다. 그는 스스로에 대한 확신에 넘쳤고, 골짜기의 그 누구보다 자신이 아는 것이 많다고 생각했다. 그는 우리 아버지를 '도마'라고 했다. 내 앞에서 그런 말을 한 것은 아니다. 친구에게 들었다. 아실 블랑은 평생 다른 사람들을 위한 도마 역할만 한 거야! 그래서 나는 그의 제안을 거절했다.

미셸이 여섯번째로 제안을 한 것은 팔월이었다. 우리 둘 다 쉬는 날이었다. 헛간에는 건초가 가득했다. 레지는 중고 중에서도 중고인 푸조를 한 대 사서 과수원에서 새로 칠하고 있었다. 미셸이 왔을 때는 집 안에 에밀도 함께 있었다. 미셸 형 운전 잘해, 누나. 에밀이 말했다. 하나도 안 무서워해도 돼. 수요일 아침 일찍, 다섯시에 데리러 올게. 미셸이 선언하듯 말했다. 다섯시라니! 내가 반박했다. 이탈리아까지 가려면 다섯시도 빠르다고 할 수 없어! 이탈리아! 나는 소리를 질렀다. 하지만, 내가 아무리 크게 소리를 질러도, 말은 그 자체로 효과를 지니게 마련이다. 정말 이탈리아까지 오토바이를 타고 갈 거라면, 내가 통제할 수 있는 일은 아무것도 없었다. 나는 더 말하지 않았다. 그리고 화요일 밤에는 바지와 부츠, 배낭과 함께 우리 둘이 먹을 도시락을 챙겼다.

우리는 몽블랑에서 조금 동쪽에 있는 그랑 생 베르나르 터널 위를 지났다. 아직 녹지 않은 눈이, 파란 하늘에 휘날리는 나의 스카프처럼, 바람에 휘날렸다. 앞으로 인생에 어떤 일들이 기다리고 있는지 우리 둘 다 몰랐다. 아무 일도 일어나지 않았다. 미셸이 보온병에 담아 온 커피는 샤모니 부근에서 처음 마셨다. 공장 하나를 지났는데, 미셸의 말에 따르면, 우리 마을에 있는 공장을 본뜬 것이라고 했다. 우리 공장보다는 터를 덜 차지하고 있었다. 오토바이를 타고 우리는 점점 더 높이 올라갔다. 수목 한계선 부근에서 도시락을 먹었다. 평생 그렇게 공기를 많이 들이마신 적이 없었다. 입과 코, 귀, 눈으로 공기를 받아들였다. 정상에서 눈싸움을 하고, 개들을 봤다. 망아지만큼이나 큰 개들이었다. 호수도 하나 있었다. 그렇게 높은 곳에 있는 호수는 승리 후에 흘리는 눈물처럼 놀라웠다. 바람이 너무 차가울 때는 그의 가죽 재킷에 머리를 기댔다. 무릎을 그의 다리에 꼭 붙인 채, 한 손으로 그의 벨트를 잡았다. 급커브를 돌 때는 바람에 눕는 풀처럼 오토바이와 함께 옆으로 누웠다.

지난번에 달릴 때 약간 과열된 것 같은데, 그가 말했다. 기름 타는 냄새나지?

자동차 기름 냄새가 어떤 건지 몰라, 내가 말했다.

체코슬로바키아에서 만든 350cc 빨간색 이행정사이클 엔진 오토바이를 타고 우리는 이탈리아, 즉 산맥 반대편에 접어들었다. 소들은 더 안돼 보이고, 염소들도 더 말라 보였다, 숲이 적고 바위가 더 많은 것 같았지만 공기만은 키스 같았다. 그런 공기에서라면 여자들이 산맥 반대편의 우리처럼 지내지 않아도 될 것이다. 우리가 망가진 소나무 숲에서 산딸기를 딴다면 그들은 사과나무 사이에 포도를 따고 있다고, 나는 생각했다. 난생 처음으로 누군가가 부러웠다.

아오스타에서 커다란 트럭 봤어? 그가 물었다.

아니.

이차세계대전 후에 만들어진 가장 큰 트럭이야. 삼십 톤까지 실을 수 있어.

우리는 해가 지기 전에 돌아왔다. 나는 닭장 문을 닫고 우유를 낙농장에 갖다줄 수 있었다. 등이 뻐근하고, 손은 지저분하고, 머리칼이 엉켰다. 잠자리에 들기 전 엉킨 머리를 푸는 데만 몇 시간이 걸렸지만, 나는 자랑스러웠다. 이탈리아에 다녀오다니.

다른 여행도 하자, 미셸이 제안했다.

다음 주에 개학이야.

웃긴다, 오딜, 일요일에는 학교 안 가잖아.

아니, 내가 대답했다. 이번엔 됐어.

넌 좋은 승객이야, 이 말은 하고 싶었어.

나쁜 승객도 있어?

아주 많지. 그런 사람들은 오토바이에 타고 나서도 운전자를 믿지 않아. 몸을 맡기지 않으면 오토바이는 탈 수 없거든. 내가 장담하는데, 너는 한순간도 겁먹지 않았어, 오딜. 확신이 있었으니까, 그렇지? 한순간도 겁먹지 않았어, 그렇지 않아?

그렇기도 하고 아니기도 하고. 그가 너무 확신하는 것 같아 약을 올리고 싶어졌다.

두 달 후, 나는 일주일 동안 방학을 얻어 클뤼즈에서 돌아왔다. 버스 운전사가 말했다.

미셸이 어떻게 됐는지 들었나?

어느 미셸이요?

미셸 라부리에 말이야. 사고 소식 못 들었어?

오토바이 사고요?

아니, 공장에서.

어떻게 됐는데요?

양쪽 다리를 모두 잃었어.

지금은 어디 있어요?

리옹에. 화상에 관해서는 나라에서 제일 좋은 병원이라고 하더라. 군사 병원이야. 옛날에는 총알로 전쟁을 했는데, 요즘은 불태워 버리는 모양이다. 양쪽 다리를 다 날려 버렸어.

버스 차창을 내다봤지만 아무것도 보이지 않았다. 심지어 공장을 지날 때 그 건물도 보이지 않았다. 다음 날 그의 어머니를 찾아갔다.

차라리 확 죽어 버렸으면 더 나았을 것 같구나, 어머니가 말했다.

아니에요, 아줌마.

지금은 병문안도 금지야, 유리 상자 안에 갇혀 있다.

이제 곧 가서 볼 수 있겠죠.

너무 멀어. 가기에 너무 멀다고.

지금도 위험한 거예요?

생명은 지장 없다고 하더라.

울지 마세요, 아줌마, 울지 마세요.

클뤼즈에 돌아와서 일주일 동안은 그 생각을 할 때마다 눈물이 났다. 양쪽 다리를 잃어버린 남자라니. 남학생들이 자신들의 세번째 다리에 대해서 하는 농담이 떠올랐다. 젊고 두 다리가 유연할 때는 세번째 다리가 빳빳하지만… 나이가 들어 두 다리가 뻣뻣해지면 세번째 다리가 절름발이가 된다는 이야기. 그 바보 같은 농담 때문에 더 눈물이 났다.

1953년 섣달 그믐날 밤, 나는 집에 있었다. 아버지의 의자는 비었다. 레지와 에밀은 저녁 식사 후에 마을에서 열리는 무도회에 갔다. 같이 가 누나, 에밀이 말했다. 나는 엄마랑 같이 있을게. 춤추는 거 좋아하잖아! 에밀이 계속 매달렸다. 이제 마을에는 우리 오딜을 만

족시켜 줄 남자가 없겠지, 레지가 말했다. 둘은 집을 나섰다. 어머니
는 바느질을 하다가 일찍 잠자리에 들었다. 자정이 되자 라디오에
서 제야의 종소리와 사람들의 함성 소리가 나왔다. 잠이 오지 않아
서 밖으로 나와 과수원을 한 바퀴 돌았다. 풀들이 쇠처럼 딱딱했다.
며칠 동안 북동풍이 불면서 하늘이 깨끗했다. 별들을 올려다보며,
아버지 생각을 했다. 이렇게 단단하고 밝은 별들을 올려다보면, 별
들은 아무 말도 해 주지 않는구나 하는 마음이 들 수밖에 없다. 나는
두 다리를 잃어버린 미셸과, 그의 가죽 재킷에 붙어 있던 '붉은 별'을
생각했다. 별들의 침묵 아래에서 나는 그의 농담과, 그의 기침 소리
가 그리웠다. 닭장 문이 제대로 잠겨 있는지 확인했다. 일주일째 기
온이 영하 십오도 이하로 내려가면서 여우들이 먹을 것을 찾아 공장
마당을 가로질러서 내려왔다. 한 달 전에는 야간조가 터빈실 뒤에서
멧돼지 한 마리를 잡았다. 바람이 갑자기 방향을 바꾸자, 놀랍게도,
무도회의 음악 소리가 들렸다. 악단의 연주 소리가 내가 있는 쪽으
로 흘러왔다. 반짝이는 별빛처럼, 음악 소리도 파도를 타고 오는 것
같았다. 그 사이의 거리와 한기 때문에 낯선 상황이 벌어지기도 한
다. 나는 마음을 먹었다. 집으로 돌아가 머리에 스카프를 두르고, 낡
은 군용 코트를 꺼내 입었다. '숫양들의 경주'에서 어떤 일이 벌어지
고 있는지 가서 보기로 했다.

해마다 섣달 그믐날이 되면 공장에서는 외부에서 악단을 불러왔
고, 직원 숙소에서 지내는 남자들은 자신들만의 무도회를 열었다.
마을 사람들은 참석하지 않았고, 회사에서도 억지로 권하지 않았다.
그런 이유로 그 무도회는 '숫양들의 경주'라고 불린다. 나는 기차선
로를 건넜다. 음악 소리가 커졌다. 용광로는 평소처럼 들썩이고 있
었다. 굴뚝 위의 연기가 별빛 아래서 하얗게 보였다. 그것만 제외하
면 사방이 잠잠하고 꽁꽁 얼어붙어 있었다. 바깥에는 사람이 한 명
도 보이지 않았다. 사무동에 붙어 있는 건물 일층에 불이 켜져 있었
다. 창에 커튼은 없었고, 유리에는 김이 서려 있었다.

나는 창문 하나에 다가가 쥐처럼 손톱으로 유리를 긁었다. 내 눈을 믿을 수가 없었다. 남자 한 명이 바닥에 앉아서 춤을 추고 있었다! 남자는 손을 엉덩이에 댄 채 발을 뻗었다 접었다 하면서 춤을 췄는데, 다리가 벽에 맞고 튀어나오는 공처럼 빠르게 뻗었다가 접히기를 반복했다. 너무 신기해서 낯선 사람이 다가와 나를 내려다보는 것도 알아차리지 못했다.

안녕, 낯선 남자가 말했다. 따뜻한 안으로 들어오지 그러니?

나는 고개를 저었다.

피가 뜨거운 게 틀림없나 보네, 이런 추위에도 밖에 계속 있겠다니!

영하 십오도밖에 안 돼요.

그게 그와 처음 나눈 말이었다. 그런 대화 후에 침묵이 이어졌다. 우리 둘은 빛이 새어 나오는 창가에 서 있었다. 우리의 숨이 이내 김이 되었고, 같은 말의 두 콧구멍에서 나온 콧바람처럼 하나로 뒤섞였다.

이름이 뭐니?

오딜이요.

성까지 하면?

오딜 블랑 양이요.

그는 군인처럼 차렷 자세를 하고는 고개를 숙여 인사했다. 키가 이 미터는 되는 것 같았다. 머리는 짧게 잘랐고 엄지손가락이 어마어마하게 컸는데, 허벅지에 붙인 손에서 엄지손가락이 참새만 했다.

저는 스테판 피로고프라고 합니다.

어디서 태어났어요?

아주 멀리서.

골짜기에서요?

아주 평평한 곳이지, 평평하고 또 평평한 곳.

강도 없어요?

프리피아트 강이라고 있지.

우리 강은 지프르 강이에요.

블랑? 블랑은 우유처럼 희다는 뜻인가?(블랑은 프랑스어로 '흰색'이라는 뜻임―옮긴이)

항상 그런 건 아니에요, 술집에서 주문하는 백포도주 색은 아니니까!

그럼 눈처럼 흰색? 아닌가?

계란 흰자의 흰색도 아니에요! 내가 소리쳤다.

재미있는 이야기 하나 더 해 줘 봐, 그는 그렇게 말하며 문을 열었다.

나는 '경주'의 무도회장 입구 대기실에 선 셈이었다. 얼음처럼 차가운 바깥에 있다 들어오니 무척 따뜻하게 느껴졌다. 남자들의 이야기 소리가 마치 술통 안에서 발효 중인 과일이 내는 소리처럼 들렸다. 시큼한 와인 냄새와 향수 냄새가 났고, 새빨간 가루가 공장의 턱이나 평평한 면에 잔뜩 묻어 있었다. 대기실의 한쪽 벽을 따라(원래는 사무동에 붙어 있는 곁방으로, 사무직 직원들이 외투를 벗고 앞치마를 착용하는 공간이었다) 기다란 탁자가 놓여 있고, 본 적 없는 여자들이 남자들에게 술을 따르고 있었다. 남자들은 이미 적당한 수준보다 훨씬 많이 술을 마신 것이 분명해 보였다. 오빠의 말에 따르면 '숫양들의 경주'에 오는 여자들은 회사에서 고용한 사람들인데, 아주 멀리, 리옹 근처에서 버스로 데리고 온다고 했다.

나는 다시 밖으로 나오고 싶었지만, 그렇다고 남자가 즉시 나를 잊어버리는 것은 원하지 않았다. 그래서 그에게 우리 할머니 이야기를 해 주었다. 엄격히 말해서 친할머니는 아니었다. 할머니가 돌아가신 후에 할아버지와 함께 살았던 분이었다. 할아버지가 돌아가시자 셀린 할머니는(사람들은 그분을 셀린이라고 불렀다) 계속 할아버지 집에서 혼자 지냈다. 그때쯤엔 이미 그분도 나이가 많았다. 불과 몇 분 전에 만나서 나를 남자들로 가득하고, 창에는 김이 서려 있

　　　　　　　　한때 유로파에서

고, 바닥은 얼음 녹은 흙탕물로 지저분한 술판에 데리고 온 남자에게 모든 걸 설명할 수는 없었다. 그래서 그냥 우리 할머니라고 했다.

할머니는 늘 숫염소 한 마리를 데리고 있었기 때문에 이웃에서는 염소들이 짝짓기 할 때가 되면 할머니 집으로 데리고 왔다. 할머니는 한 번 짝짓기를 할 때마다 천씩 받았고, 처음 왔을 때 염소들이 짝짓기를 하지 않으면 두번째는 무료였다. 한 해에는 짝짓기를 하러 왔던 이웃들이 모두 한 번씩 더 찾아왔다. 뭔가 잘못됐다. 할머니는 조카사위인 네스토에게 그 이야기를 했다. 네스토는 토끼를 키워 그 가죽을 수달 가죽처럼 팔았다. 간단해요, 녀석이 추위를 타서 그래요. 그가 할머니에게 말했다. 이모님 축사에서 혼자 지내니까 숫염소가 추운 거라고요. 몸을 따뜻하게 할 수 있는 칸막이를 만들어 주세요! 집으로 돌아온 할머니는 네스토의 조언에 대해 생각했지만, 너무 번거로운 일이라고 판단했다. 대신 할머니는 숫염소를 부엌으로 데리고 들어왔다.(해가 났을 때는 예외였다.) 숫염소는 기운을 되찾았고, 부활절 무렵에는 이웃의 염소들이 모두 새끼를 낳았다. 할머니는 다음에 네스토를 만났을 때 조언 고마웠다고 인사를 했다. 그래서 칸막이 만드셨어요? 그건 너무 번거로울 거 같아서 부엌으로 들였지, 할머니가 대답했다. 네스토는 깜짝 놀라서 물었다. 냄새는요? 할머니는 어깨를 으쓱해 보이며 말했다. 숫염소한테 뭘 기대해, 녀석도 금방 익숙해졌겠지!

남자가 웃음을 터뜨려서 기뻤다. 싱크대 위에 있는 거울에 내 모습이 비쳤다. 여기서 뭘 하고 있는 거지? 나는 얼른 거울에서 돌아섰다. 거기 그 남자가 서 있었다. 나를 지켜 주는 나무처럼 우뚝 서 있던 남자는, 머뭇거렸다. 네온 조명 아래 있는 나를 보고 놀란 모양이었다. 밖에서는 내가 나이가 더 많은 줄 알았을 것이다. 내가 입고 있는 옷이 얼마나 그 상황에 어울리지 않는지도 몰랐을 것이다. 나는 내키지 않았지만, 다시 한번 거울 속의 내 모습을 살폈다.

발 시리겠구나, 그가 말했다.

나는 두툼한, 인공 모피로 가장자리를 두른 부츠를 내려다보며 고개를 저었다. 춤을 추면 발도 데워질 거야! 바로 그때 악단이, 보이지 않는 곳에서, 연주를 시작했다. 폴카였다. 그 남자, 내가 염소 이야기를 해 준 남자가 내 팔을 잡고 조심스럽게 '숫양들의 경주' 무도회장으로 이끌었다. 악단은 비계(飛階) 위에 마련한 임시 단상에 자리 잡고 있었다. 나를 제외한 여자들은 모두 하이힐을 신고 있었다. 평소에는 창고로만 쓰고 있는 건물이라 천장이 없었기 때문에, 음악의 울림이 이상했다. 저 높은 곳에 가장 높은 용광로를 덮고 있는 지붕과 똑같은 철제 대들보가 보였다. 여자들은 대부분 목이 깊이 파인 드레스 차림이었고, 몇몇은 금팔찌도 차고 있었다. 남자끼리 춤추는 짝도 있었고, 어떤 여자는 엄청나게 큰 깃털을 쥐고 혼자 춤추고 있었다.

음악의 놀라운 점은, 나의 밖에서 전해지지만 마치 안에서 솟아나오는 것만 같은 느낌이 든다는 것이다. 뒤꿈치를 붙이고 자신을 스테판 피로고프라고 소개했던 남자가 오딜 블랑과 춤을 추었다. 하지만 음악 안에서, 즉 내 안에서는, 오딜과 스테판은 하나였다. 춤을 추는 동안 그가 남자가 여자를 만지듯이 나를 만졌다면 그의 따귀를 때렸을 것이다. 악단 뒤에 삽들이 쌓여 있었다. 만약 그가 나를 그렇게 만졌다면 나는 그 삽을 들고 그에게 달려들었을 것이다. 그는 그렇게 하지 않았다. 그는 음악이 하는 일을 방해하지 않았다. 박자에 맞춰 고개를 젖혔다가, 다시 들고, 목을 뻗고, 입가에는 미소를 지었다. 음악이 멈추자 그는 내 어깨에서 손을 떼고는, 왜 계속하지 않느냐고 묻듯이 연주자들을 바라보았다. 그가 고개를 끄덕였고, 악단은 다시 연주를 시작했다. 마치 그가 고개를 끄덕인 것이 연주자들에게 명령이라도 된 것 같았다.

오랫동안, 얼마나 길었는지 알 수도 없는 시간 동안, 바보 같은 염소 이야기 외에 다른 이야기도 하지 않고, 둘 사이에 어떤 것도 정해지지 않은 채로, 내가 스테판 피로고프에 대해 아무것도 알지 못하

한때 유로파에서

는 상태에서, 우리 둘은 음악이, 천천히 걸음을 옮기는 말에 끌려 언덕길을 오르는 수레처럼, 우리를 채우게 내버려 두었다.

목마르지 않니? 마침내 그가 물었다.

우리는 네온 조명이 있는 대기실로 돌아왔고, 그는 레모네이드를 가져다주었다. 이번에는 나도 거울을 보지 않았다. 그는 외국 억양이 아주 심했다.

어디 사니, 오딜?

철도 분기선이 끝나는 데 있는 집에요.

소들은 어디 있는데? 우리 아버지도 소 한 마리 키우셨거든.

딱 한 마리요?

딱 한 마리, 스톡홀름 외곽에서.

아저씨도 스톡홀름에서 태어났어요?

어디서 태어났는지 몰라.

어머니가 말씀해 주셨을 거잖아요.

어머니 본 적 없으니까.

돌아가셨어요?

몰라.

열기와 시큼한 와인 냄새 사이에서, '숫양들의 경주' 무도회장 안에 희미하게 들리는 남자들의 웃음소리 사이에서, 나는 갑자기 그가 안쓰럽다는 생각이 들었다. 아니면 우리 둘 다 안쓰러웠던 걸까? 유리잔 바닥에 남은 레모네이드를 내려다보았다. 그가 (마치 나무가 토끼를 내려다보듯이) 나를 내려다보고 있는 것이 느껴졌다. 고개를 들었다. 갑자기 찾아왔던 두려움이 사라졌다.

여기 온 지는 석 달 됐어, 그가 말했다.

그전에는요?

전에는 배를 탔지.

선원이요?

그렇게 부른다면 뭐.

선원이면 여기 오래 있지 않겠네요!

네가 있으니까 오래 있어야지, 그가 말했다.

저에 대해 아무것도 모르잖아요!

알지도 못하는 엄마 배 속에서 처음 수정될 때부터 너에 대해 알고 있었다. 그는 이 낯선 문장을 노래하는 듯한 목소리로 말했다.

저 가야 해요, 내가 말했다.

남은 한 해를 조금만 더 나랑 보내 줘, 오딜.

아저씨 나라 말로는 그런 식으로 표현하는 거예요? 내가 물었다.

우리나라 말이었다면 너를 딜렌카라고 불렀겠지.

그와 추는 두번째 춤은 달랐다. 선원과 춤을 추고 있다고, 계속 나 자신에게 말했다. 내가 선원과 춤추고 있는 걸 어머니가 아신다면.

나는 평생 바다를 본 적이 없었다. 춤이 끝나고, 코트를 챙기러 갔다.

내일 일해야 해요, 그에게 말했다.

토요일 오후에 만날 수 있을까?

아마 일해야 할 거예요, 모르겠어요.

인도교 옆에서 기다리고 있을게, 그가 말했다.

몇 시예요? 그 말을 하고 나서 혀를 깨물어 버리고 싶었다.

오후 내내 있을 거야, 네가 올 때까지 강물 소리 들으면서. 그는 그 문장도 노래를 부르는 듯한 목소리로 말했다.

어머니는 축사 안에서 양동이를 씻고, 나는 클뤼즈로 가는 버스를 타기 전에 소젖을 짜고 있었다. 아직 어두웠다. 어머니가 소리를 쳤다.

아버지가 있었으면, 그런 짓은 감히 생각도 못 했을 거야!

무슨 짓?

'숫양들의 경주'에 간 거!

나쁜 일 아니에요, 엄마.

그리고 새벽 네시에 들어와?

세시였다고!

'숫양들의 경주'에 누가 간다고!

그 사람들이 짐승은 아니에요.

내가 무슨 짓을 했다고(하나님 맙소사, 대체 무슨 짓을 했다고) 너 같은 딸이 나왔을까?

아빠랑 같이(저승에서 편히 쉬시기를) 아내들이 다 하는 짓 한 거예요, 엄마.

말하는 거 좀 보소! 어머니가 소리를 질렀다. 자기 엄마한테 말하는 거 좀 봐.

어머니는 양동이에 든 물을 내게 뿌렸다. 물이 너무 차가워서 숨이 멎는 줄 알았고, 그 충격으로 의자에서 넘어졌다. 라일락이 천천히 고개를 돌리고 무슨 일인지 살폈다. 암소들이야말로 세상에서 제일 차분한 암컷들이지, 스테판은 농담을 하곤 했다. 그는 애도하는 목소리로 그렇게 말했다.

나는 그가 하루 종일 인도교 옆에서 기다리게 내버려 두었다. 마침내 내가 나타났을 때에도, 그는 불평하지 않았다. 내가 이야기하는 동안 서서 귀 기울이고, 손가락으로 나의 스카프 끝부분을 만지작거렸다. 날은 아주 추웠고, 강물 소리는 기차 경적 소리처럼 날카로웠다. 기차는 보름에 한 번씩 와서, 몰리브덴과 망간을 싣고 갔다. 기차가 오는 건 항상 밤이었다. 아주 어릴 때부터 기차 소리는 내 잠을 깨웠다. 우리는 선로를 따라 용광로가 있는 작업장까지 걸었다.

용광로마다 이름이 있는 거 아니? 그가 물었다. 저기 커다란 녀석은 피터야. 티토라는 녀석도 있고… 왜 웃지?

제가 어릴 때는 그렇게 부르지 않았어요.

이제 그가 미소를 지었다.

나폴레옹이라는 녀석도 있어. 왜 웃지?

그냥 좀 웃었어요, 내가 말했다.

좀 웃는 게 아닌데! 그가 말했다.

아저씨 미소보다는 작아요!

미소 크기는 어떻게 재는지 아니?

네, 내가 말했다.

그는 몸을 숙이고 나를 들어 올려 나의 입을 자신의 입 높이에 맞추고는 입을 맞췄다. 코에.

그에 대해 아는 것이 거의 없었지만, 오랫동안 생각해 본 결과 같은 사실에서 많은 것들을 알 수 있었다. 어쩌면 처음 누군가를 사랑할 때는 많은 사실이 필요하지 않은 것인지도 모른다. 사실들은 운명이 우리를 위해 준비해 놓고 있는 것이었다. 그의 양부모는 우크라이나인들이었고 이십세기 초에 러시아를 떠나 스웨덴에 정착했다. 어느 날 어머니가 키예프에서 지낼 때 알던 남자가 요람을 들고 찾아왔다. 요람에는 두 달 된 남자아이가 있었다. 부부는 아이에게 가족의 성인 피로고프라는 성을 붙여 주었다. 두 사람에게는 아이가 없었다. '아버지'는 의자를 만들었고 '어머니'는 삯빨래를 했다. 1918년 남편이 군대를 잘못 가는 바람에(붉은 군대가 아니라 녹색 군대였다) 둘은 조국을 떠나야 했다. 그의 '아버지'는 스테판이 바트코 마흐노라고 부르는 남자의 군대에 합류했다. '바트코'는, 그의 말에 따르면, 아버지라는 뜻이라고 했다. 나는 그가 하는 이야기를 잘 이해하지는 못했다.

겨울은 천천히 지나갔다. 어느 토요일, 우리는 눈길로 산책을 나갔다. 그는 파란색 양모 벙어리장갑을 끼고 있었다. 걷는 동안 그가 팔로 내 목을 감쌌고, 그렇게 커다랗고 파란 손을 내 어깨 위에 걸친 채 이야기를 해 주었다.

옛날에 곰 두 마리가 바위 밑에서 잠이 들었다. 털이 온통 서리에 뒤덮여서 하얗게 되었다. 둘 중에 작은 녀석이 눈을 떴다.

미쉬카! 녀석이 으르렁거리듯 말했다.

무첸카! 다른 녀석도 으르렁거렸다.

우리가 말을 할 수 있어! 뭐든 말해 봐. 뭐든.

한때 유로파에서

벌꿀, 남자곰이 말했다.

눈, 여자곰이 말했다.

봄, 남자곰이 말했다.

죽음, 여자곰이 말했다.

왜 죽음이야? 미쉬카가 물었다.

일단 말을 하게 되면, 죽음을 알게 되는 거니까.

세상에! 미쉬카는 그렇게 말하고는 얼굴을 무첸카의 목에 묻었다.

왜 신은 그만큼밖에 힘이 없는 걸까? 무첸카는 미쉬카의 등을 앞발로 쓰다듬으며 그렇게 물었다.

내가 어떻게 알아?

세상에 있는 모든 게 신을 숨겨 주는 것 같아, 여자곰이 말했다.

신은 굴 속에 있어, 남자곰이 말했다.

밖으로 나올 수도 있잖아, 그렇지 않아? 무첸카가 불평했다. 무첸카가 바위 아래 쉼터에서 고개를 돌리자 커다랗고 검은 코끝에 눈이 떨어졌다. 미쉬카, 왜 신은 그만큼밖에 힘이 없는 거야?

세상을 창조했으니까, 곰이 으르렁거렸다.

그러니까 그 일 하는 데 온 힘을 쓰고 난 다음엔 지쳐 버린 거야! 여자곰은 입에서 눈을 털어내며 말했다.

아니야, 미쉬카가 말했다.

무슨 뜻이야? 아니라니?

신은 모든 것을 지금과 다르게, 자신이 원했던 그대로 창조할 수도 있었어.

지금보다 더 나을 수 있었다고?

그렇지.

오랫동안 두 곰은 말이 없었다. 마침내 여자곰이 말했다. 모든 것이 신이 원했던 그대로 만들어졌다면, 아무도 신을 알아보지 못했을 거야! 모르겠어? 그랬으면 신을 알아볼 필요도 없었을 테니까 말이야. 세상엔 신밖에 없었을 테니까!

무첸카! 자기는 말을 못할 때가 더 단순했던 것 같아.

그러니까, 여자곰은 말을 이었다. 신도 세상이 자기를 알아봐 주기를 원했던 거야. 계속 단서들을 보내면서 말이야. 눈이 내리는 걸 봐, 미쉬카, 소나무 가지 하나하나에 모두 내리고 있잖아.

신은 영리해, 남자곰이 으르렁거렸다. 자신이 숨을 수 있게 모든 것을 만들어낸 거야! 남자곰은 앞발로 여자곰의 엉덩이를 긁었다. 그는 자기가 편하게 지내려고 모든 것을 만들어낸 거라고!

아니, 아니야, 무첸카가 말했다. 신은 세상을 있는 그대로 만든 거야, 그래서 자기를 필요로 하도록 말이야. 그게 신이 원했던 거야.

그 순간 두 발의 총성이 울리고, 사냥꾼의 고함 소리가 이어졌다. 둘 다 잡았다!

두 마리 곰의 피가 녀석들의 몸을 적시고, 이어서 하얀 눈을 적셨다.

크리스티앙이 아래에 있는 무언가를 가리켰다. 아들은 내가 떠 준 양모 장갑을 끼고 있다. 아들이 가리키는 게 뭔지 나는 알아볼 수 없다.

다음 주 주말, 스테판에게 우리 집에 오라고 했다. 남자 형제들 이야기도 했다. 어머니가 그를 직접 보고 안심을 좀 했으면 좋겠다는 마음이었다. 축사에서 나한테 물을 끼얹은 후에, 어머니는 내게 한 마디도 하지 않고 있었다.

아직 안 돼, 딜렌카, 아직. 네가 남자를 처음으로 집에 데리고 가면 모두들 그 남자를 보며 앞으로의 일을 궁금해할 거야. 가족들이 그를 시험해 보고 (마치 바지를 입어 보듯이) 자신들에게 잘 맞을지 살필 거야. 내가 네 또래라면 다르겠지만, 나는 성인이고, 외국인이고, 이곳에 아무것도 없는데, 가족들은 확신을 아주 많이 바랄 테니까. 아직 너무 일러, 나는 아직 너를 어디로 데리고 갈지도 모르겠거든. 조금만 더 기다리자.

어느 토요일에 스테판은 정오 버스를 타고 클뤼즈에 왔다. 그는 베송 부인의 집에 있는 나의 하숙방을 보고 싶어 했다. 이번에는 내가 안 된다고 했다. 방이 너무 작고 침대가 절반을 차지하고 있었다. 대신, 그에게 선물을 하나 주었다. 나는 그 선물을 스카프에 싸서 주었다, 하얀 시폰 스카프에.

이게 뭘까? 그가 물었다.

허리에 차는 술통이에요, 가죽 주머니도 있고요. 한 달 동안 용돈 모아서 산 거예요. 스테판은 야간 근무를 할 때 너무 춥다는 불평을 했었다.

피터 용광로에 삽질을 하는 거야, 육 톤, 쉐스트! 용광로 옆에 있으면 열기 때문에 몸에 수분이 다 빠지고 정말 온몸이 타는 것 같거든. 그래서 한 발 물러나면 또 밤공기 때문에 너무 추워. 영하 이십팔도니까. 마이너스 드바재트 보심.

그는 내게 러시아어로 숫자 세는 법을 알려 주었고, 나는 새 울음소리를 따라하는 소년처럼 그것들을 익혔다.('쉐스트'와 '드바재트 보심'은 러시아어로 각각 '6' '28'을 뜻함—옮긴이)

야간 근무할 때 증류주를 한 모금 하면 열기와 한기 사이에서 견딜 수 있을 거예요! 나는 봉투에 그렇게 적어서 술병을 건네기 전에 미리 끼워 두었다.

봉투에 적힌 문장을 본 그는 술병을 높이 던졌다가 한 손으로 받았다. 우리는 클뤼즈의 버스정류장에 서 있었다. 그가 키스를 했다. 입에. 한 번씩 할 때마다 조금씩 더 길게.

아버지의 친구였던 세자르 아저씨는 수맥을 찾는 사람이었다. 아저씨가 지역 지도 위에 추를 늘어뜨리면 땅 밑에 물이 있는 곳 부근에서 추가 새끼 오리처럼 제자리를 맴돌았다. 오월의 어느 일요일, 스테판과 함께 금매화를 따러 몰(Mole)에 올라갔던 나도, 그렇게 같은 자리를 맴돌았던 걸까? 아래쪽 길에, 소리를 지르면 들릴 만한 거리에 있던 여인은 나는 가져 본 적 없는 원피스를 입고 있었다. 우리들은 얼마나 많이 잊히고 마는 걸까!

산을 오르며 스테판은 어린 시절 이야기를 해 주었다. 나는 생선 아교 냄새(바다 밑바닥 냄새지)를 맡으며 자랐거든. 안 믿을지도 모르지만, 나는 이 사이에 못을 문 채로 단단한 음식을 씹어 먹을 수도 있어. 열다섯 살 때 처음 내 손으로 의자를 만들었는데, 아버지 주장에 따르면(정말 마흐노 대장의 추종자처럼 열렬히 주장하셨지), 세상의 어떤 임금님 의자보다도 좋다고 하셨거든.

햇볕은 뜨거웠고, 때는 풀들이 미친 듯이 자라는 오월이었다. 어릴 때는 풀들이 자라는 걸 눈으로도 볼 수 있다고 믿었다. 고지대에 올랐을 때는 열기에 바짝 마른 오두막의 양철지붕이 타닥타닥 소리를 냈다. 스테판은 그 소리가 어디서 나는 건지 알아차리지 못했다. 누가 돌을 던지나 봐! 그가 말했다. 아무도 없었다. 우리 둘밖에 없었다.

아버지랑 내가 의견이 달랐던 건 한 가지뿐이었지, 그가 말을 이었다. 단 한 가지뿐이었는데, 그게 보통 일은 아니었던 거야! 스테판은 그때까지 금매화를 본 적이 없었다고 했다. 내가 몇 송이 꺾어 주었다. 꼭 놋쇠 단추 같네. 이건 누가 닦아 주는 거지? 나는 웃음을 터뜨렸다. 한 가지에 대해서 의견이 달랐는데, 그가 계속 말했다. 나는 러시아가 조국이라고 생각하고 돌아가고 싶었는데, 아버지는, 사실은 양아버지지만 어쨌든, 거기에 반대하셨지. 열여덟 살이 되었을 때, 그러니까 독일에 이기고 나서, 나는 본국 송환 신청서를 썼어. 본국! 그는 러시아어로 소리쳤다. 나는 거기서 태어나지도 않았는데! 아무것도 모르는데 말이야! 러시아인이 되려면 그렇게 멍청해야 하는 거야!

스테판은 금매화 다섯 송이를 내 어깨에 얹고는 노래하는 듯한 목소리로 말했다. 별 다섯 개! 나머지는 재. 너도 장군이야. 오딜 아킬로비치 장군!

여권 받았어요? 내가 물었다.

아니, 그들이 거절했어. 고향 못 간다고.

금매화 다발이 물을 빨아들이게 시냇물에 담가 두고, 우리는 등을 대고 누워 하늘을 올려다보았다. 내가 막 몸을 돌려 엎드리자, 스테판은 내 몸을 쓰다듬었다. 그날은 그를 멈추게 하지 않겠다고, 나는 다짐했다. 그는 도시들 이야기를 하며 나에게 어디에 가 보고 싶은지 물었다. 런던, 밀라노, 로테르담, 오슬로, 글래스고? 그때까지 나는 사람이 자신이 살 곳을 결정할 수도 있다는 생각을 한 번도 하지 못했다. 그건 자연스럽지 않아 보였다. 그렇지 않아, 스테판이 말했다. 이것만 있으면(그는 커다란 손을 내 얼굴 앞에 들어 보였다) 간단해, 나는 세상 어디에서도 일할 수 있으니까. 어디로, 우리 어디로 갈까, 오딜? 대답 대신, 나는 자리에서 일어나 언덕길 아래 소나무 숲까지 야생동물처럼 달렸다. 쫓아온 그를 향해 내가 소리쳤다. 당신은 보헤미안이야! 보헤미안이라고! 다시 보고 싶지 않아! 나는 그를 버스정류장에 둔 채 돌아왔다. 베송 부인의 집까지 바래다주겠다는 걸 싫다고 했다. 부인에게 꽃을 건네자 고맙다고 인사하며 내 이마를 만져 보았다. 열이 있니? 얼굴이 아주 빨갛게 돼 가지고. 나는 눈물을 감추려고 고개를 저었다. 가서 누워라, 오딜, 마편초 차 끓여 줄게, 그녀가 말했다. 햇볕을 너무 많이 쬔 것 같구나.

금매화를 땄던 다음 날, 스테판이 편지를 보냈다. 나한테 있는 그의 글은 그게 유일했다. 석회암 통에 아직도 있는지 확인해 봐야겠다. 그는 글을 처음 배운 아이들처럼 모든 글자를 대문자로 썼다. 편지에는 이렇게 적혀 있었다. 아무 데도 안 가도 돼. 우리 여기에 있을 거야. 내가 그럴 수 있게 할게, 다리 옆에서 기다릴게, 토요일에. 미쉬카. 그전에도, 그리고 그 이후에도 그가 자신을 미쉬카라고 칭한 적은 한 번도 없었다.

금요일 밤에 집으로 돌아올 수 있었다. 어머니는 그때까지도 나와 말을 하지 않고 있었다. 에밀은 언제나처럼 이를 드러내며 웃어 보였고, 수프를 먹은 후에는 다 안다는 듯이 자기 담배를 한 대 권했다. 담배를 피우고 있는데 레지가 돌아왔다. 몇 주 만에 보는 오빠는 화

한때 유로파에서

를 냈다. 그만둬, 오딜, 무슨 말인지 알지? 오빠는 아주 큰소리로 고함을 질렀다. 계속하면 안 돼, 알지? 그만둬야 한다고, 알지? 아버지가 살아계셨으면, 오래전에 그만두게 했을 거야, 너도 아버지 말대로 했겠지, 알지? 아버지라면 지금 오빠처럼 소리 지르지 않았을 거야, 내가 말했다. 그리고 오빠나 엄마처럼 생각하지도 않았을 거고. 멍청한 짓 그만둬, 오딜. 세상에, 어리석은 짓 그만두라고! 아버지는 내가 열일곱 살에 결혼할 걸 알고 계셨어. 침묵이 흘렀다. 에밀은 주머니칼로 손톱을 다듬고 있었다. 그 스웨덴 놈이 유부남인 건 알고 있어? 거짓말, 방금 꾸며낸 말이야! 뭘 기대하는 거야, 오딜, 나이가 거의 서른이잖아. 그놈에 대해서 아무것도 모르잖아! 가끔 그놈이랑 같은 조에서 일할 때가 있는데, 우리는 눈삽이라고 불러, 완전 쓰레기야. 왜 유부남이라고 해? 들어 봐, 오딜, 내 말 잘 들으라고, 유부남이든 아니든, 네가 만약 그놈하고 계속 데이트를 하고 다니면 우리가 본때를 보여 줄 거야. '네 땅으로 돌아가, 스웨덴 놈아'라고. 러시아인이야! 그럼 더 잘됐네, '철의 장막 너머로 돌아가!'라고 하면 되니까.

그는 유부남이었습니까? 나중에 고해성사를 할 때 신부님이 물었다. 나는 내가 모르는 것까지 고백을 해야만 했다. 그에게 물어본 적도 없었다. 레지가 협박을 한 다음 날, 나는 그를 만나러 다리로 나갔다. 그에게는 아무 말도 하지 않았다. 거기 서 있는 스테판을 보고, 그렇게 손이 닿는 곳에, 내 눈앞에 서 있는 그를 보고 나서, 만약에 싸움이 벌어지더라도 레지가 이길 가능성은 전혀 없음을 알 수 있었다.

우리는 강을 건넜다. 직원 숙소를 지나서 숲으로 올라갔다. 숲 가장자리를 따라서, 공장과 집들이 보이지 않을 때까지 걸었다. 창문이 망가지고 제단 뒤의 벽에 총알 자국이 있는 낡은 교회에서 방향을 바꾸어 숲을 가로질렀고, 그렇게 르 몽으로 이어지는 길로 나왔다. 우리 집에서 건초를 보관하는 작은 창고가 거기 있었다. 지금은 버려진 창고였다. 어릴 때, 아버지가 썰매를 타고 건초를 나를 때 와 본 적이 있었다. 나는 주머니에 창고 열쇠를 가지고 있었다.

스테판처럼 벌거벗은 남자의 몸을 본 적은 없었다. 아버지와 오빠가 욕조에서 씻는 것을 본 적은 있었다. 그때 다 봤지만, 남자가 스테판처럼 벌거벗고 있는 모습을 본 적은 없었다. 그의 모습을 보니 마치 '숫양들의 경주'에서 처음 만났던 날로 되돌아간 것만 같았다. 나는 그때와 똑같은 안쓰러움을 느꼈다.(그건 우리 두 사람에 대한 안쓰러움이었을까?) 그 안쓰러움에는 두려움도 섞여 있었다. 하지만 내 심장이 뛰었던 건 두려움 때문은 아니었다. 내 심장이 뛰었던 건, 이제 막 그 심장으로 알게 된 사실, 앞으로는 삶이 이전과 다를 것이며, 그 심장에서 나온 피로 이루어진 몸 또한 이전과는 다를 것이라는 사실 때문이었다.

아버지는 과일나무 접붙이기 전문가였다. 실패하는 일은 좀처럼 없었다. 야생 사과나무에 피핀종이나 러셋종 사과를 접붙였고, 야생 배나무에 돌보종이나 윌리엄종을 접붙였다. 아버지는 어떤 시점에 접붙이기를 해야 하는지, 어디를 잘라야 하고, 어떻게 묶어 줘야 하는지를 정확히 알고 있었다. 마치 아버지의 손가락에서 수액이라도 나오는 것만 같았다. 아버지가 나를 접붙인 거야! 스테판의 몸을 안으며 그렇게 생각했다. 새로운 가지에서 지금까지 우리가, 그와 내가 몰랐던 열매가 나올 거야. 스테판에게는 쉬운 일이 아니었다. 나는 쉽게 열리는 여자가 아니었다. 잠시 그가 자신감을 잃어버린 것 같았다. 그걸 느낄 수 있었다. 남자와 관련한 일은 너무나 명백해서, 심지어 열일곱 살이던 나도 알 수 있었다. 나는 그의 초조함을 함께 나누었다. 그게 내가 그와 함께 나눈 것이었다. 그를 도와주었다, 접붙이기를 하는 아버지를 도와주었던 것처럼. 아버지가 줄을 묶는 동안, 나는 작은 가지를 제대로 된 각도에 맞춰 쥐고 있었다.

판자벽의 옹이구멍을 통해 햇빛이 비쳤고, 건초 더미에서는 탄 우유 냄새가 났다. 세상에서 생길 수 있는 좋은 일들이 모두 접붙이기를 통해 내게 전해지는 것 같은 기분이었다. 다음 주면, 열매를 먹을 수 있지 않았을까? 그렇지 않았을까? 조금만 더 가질 수 있었다면! 그분께서는, 친애하는 신께서는 너무 적게 주셨으니까. 하지만 아닐 수도 있었다. 가끔 곰 두 마리 이야기를 떠올릴 때면 이런 생각을 한다. 어쩌면 그는 시간에 대해서 이해를 못 한 것일지도 모른다고! 그날 햇빛이 스며드는 회색 판자벽 뒤에 우리가 얼마나 오래 누워 있었던 걸까? 당신은 그때 그렇게 작아 보이지 않았어요, 스테파누스 차카. 나는 당신의 아내가 되고, 당신 자식들의 엄마가 되고, 내가 본 적이 없는, 당신의 페리호가 누비는 바다가 될 거예요. 일 년 중에 낮이 가장 긴 때였죠. 창고를 나설 때는 이미 어두워져 있었고, 달빛 덕분에 길을 알아볼 수 있었어요. 내려오는 길에 내가 당신의 허리띠를 풀었어요. 내가 본 그곳은, 친애하는 신이시여, 어디였을까요? 어디였을까요?

사람들이 작업을 시작했다. 스테판이 어떤 말로 사람들을 설득하고 움직이게 했는지는 알 수 없다. 사람들이 방을 하나 만들기 시작했다. 직원 숙소에는 동마다 알파벳 글자가 적혀 있었다. 처음 지을 때는 A동에서 H동까지 가지런히 지어졌을 것이다. 그러다가 숙소에서 지내는 누군가가 알파벳 순서를 바꿔서 장난을 쳤을 것이다. 읽기를 처음 배운 어린 시절에, 여덟 개의 건물에 씌어진 글자를 차례대로 읽으면 '유로파에서(IN EUROPA)'였다. 원래 써 놓았던 글자 위에 덧칠한 부분은 표가 났다. 장난에 대해서라면, 처음 그걸 재미있어 했던 사람들은 오래전에 떠났고 이제 아무도 설명을 원하지 않았다. 글자는 덧칠한 그대로 남았다. 'IN'의 'N'은 거꾸로 'И'이라고 그려져 있었다. 회사는 숙소에서 벌어지는 일에는 좀처럼 개입하지 않으려 했다. 회사가 중요하게 생각하는 규칙은 하나뿐이었다. 열 개의 용광로가 이십사 시간 동안 정확하게 뚜껑을 여닫는 것, 그리고 용광로에서 나온 금속이 화학검사 기준에 부합하는 것.

스테판은 숙소의 A동, 공장 부지 경계에 있는 끝 건물에서 살았다. 그 너머는 소나무 숲이었다. A동에 사는 사람들이 스테판을 위해 방을 만들고 있었다. 쉬는 시간에만 작업해서 일주일이 걸렸다. 판자로 칸막이를 세우고, 굴뚝을 낼 수 있게 천장에 구멍을 뚫고, 새 문을 달아 주었다. 그 방은 숙소의 나머지 공간과 분리된, 사적인 공간이었다. 스테판은 침대를 만들었다. 참나무로 된 머리판을 달고 양 모퉁이에 장미를 새긴 커다란 침대였다. 그가 처음 만들어 보는 침대였고, 방보다 침대를 만드는 데 시간이 더 들었다. 우리가 결혼하기를 바라니? 그가 물었다. 당신의 아내가 되고 싶어요. 너랑 결혼할 거야, 그가 말했다. 이건 약속이야.

A동은 지금도 그 자리에, 다리에서 가장 멀리 떨어진 곳에 있다. 사람들은 그가 나를 이용한 거라고 했다. 사람들은 그가 장미를 새기는 모습을 보지 못했다. 그가 즉시 나와 결혼하지 않았던 건 그렇게 할 수 없었기 때문이었다. 아마 서류상으로 제대로 정리가 안된 것 같았다. 유부남이라서 그런 거라고 사람들은 말했다. 어쩌면 오래전에, 그가 정말로 다른 나라에서, 다른 세기에 결혼을 했을지도 모른다. 내가 아는 건 그가 나를 속이지 않았다는 것뿐이다.

언젠가 둘이 함께, 손주들까지 우리 곁을 떠나고 나면 말이야, 언젠가, 그가 말했다. 둘이 함께 우크라이나에 가 보자.

A동 끝에 임시로 마련한 작은 방에서 나는 직원 숙소와 가문비나무 숲 사이를 날아가는 제비 떼를 지켜보았다. 그렇게 사는 여자가 학교를 다닌다는 건 말도 안 되는 일이었기 때문에, 아무 시험도 보지 않은 상태에서 학교를 그만두었다. 마지막으로 학교에 다녀오던 날, 말을 탄 기수들을 위해 높게 만들어 놓은 쇠창살 달린 교문을 지날 때, 아버지가 가까이 있는 것처럼 느껴졌다. 부품 공장에 일자리를 구하러 갔을 때도 아버지가 함께 온 것만 같았다. 공장에서 바로 일자리를 내준 것도 마치 아버지가 옆에 있어서인 것 같았다.

처음 한 일은 라디오 뒤 기판에 맞게 작은 구멍을 뚫는 작업이었다. 하루에 천칠백 장의 기판에 구멍을 뚫었다. 보수가 나쁘지는 않

한때 유로파에서

앉고, 공장이 강가에 바로 붙어 있다는 장점이 있었다. 배당받은 일 감을 예정보다 빨리 마치면 밖으로 나가 강물을 내려다보며 담배를 한 대 피울 수도 있었다. 직원은 모두 일곱 명이었다. 일곱 명에 사장 과 사장 아들. 강물 소리를 들으며, 나는 방해받지 않고 송어를 잡을 수 있는 위치를 스테판에게 알려 주어야겠다고 생각했다.

유일하게 나쁜 점은 기름이었다. 기름이 손과 손목에 튀었는데, 장갑을 끼면 작업 속도가 너무 느려졌고, 내 피부는 기름에 민감했 다. 작은 반점이 올라오고 가려웠다. 스테판은 일주일 안에, 그러니 까 칠월 십칠일까지(나는 그해 여름, 하늘과, 끝없이 이어지던 날들 과, 제비 떼와, 상상할 수 없는 일들이 있었던 그 여름의 날들을 하루 하루 기억하고 있다) 반점이 사라지지 않으면, 공장 일을 그만두게 하겠다고 말했다.

나는 베송 부인 집의 하숙방은 그대로 둔 채 매일 밤을 '유로파에 서'에서 보냈다. 스테판이 주간조로 일했던 두 번의 일요일은 제비 떼를 지켜보며 보냈다. 일이 없었던 두 번의 일요일에는 밤이 내릴 때까지 함께 침대에 머물렀다. 이제 그는 말을 아주 많이 했다. 자고 있는 동안은 러시아어로 잠꼬대를 했다. 한 해만 더 이렇게 지내다 가, 그가 말했다, 다른 곳에 가서 일자리를 찾자. 이거랑 똑같은 침대 만들어 줘야 해요! 내가 말했다. 바닷가에 집을 구하는 거야, 그가 말 했다. 호숫가는 어때요? 내가 제안했다.

그는 이따금 공장 이야기도 했다. 나는 미셸의 사고 소식도 알고 있는지 물었다. 내가 막 왔을 때야, 그가 말했다, 첫 주였는데 나도 그 팀에 있었지. 피터 용광로에 뚜껑을 덮다가 벽이 무너진 거야. 사 고 당시에는 지옥문이 열린 것 같았어. 지옥 그 자체였다고, 꼬마 아 가씨. 무너진 벽에 구멍을 내서 치우려면 탐침이 있어야 하는데, 탐 침 끝이 얼마나 버티는지 알아? 팔 분도 안 돼. 보심(러시아어로 '8' 을 뜻함―옮긴이). 그 친구는 정신을 잃지 않았더라고. 신께서 살피 시기를. 끄집어내고 방화용 천을 덮어 주었어. 지금도 병원에 있어요, 내가 말했다. 두 다리를 잃었지, 스테판이 말했다.

저녁이 되자 그는 면도를 했다. 나는 그가 면도하는 모습을 지켜
보는 게 좋았다. 문 옆에 물병과 대야를 두고, 상점 옆에 있는 석조
건물인 목욕탕에서 뜨거운 물을 날라다 썼다. 당연히 나는 건물 안
에 발도 들이지 않았다. 스테판이 내가 씻을 물을 날라 주었고, 용변
을 볼 때는 숲으로 갔다. 이번에는 그가 면도할 물을 가지러 가는 거
였다. 그가 면도하는 모습을 보는 건 얼마나 좋던지! 남자들이 면도
하는 모습 자체가 좋았던 건지도 모른다. 목욕탕에 들어가 볼 수 있
다면 확인할 수 있었을 것이다. 면도할 때는 남자들이 유일하게 교
태를 보여 주는 순간이다. 피부를 당기며 눈으로 초점을 맞추는 모
습, 면도칼이 짧은 털을 자르는 소리, 장밋빛 피부에 바른 하얀 거품.
면도를 하고 나면, 스테판의 피부는 나보다 더 부드러웠다. 아기 피
부처럼 부드러웠다.

그는 칠월 삼십일일에 사망했다. 가죽을 씌운 술병을 놓고 나갔던
날이었다. 술병은 탁자 위에, 면도할 때 쓰는 솔과 나란히 놓여 있었
다. 그는 새벽 네시 삼십분에 사망했다. 레지가 베송 부인의 집으로
전화를 했을 때, 나는 막 출근을 하려던 참이었다. 내가 직접 전화를
받았다. 그가 죽은 게 확실해? 확실해? 확실해? 여섯 번을 물었다.
나는 그대로 출근했다. 내가 다루는 부품은, 귀걸이만큼 작은, 전기
다리미에 들어가는 부품이었다. 일을 마치고 직원 숙소의 우리 방으
로 갔다. 누가 문을 두드렸다. 열어 보니 줄리아노였다. 우리 침대에
쓸 참나무를 구해 준 직원이었다.

그 사람 어디 있어요? 내가 물었다. 보고 싶어요. 니엔테(Niente,
이탈리아어로 '없다'라는 뜻—옮긴이), 줄리아노가 말했다. 보고 싶
어요, 나는 다시 한번 아주 조용히 말했다. 니엔테! 줄리아노가 큰 소
리로 고함을 질렀다. 그의 어깨 너머로 A동은 물론, P동, O동, R동,
U동, E동, N동에서 온 남자들이 거리를 두고, 어깨를 움츠린 채, 모
자를 손에 쥐고 서 있는 것이 보였다. 그 사람 어디 있어요? 고개를

한때 유로파에서

젓는 줄리아노의 눈에 눈물이 가득했다. 그는 한순간도 내게서 눈을 떼지 않았다. 그제서야 갑자기 나는 깨달았다. 그는 사라진 것이다. 시체 같은 것은 없었다. 눈사태가 났을 때처럼.

나는 울지 않았다. 신성한 성모 마리아님, 나는 울지 않았다. 줄리아노에게 말했다. 우리 동에 오토바이 가진 분 있을까요? 여기는 없어요. 그럼 누가? U동의 얀이 가지고 있지. 내일 아침에 저 회사에 데려다줄 수 있는지 물어봐 주세요. 여기서 밤을 새야 할 것 같으니까.

나는 우리 방에서 잤다. 매일 아침, 얀이 클뤼즈에 있는 부품 공장까지 데려다주었다. 다음 날엔 에밀이 숙소로 찾아왔다. 누나가 집으로 왔으면 좋겠어, 동생은 그렇게 말하고는 수줍게, 아무 말도 없이, 탁자에 염소 치즈를 내려놓았다. 나중에 갈게, 내가 말했다. 엄마랑 오빠한테 그렇게 전해, 나중에 간다고. 지금은 여기 있어야 해.

나는 모퉁이에 장미가 새겨진 침대에 누워 지붕의 판자를 올려다보았다. 침대 아래에 있던 여행 가방을 꺼내 그의 옷을 챙겼지만, 그걸 어떻게 해야 할지 몰랐다. 그의 아버지 혹은 아내가 원하지 않을까? 나는 그때까지도 울지 않았다. 그를 데리고 가 버린 무(無)가 나를 채워 버린 것 같았다. 매시간, 일 분 일 분이 똑같았다. 용변을 볼 때는 예전과 마찬가지로 숲으로 갔다. 그의 부츠가 비명을 지르는 입처럼 보였다. 오딜은 비명을 지르지 않았다, 그녀는 기다렸다. '유로파에서' A동에서. 나는 계속 기다렸다. 매일 저녁 그의 동료들이 나를 찾아왔다. 동료들은 두 명씩 짝을 지어서 왔다. 동료들이 음식이 담긴 접시를 들고 왔지만 나는 먹을 수가 없었다. 내가 읽지도 못하는 말로 된 신문을 들고 오는 사람도 있었다. 동료들은 나에게 집으로 돌아가야 한다고 했다. 내가 집으로 돌아가면 그리로 보러 가겠다고 했다. 누군가 검은색 숄을 갖다주었다. 나는 숄을 접어 두었다. 하루하루 지날수록 조금씩 희망이 생겼다. 매일 밤 나는 숙소에서 잠을 잤다. 그가 사라져 버린 무 안에서, 그가 나를 두고 떠나 버린 무 안에서, 나는 그에게 귀 기울였다. 그리고 마침내 들을 수 있었다. 그제서야 나는 집으로 갈 수 있었고, 그제서야 울 수 있었고, 그제서야 검은색 숄을 두를 수 있었다.

공장 감독 사무실로 갔다. 비서가 무슨 용무냐고 물었다. 나는 개인적인 일이라고 했다. 우선 좀 앉아요. 커다란 용광로가 눈사태처럼 우르릉 소리를 냈다. 그 소리가 절대 멈추지 않는다는 걸 알고 있었지만, 거기 그렇게 앉아 있는 동안에는 아마 멈출 거라고 생각했다. 불가능한 일들이 벌어지기도 한다. 그 우르릉 소리가 멈추면 스테판의 목소리를 들을 수 있을 거라고 믿었다. 벽에는 다른 공장 사진이 든 액자들이 걸려 있었다. 우리 침대와 마찬가지로 참나무로 만든 액자였다. 나는 한 시간을 기다렸다. 이렇게 오래 걸릴 일이 아닌데, 비서가 말했다. 지금 어디 계시죠? 장거리 통화 중이세요, 비서는 그렇게 대답하고 타이핑을 계속했다.

그런 비서 일이라면 날로 먹을 수 있을 것 같았다. 커피 좀 드실래요? 그녀가 물었다. 그녀는 나를 알고 있었다, 그때쯤엔 공장 사람들 모두 내가 스테판 피로고프의 내연녀라는 것을 알고 있었다. 물론 그들이 그런 단어를 사용하지는 않았지만, 그게 내가 법적으로 사용하게 될 단어였다. 네, 내가 대답했다.

다시 삼십 분쯤 흐르고 나서 공장 감독이 나타났다. 그의 아내도 어머니에게 달걀을 주문하곤 했다. 아버지가 살아계실 때, 어머니는 아버지가 밭일을 나갈 때까지 기다렸다가 달걀을 배달했다. 적들에게 식량을 전하다니! 아버지는 그렇게 소리쳤을 것이다.

감독은 말을 하면서 상대를 한 번도 쳐다보지 않았다. 마치 벽에 걸린 사진의 해설을 읽으려고 애쓰는 것처럼 보였다. 그는 재킷을 벗고 넥타이를 느슨하게 풀었다. 팔월의 열기 때문에 어디든 더웠다. 나는 좀 더 공식적으로 보이려고 치마에 재킷을 입고, 검은색 숄도 두르고 있었다. 그가 자신 앞에 있는 의자를 가리키며 말했다.

제가 뭘 도와드릴까요?

피로고프 씨 일로 왔습니다, 노라 감독님.

알고 있습니다. 아가씨는 물론, 가족에게, 진심 어린 애도의 말을 전하는 바입니다.

직원이 작업 중에 사망하면 회사가 아내에게 연금을 지급하는 것으로 알고 있습니다.

임의조항입니다. 강제로 지급해야 하는 것은 아니고요, 미망인이 재혼하면 연금 지급도 중단됩니다.

피로고프 씨는 작업 중에 사망했습니다, 내가 말했다.

사고 원인은 아직 확인되지 않았습니다.

연기에 질식했다는 걸 모두들 알고 있습니다, 그래서 쓰러졌고요.

곧 확인될 겁니다, 블랑 양. 조사를 마치면요. 그때 자세하게 말씀 드릴 수 있을 겁니다.

연금 신청하러 왔어요.

몇 살이시죠?

열일곱이요.

결혼일이 언제시죠, 블랑 양? 그는 그 질문을 할 때는 나를 보지 않을 수 없었다.

결혼은 안 했어요.

그렇다면 이해가 안 되는데요.

저는 피로고프 씨의 내연녀로 함께 살았습니다.

어디서 지내셨죠?

그도 어딘지 알고 있다는 걸 나는 알고 있었다.

A동 숙소에서요, 내가 말했다.

그건 회사 자산인데요.

저는 우리 침대도 가지고 나갔으면 합니다.

회사 연금과 침대를 원하신다! 직원들의 내연녀에게 모두 연금을 지급한다면요, 블랑 양. 회사는 도산할 겁니다!

공장에서 사망하는 직원이 그렇게 많은가요, 노라 감독님?

지금 속이 상하신 건 잘 알겠지만, 제가 해드릴 수 있는 게 없습니다.

저 임신했어요. 지금 제 배 속에 있는 아이를 위해서 부탁드리는 겁니다, 감독님, 보상금을요.

노라 감독은 놀라는 것 같았다. 그가 의자에서 일어나 내 뒤로 다가왔다.

오딜, 이렇게 불러도 되겠죠. 내 딸이라도 해도 될 만큼 젊은 사람이니까. 나는 당신을 믿지만, 회사는 그럴 수 없는 거예요. 회사 입장에서 보면 당신들은 결혼한 게 아닙니다. 동거 생활을 유지한 일정한 주거지도 없고, 스테판 피로고프가 당신 아이의 아버지라는 걸 증명할 수도 없잖아요.

크리스티앙, 너는 사월 십일에 태어났지. 몸무게가 3.4킬로였고, 파란 눈에, 머리칼은 민들레 솜털보다 부드러웠단다. 손은 스테판의 엄지손가락보다도 작고, 성찬에서 쓰는 빵 같은 다리 사이에 고추가 달려 있었지.

어머니는 너를 집에서 기르며 분유를 먹이고 싶어 했지만, 나는 직접 모유를 먹이고 싶었단다. 쌍둥이라도 충분히 먹일 만큼 모유가 나왔으니까. 부품 공장 사장도 내 사정을 생각해 할당량을 채우기만 하면 작업시간에 대해서 꼬치꼬치 따지지 않았지. 다른 엄마들처럼 정오까지 기다리지 않아도 되었단다. 블라우스 양쪽이 모유로 젖었다고 느껴지면 나는 후다닥 기계 앞에서 벗어났고, 쇳조각들은 바닥 높이 쌓였지. 네가 어찌나 세차게 젖을 빨던지! 그렇게나 삶에 애착이 강했던 모양이구나! 그런 다음에 나는 작업대로 돌아가 바닥에 쌓인 쇳조각들을 치우고 다시 비행기 문에 쓰이는 작은 부품들을 만들었지.

네가 거의 한 살이 되었을 때, 처음으로 걸음을 떼더니 네 걸음을 걷고 나서 엉덩방아를 찧었지. 지금 하늘에서 그런 생각을 하니, 재미있구나.

에밀이 식탁 밑에서 너와 놀아 주었다. 레지는 전날 밤에 외출을 했다가 술을 너무 많이 마셨더구나. 술을 마시는 남자가 최악은 아니야. 술을 마시는 남자는 두려워하고 있을 뿐이지. 그들이 모르는 건 우리 모두가 두려워하고 있다는 사실이지만, 아직 열여덟 살이던 나는 그런 사정은 전혀 모르고 있었단다. 레지는 식탁 밑에서 너와 놀고 있던 에밀과, 가축상 코르네이유 씨의 푸조가 진청색인지 검은색인지를 놓고 다투었지. 에밀은 검은색이 틀림없다고 했고, 레지는 진청색이 틀림없다고 했는데, 둘이서 끝도 없이 말다툼을 하더구나. 그만해! 내가 소리쳤지. 애들보다도 못하게 뭐야! 레지가 급하게 몸을 돌려 나를 때리는 줄 알았단다. 너는 빠져! 오빠가 말했지. 네 문제만으로도 충분하잖아, 오딜! 그 불쌍한 애새끼랑 앞으로 어떻게 살지나 걱정하라고! 입 닥쳐! 에밀이 레지의 다리를 붙잡고, 둘이서 함께 넘어졌지. 그때 어머니가 들어왔고, 우리 셋은 아무 일도 없었던 것처럼 시치미를 뗐구나. 어머니가 나가고 레지는 코피가 나는 얼굴을 손으로 가린 채 중얼거렸단다. 파란색, 코르네이유 씨의 푸조는 파란색이야! 산책 좀 나갔다 올게, 내가 말했지.

기차선로를 따라 공장의 폐기물 더미까지 걸었다. 마지막 더미에서 아직 연기가 피어오르고 있었다. 머지않아 그 폐기물들이 공장 건물만큼이나 높이 올라갈 것 같다고 생각했다. 머지않아 그것들이 우리 과수원을 덮어 버리겠다고 생각했다. 이제 집에 암소는 세 마리뿐이었다. 섭씨 이천도에서 타고 나온 그 찌꺼기보다 더 확실히 죽어 있는 건 세상에 없었다. 이십이 개월 동안 쌓인 그 찌꺼기를 파보면, 이 애새끼의 아버지가 있었다. 용기를 내서 그렇게 속으로 말했다.

일을 하러 나갈 때마다, 스테판이 죽고 나서 사르디니아 출신의 줄리아노가 말했다, 다시 돌아올 수 있을까 확신을 할 수가 없더라고.

공장의 벽들, 출입구들, 사다리들은 모두 산에서 발견한 양의 뼈

한때 유로파에서

와 비슷했다. 살점도 없이, 텅 빈, 사라져 버린 흔적. 용광로는 꿈틀거리고, 강물은 흐르고, 연기는, 어떨 때는 흰색이다가, 어떨 때는 회색이다가, 또 어떨 때는 노란색인 연기는 하늘로 치솟았다. 남자들은 밤낮으로 끊임없이 일하며 땀 흘리고, 헛구역질하고, 오줌을 누고, 기침을 했고, 공장은 칠 년 동안 단 한 번도 멈추지 않았다. 일 년에 삼천 톤의 망간철을 생산하고, 돈을 벌고, 새로운 합금을 시험하고, 실험을 하고, 이윤을 냈다. 공장은 무감각하고, 황폐하고, 보살핌을 받지 못했다. 용해 작업장을 가로질렀다. 산화망간을 만드는 용광로가 높은 곳에 있고, 망간철을 만드는 피터와 티토도 그보다는 아래지만, 꽤 높은 곳에 있었다. 덕분에 크레인을 움직여 용해된 금속을 부을 때는 마치 석양을 마주할 때처럼 눈을 가늘게 뜨고 바라봐야 했다. 나는 내 배 속의 자궁이 그 공장에서 보고 만질 수 있는 것들과 정반대의 것임을 알고 있었다. 여기 한 여자가 있어, 나는 속삭였다. 그리고 그녀의 자궁에서 나온 결실이 있다고. 나는 무릎을 꿇었다. 나를 본 사람은 없었다.

말가죽으로 만든 장갑이 최고야, 딜렌카, 열에 강하니까.

나는 여덟 개의 철제 사다리를 올라갔다. 사다리 하나가 창고에 쌓아 둔 건초 더미 정도 높이였다. 산화망간 용광로에 올라갈 때까지 나를 제지하는 사람은 없었다. 그가 떨어진 자리였다. 연기에 목이 아팠다. 깊이 들이마셔 보았지만 아무 일도 없었다. 여덟 개의 사다리를 내려왔다. '숫양들의 경주'가 열렸던 사무동 건물을 지났다. 그가 말가죽 장갑과 파란색 보호용 안대를 보관하던 사물함을 찾았다. 사물함에는 이제 이탈리아 사람 이름이 적혀 있었다. 나는 웃었다. 내가 웃는다는 사실에 스스로 놀랐다. 우리의 사랑은 사라지지 않을 것이었다.

인도교 너머 '유로파에서'에서 우리는 살았다. 아직 얼음이 녹지 않아 강에는 활기가 없었다. 여러 날째 기온은 영하 십 도 아래였고 산은 여전히 감옥처럼 닫혀 있었다. 스테판에게 숭어를 잡을 수 있는 자리를 알려 줄 시간이 없었다고, 나는 지프르 강을 바라보며 생각했다, 스테판과 오딜이 만나고, 크리스티앙이 잉태될 시간밖에 없었다고. 상류에서, 바위들 사이에서 무언가가 내 주의를 끌었다. 나는 기다렸다. 녀석이 고개를 돌린 것 같았다. 트럭 한 대가 길을 따라 올라오고 녀석은 긴 다리를 들고 소나무 위에 자리를 잡았다. 왜가리였다. 나무 꼭대기에 둥지를 차리는 물새라고, 스테판이 알려 주었다. 평생 왜가리를 세 마리 봤다. 아버지가 나를 안고 다닐 만큼 어릴 때 한 번, 유월의 어느 저녁에 스테판과 한 번, 그리고 1956년 삼월의 일요일에 한 번.

스테판은 러시아어로 왜가리는 '차플리아(цапля)'라고 하는데, 먼 곳에서 소식을 전해 주는 새로 알려져 있다고 했다. 물고기를 잡으려고 기다릴 때는, 막대기처럼 꼼짝도 하지 않는다. 그래서 처음에 그 새를 본 것이 맞는지 확신할 수 없었던 것이다. 소나무 위에서 왜가리는 길을 살피고, 공장을 살폈다. 우뚝 솟은 꼭대기가 마치 덩치만 큰 어린 새가 먹이를 찾기 위해 벌린 부리처럼 보이는 굴뚝을 살피고, 산화망간 용광로와, 피터와, 티토와, 기관실을 살피고, 절벽의 바위 면과 내가 지금 아들과 함께 날고 있는 하늘을 살폈다. 왜가리가 전하는 소식이 뭔지 나는 알 수 없었다.

어머니는 상태가 괜찮았단다. 우리 모자에게 꿀을 일 킬로 주고, 너의 파란 눈이 여자들의 마음을 아프게 할 거라며 기저귀를 갈아 주었구나. 한번은 급한 일이 없어서 여유를 부리다가 우리 모자는 클뤼즈로 돌아가는 버스를 놓쳐 버렸지. 차를 얻어 타야만 했다. 네 덕분에 차를 얻어 타기가 쉬웠지. 너를 안고 기다리는데, 지나가던 첫번째 차가 바로 멈춰 서더구나. 운전수가 몸을 젖히고 뒷문을 열어 주었지. 차에 오르는데 운전수가 내 이름을 부르더구나. 모자를 쓰고 짙은 턱수염을 기른 남자였는데, 내 이름을 부르는 게 어딘가 익숙했단다. 오래된 것처럼. 눈이 마주치는 순간, 바로 그를 알아보았지.

미셸!

그는 고개를 우스꽝스럽게 돌리며 내 볼에 입을 맞췄지. 아마 몸을 돌릴 수가 없는 것 같더구나, 다리를 움직일 수 없었을 테니까. 그래서 그런 자세로 우리는 입을 맞췄단다.

유감이야, 오딜, 사고 소식은 나도 들었는데, 그가 말했지. 진심으로 위로와 애도의 마음을 전하는 바입니다.

그의 목소리가 달라져 있더구나. 수염 때문에 얼굴이 달라 보이는 것보다도 목소리가 더 많이 달라져 있었지. 전에는 대부분의 사람들처럼, 자신이 하고 있는 말과 가까이 있는 목소리로 말을 했는데, 이제 그의 목소리는 먼 곳에 있더구나, 제단 위에서 설교하는 신부님의 목소리처럼.

우리 아들이야, 이름은 크리스티앙, 내가 말했지.

그가 너의 양모 모자를 쓰다듬었고, 그때 나는 그의 손에 있는 흉터를 봤단다. 보라색 흉터, 몰리브덴이 식으면서 내는 색과 같은 색의 흉터였지. 보라색 흉터가 있는 자리에는 살점도 더 적더구나.

어디 가? 그가 물었지.

클뤼즈.

거기 살아?

나는 고개를 끄덕였다. 오빠는?

리옹에서 볼일은 다 끝났어. 의사들 말이 내 몸은 완전 작품이래. 내가 수술을 몇 번 받았는지 알아? 서른일곱 번이야!

그는 웃음을 터뜨리며 자기 허벅지를 치더구나. 그 소리 덕분에 쇠로 만든 다리라는 것을 알 수 있었지. 그는 다림질이 잘된 바지를 입고, 밝은색 양말에 광을 낸 구두를 신고 있었단다.

네가 울음을 터뜨렸다.

폐가 자라느라 그런 거야! 미셸이 말했다. 아직 저 나이 때는 달리기를 할 수 없으니까, 어린 녀석 같으니, 저 때 폐를 마음껏 움직이려면 소리를 지르는 수밖에 없거든. 자, 크리스티앙, 여기 봐!

　　　　　　　　　　　한때 유로파에서

그는 열쇠고리를 너의 눈앞에 들어 보였고, 너는 내 가슴에 머리를 기대며 울음을 멈췄지.

그래서 어디 사는 거야?

푸이이에서 담배랑 신문 파는 가게를 하나 맡았어.

어떻게 하려고….

뭐든 할 수 있어, 오딜, 뭐든. 사다리도 올라갈 수 있다니까! 산별 노조에 속한 변호사가 회사에서 연금을 받아 줬어. 덕분에 일을 많이 안 해도 돼.

나는 바보같이, 아무 이유도 없이 갑자기 훌쩍거렸지. 미셸은 고개를 돌리고 시동을 걸었다. 그는 운전도 할 수 있었단다. 손으로 모든 것을 통제할 수 있게 개조된 차였지. 광을 낸 구두를 신은 두 발은 그저 바닥에 놓여 있을 뿐이었단다. 다리미처럼.

아무 선택지가 없을 때는 말이야, 미셸이 고개를 돌리지 않고 말했지, 적응하는 능력이 유난히 발달하게 마련이야.

나도 알아.

처음에는 약에 취해서 깨닫지 못했는데, 그가 말했지, 조금씩 현실이 느껴지더라고. 아침에 잠에서 깨서 옛날의 내 모습이 생각나면 비명을 질렀어. 일주일 동안 절망에 빠져 있었지. 왜 하필 나냐고, 계속 물었지, 왜 하필 나냐고.

나도 알아, 내가 말했다. 너는 다시 잠이 들었고, 우리는 강변을 달리고 있었지. 그는 흉터가 있는 오른손으로 속도를 조절했다. 두 발은 여전히 다리미처럼 바닥에 놓여 있었지. 나는 계속 훌쩍거렸구나.

병원이 좋은 건 혼자가 아니라는 점이야. 나랑 똑같은 상태에 처한 사람들이 있으니까, 그가 말했지. 어떤 사람들은 나보다 더 상태가 안 좋았어. 인생은 한 번만 사는 거라고 사람들이 그러잖아, 그러니까 거기서 최선을 다해야 한다고 말이야. 그건 사실이 아니야, 오딜.

한때 유로파에서

나도 알아, 나는 눈물을 흘리며 말했지.

병원에 있는 우리는 모두 나쁜 경우였던 거야. 삼도 화상, 오십 퍼센트, 육십 퍼센트, 칠십 퍼센트 불구. 모두 이십 년 전에 죽은 거나 마찬가지야. 우리 같은 환자들은 차라리 죽는 편이 나았을 거라고 말하는 사람들도 있다고, 그렇게 들었어. 두번째 인생을 사는 법을 배워야만 했지. 첫번째 인생은 완전히 끝나 버렸으니까. 애는 자니?

응, 잠들었어. 내가 작게 대답했지.

사는 법을 배워야만 했는데, 그게 한 번 익혔던 걸 다시 배우는 것과는 완전히 다르더라고. 너무 낯설어서 말이야, 오딜, 태어나서 처음 배우는 것 같았지. 그래서 이제야 두번째 삶을 시작하는 거야.

많이 아파? 내가 물었다.

많이 아프지는 않아.

전혀?

많이 아프지는 않다고. 여름에 날씨가 더울 때는 불편해. 그가 자기 허벅지를 다시 한번 쳤단다. 그때 말고는 괜찮아. 오랫동안 내 다리가 아픈 거라고 상상을 했거든. 꿈속에서는 다리를 절단하지 않았더라고. 그리고 오딜 말해 줄 게 있는데, 나 기도치료사(fire-cutter, 기도를 통해 화상을 치유하는 능력을 지닌 사람—옮긴이) 됐어.

나는 웃음을 터뜨렸구나. 눈물을 그대로 흘리면서, 웃음이 나온 이유는 나도 몰랐지.

병원에 어떤 노인이 있었거든. 환자는 아니고 그렇다고 병원 직원도 아니었는데… 매일 병원에 나왔어. 우리 환자들이 원하는 게 있으면(신문, 과일, 담배, 향수 같은 것들) 사다 주고, 잔돈을 챙기곤 했어. 나이가 여든둘인데, 젊었을 때는 철도원이었다고 하더라고. 그분이 기도치료사였거든. 한 번에 통증을 없애 주는 걸 내가 봤어. 간호사가 뜨거운 물을 엎질러서 손등을 데었는데, 그 노인이 이 분 만에 통증을 없애 주더라고. 그분 말이, 이제 나이가 들어서 기도치료를 할 때마다 너무 기운이 빠진다는 거야. 그래서, 어느날 우리를 유

한때 유로파에서

심히 주욱 둘러보더니만 결정을 했다는 거야, 후계자를 정했다고 말이야. 그게 나였어. 그분이 나한테 재능을 물려줬어.

어떻게?

그렇게.

어떻게 했는데?

그냥 나한테 재능을 물려줬어.

클뤼즈에 도착했고 미셸은 집 앞까지 우리를 태워 주었지. 너는 내 품 안에서 자고 있었구나. 내가 그러지 않아도 된다고 했지만, 미셸은 굳이 함께 차에서 내렸다. 손으로 다리를 움직였고, 손을 짚고 몸을 일으켰단다. 목과 어깨가 옛날보다 훨씬 두껍더구나. 그는 자신이 판 참호에서 기어 나오는 사람처럼 몸을 일으켰단다. 그렇게 인도에 섰을 때, 엉덩이 부분이 조금 흔들리더구나.

내 도움이 필요하면, 어디로 연락해야 하는지 알지? 그리고 사고는 정말 유감이야. 그가 다시 한번 말했지.

스테판 기억나? 내가 물었다.

기억나지. 키가 아주 크고 금발이잖아. 눈은 파란색이었던가? 같은 조에서 두어 번 함께 작업했어, 밤에. 그러니까 내가 이렇게 되기 전에. 그가 자신의 엉덩이를 툭 치더구나.

사진 한 장도 없어, 내가 말했지.

사진은 필요 없어, 그가 손가락으로 양모 모자를 가리키며 말했단다. 그의 후손이 있잖아.

낯선 말이네, 후손!

그보다 더 가까운 건 없지, 그가 말했단다. 잘 자.

기나긴 시절이 시작됐구나, 기나긴 너의 소년 시절이. 우리가 살던 공동주택 기억나니? 너는 식탁에서 숙제를 하곤 했는데. 늘 감자 팬케이크를 만들어 달라고 했고, 축구공은 침대 위에 달아 둔 그물에 넣어 두었지. 네가 모델들을 만드는 바람에 네 방에선 항상 풀 냄새가 났었어. 내가 쓰는 매니큐어 냄새 같은. 너는 열 살이 되기도 전에 수도꼭지를 갈 수 있었지. 내 방에는 장미가 새겨진 참나무 침대가 있었는데, 너는 아플 때마다 나랑 함께 잤고, 가끔은 일요일에도 그랬구나. 거실 벽을 칠하다가 네가 사다리에서 떨어졌던 일 기억나니? 내겐 세상에 너뿐이었는데, 네가 죽는 줄 알았단다.

왜 나는 엄마랑 성이 같아, 엄마, 왜 내 이름은 크리스티앙 블랑이야?

아빠가 네가 태어나기 전에 돌아가셨으니까.

아빠는 어땠어?

튼튼했지.

어떻게 생겼어?

덩치가 컸어.

나랑 닮았어?

응.

아빠도 비행기에 관심이 있었어?

딱히 그렇지는 않았던 거 같은데, 내 생각엔.

아빠에 대해 잘 모르는구나, 그렇지?

다른 사람들이 아는 만큼은 알아.

내가 진짜로 하고 싶은 게 뭔지 알아, 엄마? 글라이더를 만들고 싶어. 진짜로 날 수 있는 걸로. 학교에서 책에 실린 사진 봤거든. 아주 커야 해, 자동차만큼 커야 해.

타고 전 세계로 돌아다닐 만큼 크게?

응…, 풀이 아주 많이 필요해.

기나긴 시절이 시작되었다. 어디에 가야 편안함을 느낄 수 있었을까? 레지는 마리 잔과 결혼했다. 결혼의 조건은 오빠가 술을 끊는 거였고, 처음 얼마 동안은 실제로 끊기도 했다. 엄마는 마지막 남은 암소를 팔고, 염소와 닭만 키웠다. 숲의 나무들이, 르 몽으로 이어지는 길가에 있는 것들까지 죽어나갔다. 강 위의 언덕은 죽은 나무들로 뒤덮여 잿빛이 되었다. 에밀은 국경 근처 페인트 공장에서 드럼통을 싣고 내리는 일을 했고, 어머니는 온통 동생 일에만 매달렸다. 매일 저녁 회사에서 돌아오면 영웅이 귀환한 것처럼 환하게 맞아 주었다. 동생이 약했기 때문에 어머니는 본인이 백 살까지 살아야겠다고 마음먹었다. 나이가 들수록, 동생은 어머니에게 평생의 사랑이 되었다. 어머니는 매트리스의 건초를 매주 갈아 주었다.

나는 지도책을 사서 스톡홀름에 가는 방법을 연구했다. 우크라이나와 프리피야트 강도 찾아봤다. 하지만 거기 간다고 뭘 할 수 있었을까? 우리는 그 어느 때보다 집에서 멀리 떨어져 있었다.

왜 이렇게 빨리 올라가는 거니?

부품공장 사장이 얼마 동안 우리를 쫓아다녔지. 그 아저씨가 너한테 개가 들어 있는 스푸트니크 모형 사 줬던 거 기억나니? 네가 개를 잃어버린 것도. 나는 몇 번인가 그 아저씨 집에서 저녁을 먹었단다. 아저씨가 우리를 호수에 데리고 가서, 숭어랑 비슷하지만 맛이 더 비린 생선도 먹었잖아. 너는 물고기들이 바다에서 후각을 사용해서 길을 찾는 거라고 이야기했지. 아저씨 부인이 몇 해 전에 죽었거든. 그때 아저씨 나이가 거의 마흔이었고, 너는 아홉 살이었지.

가스통 아저씨랑 결혼할 거야, 엄마?

우리는 아직도 하늘을 오르고 있구나.

아니, 아저씨랑 결혼 안 해.

아저씨는 엄마랑 결혼하고 싶은 것 같던데.

모르겠구나.

아저씨가 시트로엥 디에스 살 거라고 했어.

거기에 관심이 있는 거구나, 그렇지?

엄마가 아저씨 공장에서 일 안 해도 되면, 내가 아저씨 더 좋아할 것 같아.

가스통 아저씨는 아주 자상한 분이야. 그런데 아저씨랑 엄마는 서로 아는 게 너무 달라, 그것뿐이야. 엄마는 아저씨가 아는 거에 별로 관심이 없고, 엄마가 아는 걸 밝히면 아저씨가 무서워할 거야.

나는 하나도 안 무서워, 엄마.

글라이더가 뒤집힐 때는, 크리스티앙, 이상하구나. 나는 위가 아니라 아래를 보고 있는데, 거기도 파란 하늘이니까.

푸이이에 있는 미셸의 가게는 그 구역의 다른 어떤 가게와도 달랐다. 신문은 특별한 순서로 진열되어 있었는데, 언제나 좌익 신문이 맨 앞이었다. 손님이 『르 피가로』를 달라고 하면 미셸은 몸을 숙여 계산대 밑에서 한 부 집어서는, 마치 신문을 사는 손님이 썩은 생선을 두르고 있기라도 한 것처럼, 역겹다는 표정으로 건넸다. 가게에서는 병에 든 증류주도 팔았는데, 병 안에는 내 주먹만 한 배가 들어 있었다.

배를 어떻게 넣은 거예요? 네가 물었지.

씨앗을 넣으면 커지는 거야! 미셸은 대답했고, 너는 그 말을 믿어야 할지 말아야 할지 고민했지.

그는 터보건 썰매와 무전기도 팔았다. 무전 통신에 미쳐 있었던 그는 뭐든 고칠 수 있었다. 가게 뒤쪽 벽에 세계지도를 붙여 놓고, 잼 단지에 붙이는 것처럼 각 나라마다 작은 메모지를 붙여서, 해당 도시의 주파수와 방송 가능 시간을 표시해 두었다. 그의 정치성향과 무전기술에 대한 지식을 볼 때 아마 러시아의 스파이일 거라고 말하는 사람들이 있었다. 기도치료사로서의 유명세도 점점 커졌다. 다른 골짜기에 사는 사람들이 화상 통증을 없애기 위해 그를 찾아왔다. 그는 모든 사례를 거절했다. 그냥 물려받았을 뿐입니다! 늘 그렇게 말했다.

너를 그에게 데려갔던 일 기억나니? 폭죽을 가지고 놀다가 손에 화상을 입었을 때였지. 심각한 상처는 아니었지만 너는 머리가 터질 것처럼 비명을 지르더구나. 미셸은 계산대 뒤에서 나무공 굴리기 놀이의 핀처럼 뻣뻣한 몸을 휘청거리며 나왔지. 뒷방으로 가자, 그가 말했어. 나도 따라가려 했지만 그가 고개를 젓고는 너와 둘이 사라졌잖아. 그가 문을 닫고, 몇 초도 지나지 않아 네가 비명을 멈췄

한때 유로파에서

지. 서서히 멎은 게 아니라 울음 도중에 갑자기 멈추더구나. 가게 안엔 아무 소리도 들리지 않았지. 완벽한 침묵. 영원처럼 느껴지는 시간이 지난 후에, 나는 더 이상 그 침묵을 견디지 못하고 네 이름을 불렀구나. 너는 웃음을 터뜨리며 문 뒤에서 나타났지. 미셸도 너를 따라서 느릿느릿 나왔고. 그의 새까맣던 머리가 벌써 희끗희끗해졌더구나.

화상을 입어야만 여기 와서 나를 볼 수 있는 건 아니야, 내가 고맙다는 인사와 함께 입을 맞추자 그가 말했지.

나중에 내가 너한테 물었지, 어떻게 된 거야?

아무 일도 없었어.

미셸 아저씨가 어떻게 했는데?

화상 흉터를 보여 줬어.

어디?

여기. 너는 배를 가리켰지.

그러고 나니 안 아팠어?

아니, 그때는 안 아팠어. 아저씨가 흉터 보여 주기 전부터 안 아팠어.

그럼 아저씨는 왜 흉터를 보여 준 거야?

내가 보여 달라고 했어.

우리는 여기서 뭘 하고 있는 거니, 크리스티앙? 이 땅에서, 이 하늘에서.

나는 부품공장에서 십 년을 일했다. 내 작업대 옆에는 서른 장의 엽서가 붙어 있었다. 지중해, 야자수, 소 떼, 꽃들 사이에 서 있는 체리나무, 첨탑이 있는 골짜기 마을, 모두 친구들이 휴가를 가서 보내 준 엽서들이었다. 가스통은 우리가 처한 현실을 이해했다. 그가 내 뒤에 서서 작업을 살펴보는 척할 때면, 나는 두 어깨로 그의 후회를 느낄 수 있었다, 나 또한 후회하고 있었으니까. 달이 바뀌고, 해가 바뀌도록 기계만 만지는 동안, 원칙 같은 것들도 희미해졌다. 잠이 오지 않을 때는 밤이 너무 길었다.

공장은 팔월 한 달 동안 문을 닫았다. 우리는 다른 사람들처럼 휴가를 떠나 본 적이 없었다. 나는 마당에서 어머니를 도왔다. 잼을 만들고, 깍지째 먹는 콩을 병에 담았다. 공장을 지날 때도 스테판 생각은 나지 않았다. 공장에는 기억을 담을 수 있는 것이 아무것도 없었다. 아들의 셔츠를 다리거나, 머리를 깎아 줄 때 스테판이 생각났다. 거울 앞에서 얼굴을 다듬을 때도 생각났다. 나는 나이를 먹고 있었다. 결혼 생활을 이십 년쯤 한 여자처럼 보였다.

미소 크기는 어떻게 재는지 아니? 스테판은 물었다.

네, 내가 말했다.

그는 몸을 숙이고 나를 들어 올려 나의 입을 자신의 입 높이에 맞추고는, 입을 맞췄다.

세바스티앙이라는 네 친구가 있었지, 아버지가 록당페르 건너편의 바콘 주일학교에서 관리인으로 일했던. 가끔 목요일에, 수업이 없을 때는 거기 가서 세바스티앙과 놀았지. 산 공기가 너에게 좋을 것 같아서 나도 기뻤단다. 클뤼즈는 지하감옥 같았으니까. 북쪽 도심에서 온 아이들로 주일학교가 가득 찰 때면, 너는 혹시 비행기에 빠져 있는 친구들이 있는지 살피러 갔었지. 여기 사람들은 아무것도 모른다고 너는 말했다. 이미 나는 네가 하는 '날개꼴'이나 '날개하중' 같은 말을 따라가지 못하겠더구나. 세바스티앙이라고 많이 알아들었는지는 모르겠지만. 그 아이는 텔레비전에 빠져 있었지. 미셸의 가게에 가면 트랜지스터 회로에 대해서 한 시간 동안 강의를 하곤 했으니까. 바콘에서 보름을 꼬박 그 아이와 함께 보냈던 1966년 팔월, 그 아이는 열두 살, 너는 열한 살이었지.

나는 일을 하러 가지 않아도 되었고, 혼자였다. 십여 년 동안 맛보지 못했던 혼자만의 시간이었다. 둘째 날, 스테판이 죽은 후로 한 번도 해 보지 않았던 일을 했다. 옷을 하나도 입지 않고 침대에 누워, 라디오를 들었다. 너무 덥다 싶으면 샤워를 했고, 내 기억에, 계속 침대에만 있었다. 어머니라면 그런 나를 매우 부끄러워했을 것이다. 아버지라면, 심하게 갈라진 당신의 손을 살피고는, 고개를 들고 윙 크를 해 보이며 말했을 것이다. 뭐 어때서? 마음대로 하라고 해. 내 인생이 이미 말도 안 되게 길게 느껴졌다. 다음 날엔 수영장에서 일 광욕을 했다. 작업장에서 너무 오래 서 있어서 정맥류 조짐이 보이 고 있었다. 손은, 아버지 손만큼은 아니었지만 붉고 거칠었다. 수영 은 배운 적이 없었다. 미용실에 예약을 했다. 어머니는 미용실을 평 생 한 번도 가 본 적이 없었다.

미용실에서 머리를 하고 스카프를 두른 채 나오다가 길 건너편에 있는 미셸을 보았다. 그는 목발을 짚고 걸었다. 내가 손을 흔들었지 만 그는 보지 못했다. 고개를 숙이고 있었고, 걸음을 옮기는 게 아픈 것 같았다. 신호등이 바뀌기를 기다렸다가 달음박질로 길을 건넜다. 마침내 나를 발견한 그의 얼굴에, 상기되고 땀으로 뒤덮인 그 얼굴 에, 미소가 번졌다.

깜짝이야! 늘 먼 곳에 있는 목소리다.

머리하고 오는 길이야.

커피 한잔하자.

우리는 우체국 옆의 맥줏집으로 갔다. 종업원이 의자를 잡아 주었 지만, 미셸은 고집스럽게 다른 의자에 앉았다.

스카프는 왜 안 푸는 거야?

카페오레 시켜 줘, 금방 올게. 나는 화장실로 갔다.

이야! 오딜! 그렇게 아름다운 머리를 숨기고 있었다니! 한마디 한 마디가 그동안 그에게 일어난 일들이 파 놓은 협곡을 힘들게 건너오 는 것 같았다.

너무 가늘어서, 쉽게 망가져.

너무 가늘다고? 너무 가는지 어떤지 나는 모르겠고! 그는 백포도 주와 레모네이드를 마셨다. 이탈리아에 갔던 거 기억나?

나는 고개를 끄덕였다.

한때 유로파에서

십삼 년 전이야.

오토바이를 타 본 건 그때 딱 한 번밖에 없어. 오빠가 나더러 좋은 승객이라고 했지.

회사는 한 달 내내 닫는 건가?

해마다 그래.

파리 여행이나 갈까?

파리! 몇 백 킬로미터나 떨어져 있잖아.

차로 가면 나흘 걸려, 갔다 오는 데까지. 어차피 나는 의족 조정하러 가야 되거든. 영 마음에 들지 않네… 여기 왼쪽이. 네가 같이 가 준다면, 휴가 같을 거야. 어때?

너무 멀어.

스카프는 다시 쓰지 마.

지금 우리가, 크리스티앙, 엄마와 아이가 하늘을 날고 있는 거니?

그때 나는 스물아홉, 미셸은 서른일곱 살이었다. 아직 아이일 때, 어른의 삶이 어떤지 들었다면 믿지 않았을 것이다. 어른의 삶이라는 게 그렇게 끝이 없을 수도 있다고는 절대 믿지 못했을 것이다. 젊은 사람들은 연장자에게 권위와 확신을 너무 많이 부여하곤 한다. 미셸과 나는 많은 일들을 보고 또 겪었지만, 그럼에도, 쥐라 산맥 끄트머리의 협곡 옆으로 론 강을 따라 달리는 동안, 우리는 어린아이들 같았다. 지금 그 생각을 하면, 그때의 우리 두 사람을 지켜 주고 싶다.

흰색 르노4였다. 미셸은 좌석에 얼룩말 무늬가 있는 천을 씌워 놓았다. 그는 강한 향수를 좋아했는데, 땀과 팔월의 열기와 뒤섞여서 당나귀 냄새가 났다. 나는 그 여행을 위해 흰색 망사 장갑을 샀다. 평생 팔월에 장갑을 낄 일이 있을 거라고는 상상도 못했는데, 클뤼즈에 있는 상점에서 그 장갑을 발견했다. 사장 부인들이 잡화를 사는 상점이었는데, 거기서 이런 생각이 들었다. 알 게 뭐야, 오딜, 파리에 가는 거잖아, 세상 다른 곳도 아닌 파리에, 그러면 똑똑해 보이는 흰 색 구두 한 켤레쯤은 있어야지, 그리고 팔월이니까 망사 장갑도 껴야겠다. 게다가 둘 다 절반 가격에 할인 중이었다.

그때 파리로 향하던 우리 둘을 생각하면, 그 둘이 다치지 않았으면 하는 마음이 든다.

지난주에 흰색 고양이 한 마리가 차에 치여 죽었다. 미셸은 가게에 있었고 내가 마당에 나와 보니 야옹 하고 우는 소리가 들렸다. 녀석은 길가 풀밭에 있었다. 척추가 부러진 것 같아서, 안고 들어와 부엌 화덕 옆 담요에 눕혔다. 녀석은 하얀 입을 조금 벌린 채 거기 누워 있었다. 혀도 이와 거의 구분이 가지 않을 만큼 흰색이었다. 녀석이 옆으로 몸을 돌리고(녀석의 몸이 녀석을 돌렸다고 해야 할까) 마치 도약할 때처럼, 뒷발이 허리 뒤로 넘어갈 때까지 다리를 쭉 뻗었다. 그런 다음 천천히 두 앞발로 얼굴을 닦았다, 귀에서 시작해 눈을 지나 입까지. 딱 한 번 그렇게 얼굴을 닦고, 자기 앞에 펼쳐진 삶의 전경을 한 번 살폈다. 앞발이 입에 닿을 때쯤, 녀석은 죽었다.

안쓰러움이 없는 사랑이 가능할까?

쥐라 산맥은 우리 동네의 산들과는 달랐다. 봉우리들이 더 시무룩하다고 할까, 좀 더 운명에 체념한 듯한 모습이었다. 그 산들은 자동차 좌석에 얼룩말 무늬 장식도 하지 않고, 팔월에 흰색 장갑을 끼지도 않을 것 같았다. 단 한 번도 배가 지나간 적이 없었을 것 같은 호수를 지났다. 미셸이 드골 장군 이야기를 했는데, 그가 드골을 미워하는 건지 존경하는 건지 알 수 없었다. 마을 공장 이야기도 했다. 스물한 개 나라에 공장이 있는 다국적기업이 주인이라고 했다. 티피아이(TPI)라고, 다국적기업인데, 미셸이 말했다. 고무업계의 새로운 큰손이야. 티피아이는 1966년 한 해에만 팔십오억 프랑의 순익을 남겼지.

미셸은 다른 사람들이 노래 가사를 외우듯이 숫자들을 외우고 있었다.

　　　빗물이 입을 맞추고

소리가 쓰다듬네
부드러움이 폭풍처럼
둥지를 휩쓸 때까지.

그 용광로에서 일하는 사람은, 그가 말을 이었다. 리터당 사백만 개의 분진이 섞여 있는 공기를 마시는 셈이야, 그 정도면 치명적이지.

내 사랑이 야간작업을 할 때 그 분진 한 입이 열기와 한기 사이에서 동무가 되어 주었기를….

치명적이라고. 그런 걸 무한정 견딜 수 있는 사람은 없어, 미셸이 말했다. 숲도 죽어 가고 말이야. 굴뚝 다섯 개가 해마다 천이백 톤의 불소를 내뿜고 있어.

아버지가 했던 독 이야기가 맞았다. 내가 열일곱 살에 결혼을 할 거라는 아버지의 이야기도 맞았다. 아버지가 절대 몰랐던 것, 상상도 하지 못했을 일은, 내가 열여덟 살에 과부가 될 거라는 사실이었다.

피레네 산맥에 있는 티피아이 공장은, 미셸이 말했다. 삼 년 만에 사천 헥타르의 숲을 망치고, 칠백오십 마리의 소와 양들을 오염시켰어.

나는 칠백오십 마리의 소나 양보다 더 큰 걸 잃었어! 내가 말했다.

너는 애가 있잖아. 그게 도움이 되지.

도움이 되지, 맞아, 하지만 아들이 모든 걸 보상해 주지는 않아. 언젠가 떠날 테고.

그래도 바라보며 살 사람은 있는 거잖아.

가끔은, 나는 소리쳤다. 자신을 위해 살고 싶을 때도 있는 거야!

우리는 각자 자신을 위해 사는 거지, 그가 말했다.

가끔 다른 여자들을 보면 미울 때가 있어, 왜냐하면 그 여자들은, 왜냐하면 그 여자들은….

한때 유로파에서

유령이랑 사는 게 아니라서?

나 내릴 거야, 내려 줘.

화낼 일은 아니잖아.

아무도 그 사람을 유령이라고 부를 권리는 없어. 알았어? 오빠? 아무도. 그 사람은 여기 있다고! 나는 가슴을 치며 말했다.

나도 여기 있지, 미셸은 손으로 운전대를 치며 말했다. 나도 여기 있고, 나는 애도 없어, 그러니까 네가 운이 좋은 거라고 내가 말할 때는 무슨 말인지 알고 하는 거라고.

운이 좋다고? 내가! 나도 오빠만큼 운이 좋은 거겠지, 친애하는 미셸 오빠.

그는 더 이상 말이 없었다. 우리는 풀들이 바위보다 높게 자란 언덕 사이를 지나고 있었다. 하늘은 곧 천둥이 칠 것 같았다. 소 떼는 작은 그늘이라도 찾으려고 고개를 숙인 채 모여 있었다. 우리 둘 다 땀을 흘렸고, 더웠다.

강이 나오면 차를 좀 세우는 게 어때? 그렇게 말하고 나서, 그가 강까지 기어서 내려가기는 어렵겠다는 생각이 문득 들자 나는 후회했다. 아직 아이를 가질 수는 있어? 오 분쯤 침묵이 흐른 후에 내가 물었다.

그는 말없이 고개만 끄덕였다.

다음 모퉁이의 카페에서 차를 세웠다. 주문한 샌드위치를 기다리는데, 브레이크가 미끄러지는 소리에 이어 자동차가 충돌하는 소리가 들렸다. 나는 카페 문으로 달려갔다. 푸조304 한 대가 속도를 줄이지 않고 곡선도로를 달리다가 우리 르노의 뒤를 받은 것이었다. 운전자는 손을 휘저으며 눈에 띄는 대로 욕을 했다. 세상에, 말도 안 돼! 이런 곡선도로에 주의 표시가 없다니! 뭐 이런 바보 같은 도로가 있어? 여기다 차를 세우다니 생각을 좆으로 한 거야? 이건 아니지, 세상에, 이건 아니라고!

미셸은 자신의 차로 걸어가 허리부터 뻣뻣하게 몸을 숙였다. 연주를 한 곡 마친 관악대의 지휘자 같은 자세로, 그는 차가 얼마나 상했는지 살폈다. 푸조 운전자는 자동차에서 멀리 떨어진 구석으로 물러나, 미친 사람처럼 큰 소리로 숫자를 세고 있었다. 미셸이 사물을 바라보는 방식은 특별했다. 샤프트, 플랜지, 조인트, 실린더 헤드, 케이싱 같은 부품들이 그의 시선을 받으면 떨림을 멈추고 조용해지는 것 같았다. 그런 그를 바라보며 나는 화상의 통증을 없애 주는 그의 능력을 떠올렸다. 어쩌면 그건 상대가 자신에게 집중하게 함으로써 충격을 잊게 하는 능력인 걸까? 충격을 받은 게 화상을 입은 피부든, 다른 차에 받친 자동차든?

오늘 밤에 부품 주문하면, 그가 나를 향해 소리쳤다. 수리는 하루밖에 안 걸려. 모레 오후에는 다시 출발할 수 있을 거야.

나무공 굴리기 놀이의 핀처럼, 그가 푸조를 향해 다가갔다. 차 주인이 소리를 질렀다. 이건 아니지! 모퉁이에서 이십팔 미터도 안 되잖아, 저기 브레이크 자국 보이지, 안 보여? 세상에! 당신 차를 보자마자 브레이크를 밟은 거라고. 당신은 공공의 적이야. 병신이면 휠체어나 타고 다니라고.

잘 알겠습니다, 미셸이 아주 차분하게 말했다. 저 정도면 수리비가 만오천 이상은 안 나올 것 같네요. 좋은 자전거 한 대 값이죠! 선생님 운이 좋았던 거예요, 달리던 속도를 생각하면.

절름발이 좆이네! 남자가 말했다.

폭풍우가 시작되지는 않았지만 우리는 카페 주인이 오 킬로미터 떨어진 가장 가까운 호텔까지 태워 줄 때까지 기다려야 했다.

시원한 맥주 좀 주세요, 미셸이 부탁했다. 이마의 주름살과 눈 아래 볼록한 부분에 땀이 배어 있었다. 그는 탁자 앞에 앉아 벽에 등을 기댄 채 뻗었다. 끝이 뾰족하고 광이 나는 구두가 불가능해 보이는 각도로 벌어져 있었다. 양쪽 발목이 다 부러진 사람처럼.

요즘 같은 날씨에, 그가 말했다, 용광로에서 작업을 하면 말이야, 섭씨 칠십도에서 일을 하는 거야. 체온과 물이 끓는점 사이의 온도.

한때 유로파에서

지옥길의 중간쯤 되는…. 그가 맥주를 들이켰다.

나는 지옥을 믿지 않아, 내가 말했다. 자식을 벌주려고 지옥을 만들어내는 아버지는 없을 테니까.

아버지가 아들을 총으로 쏴서 죽이기도 해, 그가 말했다.

그건 화가 나서 그런 거지. 내가 이해하기로는, 지옥은 화가 아니라 정의와 관련이 있는 거야.

나는 얼굴의 땀을 닦으라고 손수건을 건넸다. 그는 꽃무늬 손수건을 눈앞에 들고 바라보기만 할 뿐, 사용하지는 않았다.

정말 지옥이 어떤지 알고 싶어? 그가 미소를 지으며 말했다, 여기가 지옥이야.

안 어울리는 말을 하네, 미셸 오빠, 늘 변화와 진보에 대한 이야기만 하던 사람이….

나는 손수건을 조심스럽게 다시 가방에 넣었다.

지옥이 늘 같은 모습이라고는 안 했어. 지옥은 희망에서 시작하는 거야. 희망이 없다면 아파할 일도 없겠지. 우리는 하늘을 향해 던져 올린 돌멩이 같은 존재야.

나는 치켜든 그의 손을 잡았다. 그는 가만히 있었고, 나는 그 손바닥을 뒤집었다. 손가락 등에 검은 털이 나 있었지만, 보라색 흉터가 있는 곳에만 털이 없었다. 그의 손목에 향수를 뿌려 주었고, 그는 손을 당겨 향기를 맡았다.

지옥은 일들이 더 나아질 수 있다는 생각에서 시작하는 거야, 그가 말했다. 상큼하네, 네 향수. 지옥의 반대말이 뭔지 알아? 천국? 아니야.

다른 손도 줘 봐.

나는 그쪽 손에도 향수를 뿌려 주었다. 그는 그 손은 당겨서 향기를 맡지 않았다. 대신 내 무릎에 내려놓았다.

지금 호텔에 모셔다드릴 수 있을 것 같습니다, 카페 주인이 말했다.

한때 유로파에서

호텔은 바닥이 거의 드러난 강을 내려다보는 자리에 있었다. 내 방 창문을 열면 강바닥의 조약돌이 보였다. 호텔에 머무른 건 그때가 처음이었다.(그럼에도 그 호텔이 평범한 호텔이 아니라는 것은 알 수 있었다.) 우리가 도착했을 때 주방에서 일하고 있던 주인이 허리에 두른 주머니에 손을 닦으며 나왔다.

방 두 개요, 알겠습니다, 그가 말했다. 저녁도 드실 건가요? 오늘은 제가 처음 해 보는 요리를 시도하려고 하는데!

객실로 가는 복도에는 옷장이 가득 늘어서 있어서 지나가기가 어려웠다. 내 방에는 침대와 세면대 외에, 전기 라디에이터 두 개와 커다란 냉장고가 있었다. 냉장고 안을 살펴보니 고기가 가득 들어 있었다. 마침내 비가 내리기 시작했다. 진주만큼 커다란 빗방울이 떨어졌다. 나는 씻고, 맨발에 속옷 차림으로 침대에 누웠다.

길을 잃은 것 같았다. 우리는 파리에 도착할 수 없을 테고, 미셸은 의족을 손볼 수 없을 것이다. 우리는 예정에 없던 곳에, 그럴 의도가 없었지만 사고 때문에 오게 된 곳에 있었고, 이제 어떤 미친 남자가 운영하는 호텔에 있는 신세가 되었다. 그런 생각을 하며, 한편으로는 편안하게 빗소리를 들으며, 잠이 들었다.

잠에서 깼을 때는 폭풍우가 지나가 있었다. 나는 다른 원피스를 입고 흰색 구두를 신었다. 흰색 장갑까지 함께 사게 만든 구두였다. 크리스티앙이 학교에서 만들어 준 색색의 구슬이 박힌 목걸이도 했다. 어두워지고 있었고(팔월의 더위에도 불구하고 해가 짧아졌다) 창밖의 강에서는 하얀 거위들 모습만 분간할 수 있었다. 나는 옷장들 사이를 지나 다시 아래층으로 내려왔다.

놀랍게도 식당에는 다른 손님들도 서너 명 있었다. 미셸은 창가 자리에 앉았는데, 탁자 위에 오렌지색 글라디올러스가 꽂힌 커다란 화병이 놓여 있었다. 지금도 그 꽃들이 보이는 듯하다. 미셸은 씻고, 셔츠를 갈아입은 모습이었다.

주인도 마찬가지였다. 그는 허리춤에 두르고 있던 주머니를 풀어

한때 유로파에서

버리고 타이를 매고 있었다. 주인이 나를 자리까지 안내해 주었다. 미셸은 기어이 자리에서 일어나서 기다렸다. 우리는 영화에 나오는 사람들처럼 서로에게 인사했다.

식전 반주는 뭘로 하시겠습니까? 주인이 물었다. 쉬즈 두 잔 주십시오. 길을 잃은 것 같은 나의 느낌은 무언가를 처음 하게 된 아이들의 불안감과 비슷했을 것이다. 하지만 그때 나는 나이가 들었다는 느낌은 전혀 들지 않았다.

괜찮으시면 선생님, 뼈 없는 닭고기 패스트리 추천해드려도 될까요?

어떤 거죠? 미셸이 물었다.

껍질 벗긴 닭고기를 패스트리에 넣어 구운 겁니다, 선생님. 잊을 수 없는 맛이죠. 그리고 앙트레로는 살짝 익힌 숭어가 어떨까요?

오늘 처음 해 보신다는 게 닭고기 요리였나요? 내가 물었다.

정확하십니다, 부인. 오늘 처음 패스트리에 닭고기를 넣어 본 거죠! 그가 미셸에게 윙크를 해 보였다.

네 점은 하늘에 있고, 네 점은 이슬 위에 있고, 네 점은 음식을 담고 있어요. 그렇게 열두 개가 모여서 한 몸이 되는 거예요, 그게 뭘까요? 내가 주인에게 물었다.

그는 모른다고 했고, 나는 답을 알려 주지 않았다. 우리는 아주 잘, 세례식에서처럼 잘 먹었다.

괜찮다면, 내가 도와줄 수도 있어, 미셸이 말했다.

뭘 도와줘?

사는 거.

지금까지도 그럭저럭 나쁘지 않게 해 왔어. 좋네, 이 백포도주, 그렇지 않아? 건배!

사람들이 너에 대해서 뭐라고 하는지 알아?

걱정 안 해. 미셸 오빠, 그건 내가 단 한 번도 걱정해 본 적 없는 일이야.

너랑은 대화가 안 된다고, 사람들이 말해. 오딜이 뭘 하기로 마음을 먹으면 하고 만다고. 뭘 안 하기로 하면 뭐라고 해도 안 한다고. 다가갈 수가 없다는 거야. 사람들이 너의 용기를 존경하고, 아들을 키우는 걸 보고 존경하지. 하지만 한 걸음 물러나서 보면, 너는 혼자야.

모르겠는데.

몇 년만 더 지나면 늦어.

뭐가 늦다는 거야?

변하기에는 너무 늦어지는 거지.

뭐든 바꾸고 싶어 하는구나, 오빠는. 세상을 바꾸고, 지옥, 사람들, 정치를 바꾸고, 이제 나까지.

세상이 늘 그대로 있을 것 같아?

몰라.

행복에는 아무 관심이 없는 거야?

행복보다 아픈 일들이 더 많아, 내가 말했다.

아픈 일, 그렇지.

곰 두 마리 이야기 내가 해 줬던가? 내가 물었다.

내 접시에 있던 음식 누가 먹었어? 하는 이야기? 곰 세 마리가?

아니, 두 마리. 눈밭에 있는 곰 두 마리….

무슨 동화야, 오딜! 이제 동화 이야기 하기에는 나이가 많잖아. 현실을 직시해야지.

우리 둘 다 늘 직시하고 있잖아.

그런 다음 그가 한 말이, 아주 느리게, 하나하나 강조하면서 했던 그 말이 인상적이었다. (세상이 말이야… 늘 그대로… 있지는 않아.) 그건 말이 아니라 신음인 것만 같았고, 내가 가만히 바라보던 화병에 꽂힌 글라디올러스가 눈앞에서 흐릿해졌다.

그래도 계속해 나가잖아, 내가 대답했다. 매일, 매시간. 사람들은 일하고, 집에 가서 식사를 하고, 고양이를 키우고, 텔레비전을 보고,

잠자리에 들고, 잼을 만들고, 라디오를 고치고, 목욕하고, 그 와중에 그 모든 걸 하잖아. 죽는 날까지 그러잖아.

너도 그날만 오기를 기다리는구나! 그가 말했다.

기다리는 거 하나도 없어.

너 할머니처럼 말하는 거 알아?

나 과부야. 열여덟에 과부가 됐다고.

아직 서른도 안 된 사람이 할머니처럼 이야기하잖아.

석 달밖에 안 남았어. 금방이야. 나이가 들면 달라질 것 같아?

나이가 문제가 아니야, 시간이 가는 게 문제지. 그는 자신의 빨간 손수건으로 이마를 닦았다.

다시 말해 봐, 미셸 오빠, 내가 비웃듯이 말했다. 세상이 늘 그대로 있지는 않다고 했지. 하지만 세상은 그대로야, 오빠도 나만큼이나 잘 알잖아. 세상은 그대로라고!

싸우지 않으면, 그가 말했다, 모든 걸 잃고 마는 거야.

정말 사는 게 온통 전쟁이라고 생각해?

그 말에 그는 웃음을 터뜨렸다. 눈물이 날 때까지 웃었다. 그가 내 잔을 채워 주고, 잔을 들었다. 우리는 건배했다.

다른 사람도 아니고 네가, 오딜, 그 질문에 답을 모르다니. 너, 오딜 블랑은 정말 삶이 온통 전쟁이 아니라고 생각해?

그는 다시 짧게 웃었지만, 이번에 흘리는 눈물은 슬픔 때문이었다.

나는 고기로 가득한 냉장고가 있고 침대 위에 〈만종〉의 복제화가 걸린 방으로 돌아와서도 옷을 벗지 않았다. 삼십 분 정도 강을 바라보며 기다렸다. 그런 다음 머리를 감고, 신발을 신지 않은 채 복도의 옷장들 사이를 살금살금 지나 미셸의 방으로 가서는, 노크도 하지 않고 문을 열었다.

우리 그림자가 하얀 눈 위에서 움직였단다, 크리스티앙. 그 모습이 D와 L의 중간쯤 되는, 알파벳 스물일곱번째 글자와 비슷했지. 클뤼즈에서 나는 말들을 그저 칠판에 적힌 것으로 여기는 법을 배웠지, 마을의 공장 다음으로 가장 높았던 그 학교 건물에서 말이야. 클뤼즈에서 말들은 참 낯설게 다가왔단다. 이제 그 말들이 새집으로 돌아오는 비둘기들처럼 내 머릿속으로 다시 들어왔구나.

우리 둘의 결합으로, 1967년 팔월 사일에 마리 노엘이 태어났지. 태어날 때 그 아이는 3.2킬로였단다, 너보다는 조금 덜 나갔지. 내 가슴에 다시 젖이 차고 나는 아홉 달이나 그 아이에게 젖을 먹였구나. 멈추고 싶지 않았어. 이제 나는 부품공장 일을 그만두었고, 우리 넷은 푸이이의 가게 건물 이층에서 함께 지냈지.

라부리에 부인은 요람에 쓸 분홍색 담요를 만들어 주었다. 라부리에 부인이 오딜 블랑을 며느리로 삼고 싶었던 건 아니겠지만, 사실은 사실이었고, 마리 노엘은 그녀의 손녀였다.

미셸이 젊을 때는 말이다, 라부리에 부인이 내게 알려 주었다, 만나는 여자가 셀 수도 없이 많았단다. 그런데 그 사고가 있고 나서, 아들이 리옹의 병원에 있는 동안 다들 결혼을 해 버렸어. 이것저것 고려해 볼 때, 이해할 만하지, 그렇지 않니? 어쨌든, **걔네들**은 젊고 건강한 아가씨들이었으니까.

나중에는 부인이 내게 경고도 했다. 나이를 먹을수록 미셸은 변할 거야, 점점 더 까칠해질 거라고. 소아마비를 앓았던 이웃집 앙리도 그랬고, 당뇨가 있었던 우리 사촌 제르베도 그랬거든. 나이가 들면 장애인들은(특히 남자 장애인들) 까다롭고 변덕스럽게 되더라고. 인내심을 가져야 할 거야, 아가.

네가 태어난 후에는, 마리 노엘, 마치 네가 그에게 새로운 다리가 되어 준 것만 같았구나. 그는 너를 아주 자랑스러워했단다. 자존심이 다리를 얻었다고 할까. 그는 한두 시간 이상 너와 떨어져 있으면 견디지를 못했지. 네가 학교에 갈 나이가 되었을 때, 그는 차를 타지 않으려 했단다, 오백 미터쯤 되는 길을 너와 함께 걸었지, 네 손을 잡고 말이야.

너의 작은 몸에서 그가 잃어버린 다리가 어떻게든 돌아온 것만 같았지. 네게 걷는 법을 가르친 사람도 내가 아니라 그였단다. 이제 너는 더 이상 아이가 아니고, 나는 이렇게 하늘에서 네게 말을 하고 있구나.

여자들은 젊을 때 아름답지, 거의 대부분의 여자들이 말이야. 시기에 찬 잡소리들은 신경 쓰지 마렴, 마리 노엘. 얼굴의 비율이 어떻다느니, 몸이 너무 말랐거나 뚱뚱하다느니 그런 말들. 어느 순간 여자들은 우리 여자들에게 주어진 아름다움의 힘을 지니게 마련이니까. 때론 그 순간이 짧기도 하지. 때론 그 순간이 찾아왔지만 우리가 모를 수도 있고. 하지만 흔적들은 남는 거란다. 심지어 나처럼 나이가 들어도, 그 흔적은 남아 있는 거야.

오늘 오후에 안시의 보청기 상점에서 아빠를 기다리는 동안 거울이 있으면 한번 보렴, 어젯밤에 감은 머리를 보며 그 머릿결이 얼마나 손길을 기다리고 있는지 봐. 욕조에서 몸을 씻을 때 너의 어깨선을 보고, 네 가슴이 하나로 모여 있는 것을 보고, 마치 고지대의 언덕처럼 내려오는, 어깨에서 가슴으로 내려가는 선을 한번 보렴. 삼십 년이나 지났지만, 그 선을 보면 지금도 눈물이 차오르는구나. 열정으로 꽉 다문 이를 보고, 열이 있는 아이와, 잠든 머리, 열심히 일한 손을 보렴. 이 아름다움엔 이름이 없지. 활짝 핀 베고니아처럼, 배꼽 부분에서 부드럽게 모이는 너의 아랫배를 보렴. 그 아름다움은 만져볼 수 있지. 우리 엉덩이가 움직일 때 보이는 확신은 그 어떤 남자도 가질 수 없지. 그것들은 희망을 약속하잖아, 우리 엉덩이 말이야, 송아지에게 암소의 혀가 그렇듯이. 그 아름다움이 남자들을 두렵게 하는 거야, 우리를 자빠트리고, 쌍년이라고 부르는 그 남자들을. 우리 다리가 뒤에서 보면 어떻게 보이는지 아니, 마리 노엘? 그건 막 피어나려는 백합처럼 보인단다!

어떤 남자들이 우리의 존경을 받을 자격이 있는지 말해 줄게. 가까운 사람들을 먹여 살리기 위해 힘든 일을 마다하지 않는 남자야.

한때 유로파에서

자신이 가진 것을 너그럽게 나누는 남자, 그리고 신을 찾는 일에 자신의 삶을 바치는 남자지. 나머지는 다 돼지 똥이야.

남자들은 아름답지 않단다. 그들 안에는 아무것도 남지 않아. 그들이 내어 주는 것들은 아무것도 끌어당기지 못하지. 남자들이 타고난 힘은 다른 거란다. 그들은 타오르지. 빛과 열기를 내뿜는 거야. 때론 그들이 밤을 낮으로 바꾸기도 하고, 때론 모든 것을 파괴해 버리기도 하지. 우리가 젖을 만든다면, 남자들은 재를 만드는 거야.

네 스스로 판단할 수 있게 되고, 남자들의 허풍에 더 이상 넘어가지 않게 되면, 존경받을 자격이 있는 남자와 돼지 똥은 쉽게 구분할 수 있게 된단다. 하지만 타오를 수 있는 남자의 능력은, 우리가 그를 사랑할 때에만 발견할 수 있는 거야. 우리의 사랑이 그 능력을 풀어 놓는 걸까? 항상 그렇진 않단다. 우리가 함께 '유로파에서'에서 지내기 전에 나는 몇 주 동안 스테판을 사랑했지. 하지만 그는 인도교에서 만났을 때 이미 타오르고 있었으니까.

미셸은 마을에 돌아온 후부터 사랑했어. 우리는 파리에 가지 못했단다. 그 수도를 보지 못했지만 나는 행복하게 죽을 수 있을 것 같구나. 우리는 그 미친 호텔에서, 거위들과 함께 옷장 맞은편에 있는 그의 방에서 사흘을 머물렀지. 그런 다음 집으로 돌아왔단다.

공장에서 스테판과 미셸은 사흘 동안 같은 조에서 작업을 했을 뿐이지만, 그 둘은 내 안에서 여전히 만나고 있단다. 마리 노엘, 크리스티앙, 서로를 안아 주렴, 무슨 일이 있어도, 오늘 밤에, 그리고 너희의 아버지들이 서로를 껴안고 있다는 걸 알아 주렴.

시간이 늦어, 이미 빛이 달라지고 있었다. 서쪽을 바라보고 있는 그뤼바즈 골짜기의 눈들이, 잘 요리한 대황(大黃) 같은 분홍색으로 변했다. 어두워지기 전에 다시 땅으로 내려갈 줄 알았지만, 크리스티앙은 분명 자신이 하는 일을 잘 알고 있을 것이다. 아들은 국가자격증이 있는 지도사였고, 유럽 행글라이딩 대회에서 이등을 한 비행사였다. '미셸과 마리 노엘은 안시에 갔다, 두 사람은 알 필요 없잖아, 괜히 두 사람한테 겁줄 필요 없으니까, 오후에 나 태워 줄래, 때가 된 것 같구나'라고 내가 말했을 때, 아들은, '준비 되셨어요?'라고 간단히 대답했을 뿐이다.

신기하게도 춥지가 않았다. 발가락 하나, 손가락 하나까지 느낌이 살아 있었고, 어릴 때처럼 하나하나 따뜻했다. 갑자기 그런 기억이 떠올랐다.

남자를 곧장 자신 안에 받아들일 때, 여인이 그를 비교하거나, 재거나, 그에 관한 이야기를 만드는 것은 불가능하다. 그때까지 있었던 일들이 모두 부풀어 그를 받아들이는 입술을 통해 여인에게 전해지고, 그렇게 그는 그녀를 채우고, 자궁 속의 아이에 대해 아무것도 알 수 없듯이, 여인 안의 그 자리에 대해서는 좀처럼 알 수가 없다.

그가 떠난 후에는 그에 대해 이런저런 다른 것들을 이야기할 수 있지만, 남아 있는 그 모든 것들은 여인이 그를 이끌었던 그녀 안의 그 자리에 비하면 너무나 멀리 있다. 창고 안의 건초는 다시 풀로 되돌아갈 수 없다. 그가 타오르고 있다면, 여인이 그를 이끌었던 자리는 빛으로 넘쳐날 것이다. 여인의 배 속에 별들이 자리를 잡고, 여인은 그 별들의 희생양이 되어 버릴지도 모른다. 불쌍한 클로틸드는 축사에서 홀로 아이를 낳아야 했고, 그녀의 아버지는 밖에서 축사 문을 잠가 버렸다.

우리가 선택한 남자들을 판단하는 것은 고통스러운 일이다. 이미 그는 아들처럼, 우리의 것이 되어 버렸기 때문에. 그가 머물렀던 장소이기도 한 그의 몸을 어떻게 판단할 수 있단 말인가? 그를 있게 한 그 장소를. 그의 이름을 제외한 모든 것은 타 버린 재일 뿐이다. 판단 앞에서 우리는 얼마나 망설이는가! 그래도 판단해야만 한다면, 그래야만 한다면, 토끼처럼 귀를 잡힌 채 끌려 나와야 한다면, 우리는 그를 판단하고, 고통으로 괴로워한다. 우리 안에 있는 어떤 하늘, 그 하늘에 떠 있는 별들에 폭력이 가해진다. 남자들, 불쌍한 남자들은, 더 쉽게 판단한다.

한때 유로파에서

나는 스테판이 '숫양들의 경주'에 오기 전에 살았던 삶을 한 번도 판단하지 않았다. 1953년 십이월 삼십일일 전에 있었던 일은 모두 판단이나 비교의 대상이 아니다, 그 모든 일들이 그를 '유로파에서'의 A동에 있는 나에게로 이끌었기 때문이다. 그가 가 버린 후에도, 그는 내 안에, 맨 처음 그를 들이고 숨겨 두었던 그 자리에, 재들을 넘어선 곳에 남았다. 계절들이 여전히 세상에 남아 있듯, 그도 그렇게 나에게 남았다.

스테판의 목숨을 앗아가고, 미셸의 두 다리를 앗아간 그 용광로는 이제 미셸의 청력마저 앗아가고 있다. 밤에 의족을 풀고 나면 그는 다리가 없다. 다리를 잘라낸 부분은 아직 스프레이로 물을 뿌리기 전, 식고 있는 몰리브덴 덩어리와 같은 색이다. 몰리브덴과 비슷한 점은 색깔뿐이다. 미셸이 해 준 이야기에 따르면 몰리브덴은 중량이 95.5로, 매우 무거운 금속인데, 이보다 더 무거운 금속은 우라늄, 텅스텐, 그리고 납 정도가 있다. 다리가 없는 미셸의 몸무게는 오십구 킬로그램이다. 그 흉터가 몰리브덴과 비슷한 점은 색깔뿐이어서, 흉터는, 몰리브덴 금속과 달리, 살아 있다. 나는 세포가 민감해서 신경이 반응을 보이는 부분과, 상처의 감각이 둔해져서 열을 내기만 할 뿐 자극에 아무런 반응을 보이지 않는 부분을 손가락으로 구분할 수 있다. 그의 등에는 얼굴에 피부 이식을 하느라 떼어낸 흉터가 있다. 지금 내 엉덩이에 입 맞추고 있는 거야! 언젠가 자신의 귀를 핥고 있는 나에게 그가 농담을 했다.

의족이 없을 때 그는 목발을 짚고 새처럼 총총 뛰어다닌다. 내가 그를 왕처럼 모시는 저녁들도 있다. 다른 저녁에는 그가 조바심을 내며 인상을 찌푸린 채 나를 밀어내고는, 목발을 짚고 깃털 뽑힌 칠면조처럼 방 안을 돌아다닌다. 그러다 다른 사람의 발소리가 들리면, 그는 얼른 침대로 되돌아가 수염 밑까지 이불을 뒤집어쓴다. 그는 의족을 벗은 모습을 단 한 번도 딸에게 보여 준 적이 없다. 그렇게 열성적으로, 딸에게는 불구가 아닌 아버지가 되고 싶어 했다.

한때 유로파에서

바람이 불고, 글라이더의 날개가 차가운 북풍이 불 때 펄럭이던 어린 시절 과수원의 빨래처럼 펄럭이는구나. 날아가지는 않을 거야, 확실하지, 크리스티앙?

가끔 화상을 입은 사람들이 통증을 없애기 위해 가게로 미셸을 찾아온다. 미셸은 여전히 환자와 단 둘이 있어야 한다고 했고, 나는 그가 통증을 없애 주는 것을 한 번도 보지 못했다. 가끔은 공장에서 사람들이 와서 미셸에게 함께 가 달라고 부탁하는 일도 있었다. 한두 번인가는, 전화로 환자의 통증을 없애 준 일도 있었다. 사 년 전, 루이의 아들 제라르가 사다리에 올라가서 전기톱으로 사과나무의 전지 작업을 하고 있었다. 그가 미끄러졌고 아직 돌고 있던 전기톱이 땅에 닿기 전에 목을 스쳤다. 경정맥에서 뿜어져 나온 피가 셔츠를 적셨다. 제라르는, 양처럼 새하얀 얼굴을 하고, 헐레벌떡 가게로 달려왔다. 미셸은 상처에 손도 대지 않은 채 일 분도 안 되어 피가 멎게 했다. 그런 다음 마을의 병원으로 보냈고, 의사는 자신의 눈을 의심했다.

통증을 없애 주고 나면 그는 많이 지쳤고, 내가 있을 때는, 목과 어깨를 주물러 주며 쉬게 해 주었다. 어느 날 저녁인가, 그렇게 안마를 해 주고 있는데, 그가 말했다. 천국은 쉬는 곳이야, 그렇지? 휴식. 교대 없이 세 번을 연속으로, 휴식 없이 이십사 시간을 근무하고 나면 그때가 천국이야. 일을 멈췄을 때, 멈췄다는 그 순수한 기쁨, 아무것도 하지 않고, 그냥 누워 있을 때. 아무것도 안 하는 게 천국이야. 다른 게 있다는 것 자체도 모르는 상태. 천국에선 관계라는 것도 없어, 오딜, 아이도, 여자도, 남자도 없어. 정제되지 않은 이기주의, 그게 천국이야! 그렇지 않아, 자기? 나는 안마를 계속했고, 수레를 끄는 말 같았던 그의 어깨도 천천히 풀리며, 내 손길을 받아들였다. 잠시 후 그가 고개를 돌려 나를 뚫어질 듯 바라보며, 내 이름을 불렀다. 그런 다음 나를 안고, 그렇게, 그래, 그렇게 나를 침대로 데려가며 중얼거리듯 말했다. 사람들이 서로를 찾는 건, 자기야, 지옥에서뿐인 것 같아!

그렇게 미셸은 침대에서 나를 찾았다. 그가 오딜을 찾았다.

봐, 저기 아래, 보이니? 왜가리가 날고 있잖아. 차플리아, 밤이 내리기 전에 마지막으로 전하는 소식.

그들에게 말해 주렴, 크리스티앙, 우리가 다시 땅에 내리고 나면, 이제 더 알 것은 없다고 말해 주렴.

한때 유로파에서

나를 위해 연주해 줘요

여자에게는 없고 남자에게만 있는 것, 그리고 딱딱하고 긴 게 뭘까요?

왼쪽이 베로나 시내입니다, 버스 기사가 확성기에 대고 말했다. 베로나는 동고트족에 점령당했다가, 나중에는 이교도에 점령당하고, 또 나중에는 오스트리아에 점령당했습니다. 십사세기 베로나는 로미오와 줄리엣 사랑 이야기의 배경이 되었습니다.

여자에게는 없고 남자에게만 있는 것, 그리고 딱딱하고 긴 게 뭘까요?

말해 주세요! 남자아이들이 말했다.

병역의 의무입니다!

주위 교외지역은 평탄해서 어색했고, 거리를 판단하기가 어려웠다. 버스는 빨리 달렸지만, 시간이 지나도 아무것도 달라지지 않는 것처럼 보였다.

여기 옥수수 보이시죠? 우리 지역보다 두 달 빠릅니다.

마침내 버스는 자동차전용도로를 벗어나 '도시들의 여왕'으로 들어섰다. 여객선 위의 남자들은 행진할 때처럼 몸을 꼿꼿하게 세우고 있었다. 아마 그들이 군대에 징집되어 처음 마을을 떠날 때가 떠올랐기 때문일 것이다. 여자들은 갑판 의자에 편하게 앉아 있었고, 젊은 여자들은 치마를 들어 올리고 햇빛에 다리를 드러냈다. 여객선은 천천히 자전거를 타는 여인처럼, 한쪽으로 기울었다가 반대쪽으로 기울어지기를 반복했다.

선장이 입고 있는 흰색 정장은 어때?

저기 벌레들 좀 봐!

어디?

저기!

195

저 여자가 술을 마셨나!

선장은 매일 옷을 갈아입을 거야.

저기 봐봐! 물가를 따라서.

세상에, 맞네, 수천 마리는 되겠네.

햇빛을 찾아서 나온 거야.

게들인데.

저만한 게는 본 적이 없는데.

당신은 뭘 봐야 할지도 모르잖아.

무슨 파도가 몰려오는 것 같아.

여기서는 치즈 못 만들겠네!

그들은 산마르코 광장에서 흩어져서 캄파닐레 종탑의 원형 계단을 올랐다. 이후에 남자들은 목이 마르다며 광장에 있는 카페에서 뭘 좀 마시자고 했다. 나폴레옹이 유럽에서 가장 큰 무도회장이라고 했던 광장이다.

집에서 상자째 마시는 것보다 여기서 오줌 한 번 누는 게 더 비싸!

카페 안에서 남자는 공산당 일간지 『류니타(L'Unità)』에서 주최하는 축제를 알리는 포스터를 보았다. 그러면 그렇지!

그들은 탄식의 다리를 지나 두칼레 궁전 정원에 있는 이브상 아래에 멈췄다.

저런 마누라를 얻어야 하는데!

얼마 후 남자들은 산마르코 대성당의 테라스에서 말들을 구경했다.

쥬데카 섬에서 축제가 열릴 예정이었다. 두칼레 궁전에서 바다 건너 건물들을 장식한 조명이 보이고, 가끔 음악들이 흘러나왔다.

두시까지 버스 타는 곳에 안 나타나면, 물에 빠져 죽은 걸로 알게.

저 친구는 나머지 남자들보다는 모험심이 많으니까!

그는 악기를 무릎 위에 놓은 채 여객선 선미에 앉았다.

이곳 출신이 아니신가 봐요.

한때 유로파에서

심홍색 립스틱을 바르고 흰색 샌들을 신은 여인이 그에게 말을 걸었다.

어째서요?

너무 조용해 보이시니까.

이 케이스 안에 뭐가 있는지 아십니까?

그녀는 고개를 저었다. 그녀는 안경을 쓰고 있었고, 검은 머리는 뒤로 올려서 묶은 모습이었다.

트롬본입니다.

거짓말, 그녀가 소리쳤다. 연주해 보세요! 어서요, 뭐든 연주해 보세요.

여기 배 위에서는 안 됩니다, 그가 말했다. 축제에 가시는 길인가요?

악기를 들고 가시는 걸 보니, 연주하실 건가 봐요.

우리는 산에서 왔는데, 버스에 두고 싶지 않아서요.

그녀는 목에 흰색 목걸이를 하고 있었다.

당신은 여기 사시나요?

메스트리요, 저기 만 건너에, 기름 탱크들 있는 곳이에요. 선생님은, 농사지으시는 것 같은데요.

어떻게 아시죠?

암소 냄새가 나요.

그녀가 남자였다면, 한 대 쳤을 것이다.

저한테는 무슨 냄새 나요?

향수.

맞아요. 화장품 상점에서 일하거든요.

손만 봐도 저 사람들하고 같은 일을 하는 사람은 아니라는 걸 알겠네요.

우리 아버지가 저런 걸 보고 뭐라고 하는지 아세요?

아뇨.

유아적인 프롤레타리아주의.

그는 아무 말도 하지 않았다. 어쩌면 베네치아에서는 그런 표현을 쓰는 모양이다.

여객선이 섬에 다가갔다. 광장 반대편 멀리 보이는 건물 일층에 구호가 적힌 현수막들이 걸려 있었다. 그는 망치와 낫을 알아보았다. 배에서 내릴 때는 악기를 어깨 밑에 단단히 끼우고 내렸다. 축제는, 그는 다시 한번 떠올렸다, 공산당에서 주최하는 것이었지만, 그렇다고 해서 거기 도둑이 없다는 뜻은 아니었다. 이미 몇몇 눈에 띄는 것 같았다.

춤 좋아하세요? 그녀가 물었다.

이걸 들고 춤을 출 수는 없죠.

이리 주세요.

그녀는 그의 악기 케이스를 들고 가까운 건물로 들어갔다.

도둑맞으면 어쩌려고요? 빈손으로 돌아온 그녀를 보며 그가 말했다.

동무, 이건 노동자들의 축제예요, 그녀가 대답했다. 노동자들은 서로의 물건을 훔치지 않습니다.

농민들은 훔치거든요! 그가 말했다.

이름이 뭐예요?

브루노, 당신은요?

마리에타.

그녀가 손을 잡을 수 있게 그가 팔을 들어 올렸다. 그는 이곳 남자들처럼 춤추지 않는다고, 그녀는 생각했다. 하나만 생각한다고 할까, 마치 춤을 추는 동안은 나머지 것들은 전혀 염두에 두지 않는 것 같았다.

산에서 지내는 건 어때요?

로도스와 야생 염소가 있죠.

로도스?

한때 유로파에서

작은 꽃 덤불입니다.

분홍색?

피처럼 새빨갛죠.

선생님 마을에선 어디에 투표해요?

우파죠.

선생님은요?

나는 어느 쪽이든 우유 가격을 인상하겠다는 쪽을 찍습니다.

노동자들에게는 좋지 않은데요.

우리는 다들 우유를 팔아야 하니까.

두 사람은 광장 모퉁이에 있는 플라타너스 주위를 돌며 춤췄다. 나무 위에 스피커가, 나뭇가지에 앉은 올빼미처럼 자리잡고 있었다.

혼자 오셨어요? 그녀가 물었다.

무리가 다 함께 왔습니다.

친구들 무리요?

마을 악단이요.

올빼미가 잠잠해졌을 때 그는 한잔하자고 제안했다. 그녀는 어떤 집의 꼭대기 층 창문에서부터 걸린 대형천 초상화 아래 탁자로 그를 안내했다. 그림 속의 얼굴이 어찌나 큰지, 콧날을 그리는 데도 집 벽을 칠할 때 쓰는 십오 센티미터짜리 붓을 썼을 것 같았다. 두 사람은 함께 그림을 올려다보았다.

혼자 사세요? 그녀가 물었다.

네, 팔 년째 혼자 살고 있습니다. 인생의 오분의 일을.

그녀는 남자가 말을 하기 전 잠시 망설이는 것이 좋았다, 아주 의식적인 망설임, 마치 그녀의 질문 하나하나에 대답할 때마다, 그가 현관문 앞으로 나와 손님에게 문을 열어 주고, 그런 다음 말을 하는 것 같았다.

집에 거울은 몇 개 있어요? 그녀는 마치 여학생이 수수께끼를 내듯이 물었다.

그는 잠시 세어 보았다.

세면대 위에 하나, 밖에 있는 여물통 위에 하나.

그녀가 웃었다. 그는 백포도주를 더 따랐다.

이거 칼 마르크스네, 그렇죠? 그가 턱으로 그림을 가리키며 물었다.

마르크스는 대단한 예언가예요. 선생님은 미래가 어떻게 될 거라고 보세요? 그녀가 물었다.

부자들은 더 부자가 되겠죠.

본인의 미래요.

내 미래요? 다 건강에 달렸죠.

아픈 사람처럼은 안 보이는데요.

몸이 아파서 병원에 가면, 개들이 알아서 소를 지키지는 않아요. 나는 혼자 사니까.

그녀가 잔을 그의 앞에 들어 보이며 말했다. 메스트리에서 일자리 찾아봐드릴 수 있을 것 같은데요.

그는 그녀의 작은 발을 내려다보며 생각했다. 남녀 사이의 일은 모두, 하나를 얻기 위해 다른 하나를 포기하는 일이다, 하나의 교환.

사람은 자신이 속해 있는 재산관계에 영향을 받을 수밖에 없어요. 그녀의 목소리는 뭔가 친밀한 것을 설명할 때처럼 부드러웠다. 부농(kulak)은 부르주아 편에 서고, 소농은 프티부르주아 편에 서는 거죠. 선생님이 우유 가격만 생각하는 건 잘못된 거예요.

그녀는 물 건너편, 흙이라고는 찾아볼 수 없는 섬 출신이라고 그는 생각했다.

아이가 있으면 좋을 것 같아요, 그가 말했다.

아내 될 분을 찾아야겠네요.

그는 포도주를 더 따랐다.

여기로 오시면 아내도 찾을 수 있어요.

공장에서 일을 하느니 차라리 오른팔을 잘라 버리겠습니다.

저기서 춤추는 남자들 대부분이 공장에서 일하는 사람들이에요, 그녀가 말했다.

그는 흰색 셔츠를 입은 남자들이 그렇게 많이 모여 있는 것을 본 적이 없었다. 남자들은 모두 셔츠 밑단을 묶어서 배를 드러낸 모습이었다. 남자들은 족제비처럼 교활했다. 방금 침대에서 나온 것처럼 소매를 팔뚝 중간까지 걷어 올리고 있었다.

저 사람들은 만지는 것도 잘 합니까?

누가요?

저기 저 족제비들.

만지는 거?

남자가 여자한테 하는 거요.

춤춰요, 그녀가 말했다.

올빼미가 탱고 음악을 풀어놓았다.

오늘 소젖은 누가 짜요? 그녀가 속삭였다.

나는 누구랑 춤추고 있는 건가요?

마리에타가 브루노와 춤추고 있어요, 그녀가 말했고, 그는 그녀의 팔을 들어 올리고는, 총을 겨냥할 때처럼, 두 사람의 팔이 가리키는 곳을 바라보았다.

박자가 빨라지면서 두 사람의 스텝과 회전도 점점 더 빨라졌다. 주위에 사람들이 모여들었다. 셔츠와 무거운 신발이 그가 시골 출신임을 보여 주고 있었다. 하지만 그는 춤을 잘 췄고, 둘은 어울리는 한 쌍이었다. 구경꾼 몇몇이 음악에 맞춰 박수를 치기 시작했다. 그건 마치 결투를 보는 것 같았다, 보도에 깔린 자갈과 네 개의 발이 벌이는 결투. 얼마나 오래 지속될까?

이제 두 사람은 좁은 길을 걷고 있다. 할아버지들이 고리버들 의자에 앉아 있고, 할머니들이 손주들과 함께 풍선을 가지고 노는 그런 골목길이다. 골목 끝에 또 다른 거대한 초상화가 걸려 있다. 생각으로 가득한 벌집 같은, 거대한 머리에 안경을 쓴 얼굴.

그람시네요.

그가 그녀의 어깨에 팔을 두르고, 그녀는 그의 축축한 무명 셔츠에 머리를 기댔다.

안토니오 그람시, 그녀가 말했다. 저 사람이 모든 걸 가르쳐 줬어요.

말 장수하고는 확실히 다르게 생겼네요! 그가 말했다.

초상화를 지나, 두 사람은 무라노 쪽으로 난, 석호를 내려다보는 자갈 깔린 부두에 이르렀다. 자갈 사이 여기저기에 풀들이 자라고 있었다. 그는 검은 물 건너를 바라보고 그녀는, 샌들을 손에 쥔 채, 성 유페미아 운하의 모퉁이에 정박된 버려진 곤돌라 쪽으로 걸음을 옮겼다. 그녀가 나무로 된 노걸이 옆, 곤돌라 후미의 판자에 앉았다. 햇빛과 바닷물에 곤돌라의 색이 벗겨져 이제는 그저 회색 나무로만 보였다. 한때 포도주 상인의 배였던 듯, 뱃머리 양쪽에 포도주병 몇 개가 놓여 있었다.

저건 빈 병들일까요? 그녀가 물었다.

대답 대신, 그는 곤돌라에 훌쩍 뛰어올랐다. 배가 심하게 출렁거렸다. 뱃머리를 향해 걸음을 옮기는 그는 배가 출렁일 때마다 몸을 반대로 움직이며 균형을 잡으려고 애썼다, 그 모습이 콩가 리듬에 맞춰 춤을 추는 것 같았다.

앉아요, 세상에, 앉으라고요! 그녀가 소리쳤다.

그녀는 배 바닥에 웅크렸다. 배의 측면이 수면에 닿으며 물이 튀었다. 그는 포도주 병을 집어서는 거위 목을 비틀듯이 하늘을 향해 들어 보았다.

빈 병이네요! 그가 소리쳤다.

앉아요! 그녀가 거의 비명을 질렀다. 앉으라고!

그렇게 두 사람은 곤돌라 바닥의 골풀 돗자리에 누웠다. 잠시 후, 거칠게 때리던 물살은 토닥거리듯 잔잔한 두드림으로 바뀌었다. 하지만 그 고요함도 오래 이어지지는 못했다. 곤돌라가 다시 좌우로 출렁이며 뱃전의 널빤지에 물이 튀고, 디딤대가 물속으로 빠졌다.

배가 뒤집히면, 수영은 할 줄 알아요? 그녀가 속삭였다.

아뇨.

네, 브루노, 네, 네, 네….

잠시 후 두 사람은 숨을 헐떡이며, 등을 대고 누웠다.

별 좀 봐요. 저걸 보고 있으면 자신이 참 작다는 느낌이 들지 않아요? 그녀가 말했다.

별들이 우리를 내려다보고 있는 거예요, 그녀가 말을 이었다. 나는요, 가끔씩 모든 게, 살인을 제외하고는, 모든 게 시간이 너무 오래 걸리는 거 아닌가 생각하거든요, 왜냐하면 모두 너무 멀리 있으니까.

그는 한 손을 물에 담그고 있었다. 그녀가 그의 귀를 깨물었다.

세상이 너무 천천히 변해요.

그는 물에 담그고 있던 손을 들어 그녀의 가슴을 쥐었다.

언젠가는 계급 같은 것도 없어질 거예요. 나는 그렇게 믿어, 선생님은 어떠세요? 그녀는 그렇게 중얼거리며 그의 머리를 다른 쪽 가슴 앞으로 끌어당겼다.

언제나 좋은 일과 나쁜 일이 함께 있는 거겠죠, 그가 말했다.

우리는 진보를 만들어 가는 거예요, 그것도 안 믿는 거예요?

우리 조상들도 모두 그런 질문을 했을 겁니다, 그가 말했다. 세상이 왜 이런 식으로 되어 있는지 당신이나 나는 죽을 때까지 알 수 없을 거예요.

그는 다시 그녀 안으로 들어갔다. 곤돌라가 물살을 일으키며 물이 튀었다.

두 사람은 좁은 섬을 건너 부두 끝으로 나갔다. 마지막 여객선이 그리로 올 예정이었고, 음악은 더 이상 흐르지 않았다. 광장에는 술 취한 사람들 몇 명만이, 동상처럼 꼼짝 않고 있었다. 마리에타가 그의 악기 케이스를 찾아왔다. 그는 석호 건너편을 바라다보았다. 둘이서 올랐던 종탑이 보였다. 이십세기 초에 한 번 무너졌던 탑이라고 가이드가 알려 주었다, 뿌리가 없으니까요. 그는 날짜까지 정확히 기억하고 있었다. 1902년 칠월 십사일, 아버지가 태어났던 해다. 오른쪽에 있는 두칼레 궁전에는 여전히 불빛이 남아 있었다. 가이드에 따르면, 그 궁전은 화재로 일곱 번이나 파괴되었다고 했다. 그 건물은 한시도 평화로웠던 적이 없었다. 권력만 너무 많고 뿌리는 없는 건물. 언젠가는 약탈을 당할 테고, 그러고 나면 닭장으로나 쓰일 것이다.

마리에타가 악기 케이스를 건넸다.

연주해 줘요. 나를 위해 연주해 줘요.

그는 부둣가에 케이스를 내려놓았다. 대신 주머니에서 작은 하모니카를 꺼내고는, 두칼레 궁전 쪽으로 돌아서서, 연주를 시작했다. 음악이 그에게 말하고 있었다.

—날이 밝기 전에…

그녀는 그의 등을 바라보았다. 편안하게 아래를 내려다보는 뒷모습, 마치 오줌 누는 남자의 뒷모습 같지만, 그의 손이 입 근처에 가 있는 것이 달랐다.

—날이 밝기 전에… 옷을 챙겨 입고 축사에 가면….

그녀는 손가락으로 그의 목덜미를 톡톡 두드렸다.

—짐승들이 거기 누워 있지….

그녀가 양손으로 그의 날개 뼈를 지그시 누르면, 그의 폐가 움직이는 것이 느껴지고, 그의 입천장에 울리는 음악도 느껴졌다.

—너도밤나무 잎 위에, 당신은 방금 잠에서 억지로 끌려 나온 아이처럼 피곤하고….

그녀의 손은 그의 허리띠 안쪽의 움직임도 느낄 수 있었다.

—창 너머로 별들이 펼쳐진 하늘이 보이네….

그녀는 그의 한쪽 신발 끈이 풀려 있는 것을 발견했다. 무릎을 꿇고 끈을 매어 주었다.

—별들이 펼쳐진 하늘 속으로, 우리는 태어날 때부터, 물에 떨어지는 소금처럼 던져지지….

두 사람 모두 여객선이 다가오는 것을 알아차리지 못했다.

메스트리로 와요, 그녀가 한숨처럼 말했다. 메스트리로 와요. 내가 일자리 찾아 줄게.

버스는 새벽 세시에 출발했다. 악단 단원들은 대부분 잠을 청했다. 몇몇 남편들은 아내의 어깨에 머리를 기댔고, 아내들이 남편의 몸에 기대기도 했다. 버스가 베로나로 향하는 도로에 오르자 불빛이 하나둘씩 꺼졌다. 브루노 옆에 앉은 젊은 드럼 연주자가 농담을 던졌다.

지옥이 어떤 곳인지 알아요?

어떤데?

지옥은 술병에 구멍이 두 개 있고, 여자한테는 하나도 없는 곳이에요.

(제이콥을 위해)

그들의 철도

산문을 위한 눈물을
나의 마음은
지니고 있지.

열차
푸른 불꽃
노란 꽃.
개울을 흐르는
나는 물결.
그 사이로
네 어린 시절의 미나리아재비가 자라고.
내 눈에는
교회 마당의 하늘이 가라앉아 있네.
자갈이 깔린
동맥을 지나
내 풀밭에 와서 속삭이는
작별의 피.
푸른 풀꽃
노란 꽃
그들의 철도.

1985/1986

한때 유로파에서

존 버거(John Berger, 1926-2017)는 미술비평가, 사진이론가, 소설가, 다큐멘터리 작가, 사회비평가로 널리 알려져 있다. 처음 미술평론으로 시작해 점차 관심과 활동 영역을 넓혀 예술과 인문, 사회 전반에 걸쳐 깊고 명쾌한 관점을 제시했다. 중년 이후 프랑스 동부의 알프스 산록에 위치한 시골 농촌 마을로 옮겨 가 살면서 생을 마감할 때까지 농사일과 글쓰기를 함께했다. 저서로 『피카소의 성공과 실패』 『예술과 혁명』『다른 방식으로 보기』『본다는 것의 의미』『말하기의 다른 방법』 『센스 오브 사이트』『그리고 사진처럼 덧없는 우리들의 얼굴, 내 가슴』『모든것을 소중히하라』『백내장』『벤투의 스케치북』『아내의 빈 방』『사진의 이해』『스모크』 『우리가 아는 모든 언어』『초상들』『풍경들』 등이 있고, 소설로 『우리 시대의 화가』『여기, 우리가 만나는 곳』『G』『A가 X에게』『킹』, 삼부작 '그들의 노동에'『끈질긴 땅』『한때 유로파에서』『라일락과 깃발』이 있다.

김현우(金玄佑)는 1974년생으로, 연세대학교 영어영문학과를 졸업하고 동대학원 비교문학과 석사과정을 수료했다. 역서로 『스티븐 킹 단편집』『행운아』『고딕의 영상시인 팀 버튼』『G』『로라, 시티』『알링턴파크 여자들의 어느 완벽한 하루』『A가 X에게』『벤투의 스케치북』『돈 혹은 한 남자의 자살 노트』『브래드쇼 가족 변주곡』『그레이트 하우스』『우리의 낯선 시간들에 대한 진실』『킹』『아내의 빈 방』 『사진의 이해』『스모크』『우리가 아는 모든 언어』『초상들』, 삼부작 '그들의 노동에'『끈질긴 땅』『한때 유로파에서』『라일락과 깃발』 등이 있다.

한때 유로파에서

그들의 노동에 2

존 버거 | 김현우 옮김

초판1쇄 발행일 2019년 12월 25일
발행인 李起雄 발행처 悅話堂
전화 031-955-7000 팩스 031-955-7010
경기도 파주시 광인사길 25 파주출판도시
www.youlhwadang.co.kr yhdp@youlhwadang.co.kr
등록번호 제10-74호 등록일자 1971년 7월 2일
편집 이수정 박미 김성호 디자인 박소영
인쇄 제책 (주)상지사피앤비

ISBN 978-89-301-0661-0 03840

이 도서의 국립중앙도서관 출판예정도서목록(CIP)은
서지정보유통지원시스템 홈페이지(http://seoji.nl.go.kr)와
국가자료공동목록시스템(http://www.nl.go.kr/kolisnet)에서
이용하실 수 있습니다. (CIP제어번호: CIP2019048959)